Dello stesso autore in BUR

Gli alunni del sole

Giuseppe Marotta

L'ORO DI NAPOLI

Introduzione di Raffaele Nigro

Pubblicato per

da Mondadori Libri S.p.A.
Proprietà letteraria riservata
© 1986, 1987 RCS Rizzoli Libri S.p.A., Milano
© 1998 RCS Libri S.p.A., Milano
© 2016 Rizzoli Libri S.p.A. / BUR Rizzoli, Milano
© 2018 Mondadori Libri S.p.A., Milano

ISBN 978-88-17-01091-7

Prima edizione BUR: 1987
Sesta edizione Grandi classici BUR: novembre 2018

Seguici su:

www.rizzolilibri.it   /RizzoliLibri   @BUR_Rizzoli   @rizzolilibri

INTRODUZIONE

«Marotta? Uno simpatico, dalla battuta pronta e ironica.» Questo ricordo di Gino Montesanto lotta con l'immagine più legnosa che di lui mi ha consegnato Michele Prisco. Una stroncatura apparsa su «Il Mattino» di Napoli accompagnata in calce dal monogramma M.P., ma della quale Prisco si diceva ignaro, aveva interrotto i rapporti tra i due scrittori. Prisco ne venne a conoscenza molto tardi, provò a chiarire l'equivoco senza riuscirvi. D'altro canto, la complessa dimensione del carattere di Marotta è stigmatizzata anche dal suo atteggiamento nei confronti del «Corriere della Sera». Per desiderio di libertà aveva rinunciato al lavoro di cronista e intrapreso quello più difficile di *free lance*.

Quando nel 1947 appare *L'oro di Napoli*, la stagione del neorealismo è ormai florida e segue varie linee, quella dei narratori impegnati che raccontano il disagio dei contadini e quella dei narratori di città, che raccontano proletari operai e piccolo-borghesi. Accomunati tutti da una scrittura di reportage che affrescava la società, il ritardo culturale, lo scarto e le difficoltà tra un mondo pietrificato e un mondo in via di mutamento. Da un lato Alvaro, Fiore, Levi Seminara, La Cava. Dall'altro Pratolini, Moravia, Vittorini, Testori. Marotta ebbe un'adesione profonda alle ragioni dei poveri ma non ideologica, ad attrarlo era il volto dolente dell'umanità, la pietà più che le ragioni politiche.

L'oro di Napoli raccolse 36 elzeviri pubblicati sul «Corriere della sera» a partire dal 1942. Negli anni precedenti, quest'uomo versatile, poligrafo lirico e barocco, popolaresco ed epico, aveva fatto di tutto, il correttore di bozze, l'elzevirista, lo sceneggiatore, lo scrittore di canzoni («La canzone napoletana, questa nenia per adulti, è il mio più dolce e tenace vizio di penna»), fino alla fortuna del «Corriere». Ma l'esperienza non era durata a lungo, ripeto, spirito libero e inquieto Marotta si era licenziato, preferendo vivere come collaboratore esterno e come sceneggiatore cinematografico. Passò al «Bertoldo» e poi al «Guerrin Meschino», sorpassando negli anni successivi la soglia di una lunga serie di periodici, ben trentasette testate e cinque quotidiani, con articoli, racconti, romanzi a puntate e commedie. Una produzione improntata all'umorismo di Jerome e Wodehouse, in anticipo sul cinema della commedia all'italiana e in prove che non incontrarono il favore della critica e del pubblico. Nel 1932, *Tutte a me*, una raccolta di elzeviri pubblicati su un quotidiano di Genova aveva aperto ufficialmente la sua carriera di narratore. Le avevano tenuto dietro con febbrile rapidità *Questa volta mi sposo* (Ceschina), *Divorziamo per piacere* (1934), il romanzo umoristico *Mezzo miliardo*, pubblicato a puntate su l'«Illustrazione italiana» e poi in volume per Garzanti nel 1940, e a seguire, *La scure d'argento* (1941), le novelle de *Il leone sgombra* (1944) e *Nulla di serio* del '46. Ma il successo tardava. Marotta voleva emergere, vivere di scrittura, si piegava verso la nuova arte del cinema in cerca di fortuna ma incontrava anche su quel fronte non poche difficoltà. Era approdato a Roma, nel clima difficile della guerra, tra la presenza tedesca e i fascisti che non lasciavano spazio all'ironia. Un'ironia mista a umorismo e a un gusto spiccato per il paradosso. Senza mai smettere umanità e pietà per gli uomini. «Il mondo è gremito di infelici; ciascuno parla soltanto la lingua del proprio dolore, che per gli altri non ha senso.»

Marotta era allora legato a De Feo, Soldati, Zavattini, De Sica, Franciosa, coi quali scrisse varie sceneggiature, da *Soltanto un bacio* (1942) a *Questa pagina*, un film a episodi (1943) che riportava il cinema alla durata dei racconti. Il passo più congeniale a lui era proprio la brevità, una storia dietro l'altra, adatta alle richieste dei quotidiani, senza impegno a lungo termine come vuole il romanzo, una scrittura legata alla memoria, alla rivisitazione grottesca e commossa di Napoli («Napoli, io, certe pietre e certa gente: ecco quanto, forse, si troverà in questo libro»), una città che diventava una metafora del mondo, tracciata tra riso e pianto, miseria, nobiltà, fantasia ed espressionismo, tra splendori e decadenze, grigiore e vivacità cromatica, tra i palazzi aristocratici e la povertà dei bassi e dei vicoli. Ma, ripeto, nonostante l'impegno la fortuna tardava. Finché non apparve *L'oro di Napoli*, che riproponeva la rappresentazione della città caduta nel più vile degrado dopo la fine del Regno. Un libro che finalmente gli procurò, come egli stesso scrisse, «credito presso i letterati» e che trovava ispirazione nella memoria.

«Ho vissuto molti anni lontano dal mio paese, volendo segnalarmi nel mondo della carta stampata, assai più accessibile dal nord; d'improvviso Napoli e la mia giovinezza e persone e vicende che la abitarono o che vi si affacciarono appena, si sono messi a chiamarmi, proprio con un'insistenza da gente dei vicoli partenopei, tenera e perentoria: o meglio mi hanno fatto sapere che non ci eravamo separati mai, che sempre le avevo portate con me.»

La scrittura del Marotta più maturo trae origine da una consolidata tradizione teatrale napoletana, la commedia dell'arte, Scarpetta, Eduardo, ma ha anche alle spalle l'esperienza narrativa e poetica di Raffaele Viviani, Matilde Serao, Salvatore Di Giacomo e l'ironia ora lieve ora feroce di Guareschi, al quale egli era legato da affinità letterarie e da amicizia. Una lunga risata a denti stretti. In Marotta la complessità de *Il ventre di Napoli*, descritto dalla Serao e la tragedia di Rea e di La Capria si trasformano in dolente comicità e in farsa e la sua Napoli, mentre dà credito all'impostazione fatalistica di Verga, propone la possibilità del riscatto morale e sociale. *L'oro di Napoli* è sì il poema eroicomico di una città che non può abbandonarsi al "piacere di esistere", ma è anche il luogo dove un popolo affamato e afflitto da miseria sa ingegnarsi per superare le difficoltà quotidiane, povertà, disoccupazione, disperazione, con pazienza e astuzia: «La possibilità di rialzarsi dopo ogni caduta; una remota, ereditaria, intelligente, superiore pazienza. Arrotoliamo i secoli, i millenni, e forse ne troveremo l'origine nelle convulsioni del suolo, negli sbuffi di mortifero vapore che erompevano improvvisi, nelle onde che scavalcavano le colline, in tutti i pericoli che qui insidiavano la vita umana: è l'oro di Napoli questa pazienza». Da dove il titolo del libro, come esaltazione di una disposizione collettiva a sopportare, a impegnarsi e a fare di necessità virtù. Una pazienza che esploderà in La Capria, una pazienza che diventa incapacità a sopportare e si trasforma in *Un giorno d'impazienza*. Certa gente e le pietre, dunque, la città e il proprio io, ma poi il mare, i vicoli e soprattutto il ricordo della madre: «"Mamma" è un'altra paroletta di cui forse si abusa in queste pagine. Ma siamo stati amici per così poco tempo, io e mia madre, non posso trascurare nessuna occasione di riaccostarmi a lei. Quando, emigrato a Milano, riuscii ad avere una casa e il resto, volli mia madre con me: ma lei sopravvisse di poco a quel giorno felice, sta a Musocco ora».

In quegli anni gli orrori della guerra travalicavano i fronti, giungevano fino alla periferia delle città. Marotta si trovava a Roma, in un clima di angoscia. «L'umanità sembra impazzita, non si sente parlare che di odio, da nessuna parte si vede una mano tesa, da nessuna parte ci si rende conto che siamo tutti innocenti e tutti colpevoli, che la ragione e il torto non vanno mai separati e che forse tutto quello che succede non dipende neppure dagli uomini», così in una lettera dei primi del '44 (ora in *Sogni, delusioni e sconfitte nelle lettere inedite di G.M.*, Napoli, 2004) alla moglie, Pia Montecucco. L'aveva fatta riparare a Gavi, in Piemonte, insieme ai due figli, per sottrarla alle rappresaglie nazifasciste e alla guerra.

L'oro di Napoli metteva in scena le difficoltà dei napoletani, il teatro all'aperto, la vita vissuta su una ribalta corale, un umorismo che ride e piange al tempo stesso, come in *Spaccanapoli* di Rea (1947), anche quello un libro di racconti. Era una Napoli vaiassona e barocca, da avanspettacolo, meno dolente della Napoli di Eduardo e tuttavia amara e per certi versi bozzettistica. Diversa da quella segreta e decadente di Prisco, che ne *La provincia addormentata* raccontava la fine della borghesia meridionale, i malesseri di una società che si frantumava e viveva gli sconquassi psicologici nel passaggio dall'Otto al Novecento e dalla ruralità alla borghesia. Malesseri che erano stati raccontati anche da Carlo Bernari, ma con una vena ideologica che a Marotta mancava, in *Tre operai* (1934), *Quasi un secolo* (1940), *Il pedaggio si paga all'altra sponda* (1943). Libri che anticipavano *Un giorno d'impazienza* e *Ferito a morte* di La Capria, *Il mare non bagna Napoli* della Ortese, anticipavano il mondo picaresco di Luigi Compagnone e la prosa de «Le ragioni narrative», la rivista-gruppo napoletano al quale Marotta non aderì. Probabilmente perché da Milano si sentiva troppo fuori giro mentre a Napoli aspirava a distanza, come a una Itaca perduta.

Lo stimolo a scrivere i racconti venne da molte ragioni, reagire a un'attività giornalistica che gli sembrava arida e legata alla cronaca fredda ma che non scavava nell'antropologia e nella memoria, dalla nostalgia per i luoghi dove era nato, dal ricordo della madre e del padre, dagli odori dei vicoli e del mare. *L'oro di Napoli* diventava un'autobiografia in pubblico: «Il 3 febbraio 1911 mio padre soggiacque alle estreme conseguenze di una malattia che lo aveva consumato per anni». «Mia madre la portammo a Musocco dall'altro capo di Milano; piansi a Porta Venezia e piansi in Corso Sempione.» «Mia nonna assordò il Signore coi suoi *Tantum ergo*.»

I racconti assumono un avvio autobiografico ma tendono ad allargarsi ai personaggi e alle situazioni dei bassi e dei vicoli, fino a diventare il racconto di una città, di una comunità, di un popolo. Proprio in ossequio alla teatralità della vita napoletana:

«Al mio paese, quando qualcuno decede, si verificano puntigliose gare di cordoglio, con svenimenti, crisi di sconforto e tentativi di suicidio dei consanguinei, peraltro sventati da agili sopravvenuti che riescono quasi sempre a impedire queste clamorose dimostrazioni di estrema solidarietà».

Originario di Avellino, Marotta era uno dei napoletani di provincia, di quelli che Rea chiamava i foresi, diversi dai napoletani veraci. Figlio della piccola stiratrice di Napoli, costretta per la morte prematura del marito a fare da domestica e da compagna a un aristocratico affetto da strani appetiti omosessuali e pedofili, Giuseppe Marotta si trasferisce giovane a Milano. Di intensa emotività le pagine che descrivono il cimitero di Musocco, dove è sepolta la mamma dello scrittore. Ma altrettanto vive le descrizioni della malattia del padre, il trasferimento da Avellino a Napoli con la speranza di un intervento da parte dei ricchi parenti del capoluogo, i quali non se ne daranno pensiero. Gli anni della miseria, che diventano la descrizione di una miseria collettiva, e poi il primo amore, che si fa racconto dei giovani amori di Napoli, e infine i primi tentativi letterari. Questi ricordi, che sono la parte più poetica del libro, si aprono successivamente a un'invenzione narrativa fatta di bozzetti, alcuni resi celebri dal cinema. Nel 1954 infatti, Vittorio De Sica trae un film a episodi dal libro, con la sceneggiatura firmata da Zavattini e Marotta. Tra gli interpreti Sofia Loren, Totò, Eduardo De Filippo. Non tutti gli episodi assunsero titoli diversi dai racconti: *Il guappo* fu la trasposizione cinematografica del racconto *Trent'anni diconsi trenta*; *Pizza a credito* nacque dalla commistione tra *Gente nel vicolo* e *La morte a Napoli*, raccontava la storia di un anello di smeraldi che la procace Sofia Pugliese aveva perduto nell'impasto per pizza e che per non troppo misteriose ragioni si troverà sul comodino accanto al letto di un giovane che non figura nell'elenco degli abituali acquirenti; *Il professore*, da *Don Ersilio*, dove furoreggia il virtuosismo di don Ersilio Miccio, che "vendeva saggezza", e che figura padre spirituale di una comunità in cerca di consigli per risolvere questioni spinose senza infrangere il codice; e poi *Il funeralino* e *I giocatori* che mantennero inalterati i titoli e infine *Teresa*, da *Personaggi in busta chiusa*.

Marotta celebrava insomma l'intelligenza, l'astuzia dei napoletani, l'ingegnosità che portava a sbarcare il lunario e sopperiva le poche possibilità economiche, con un racconto che risaliva a Boccaccio, a una tradizione narrativa dove la piccola borghesia e il proletariato metropolitano si arrangiano tra furti, genialità spicciole, furberie, nella guazza di un erotismo spiccato. Un mondo dove trionfano i modi elementari di vivere e di arrangiarsi, la vendetta, la smorfia, l'arte di sfottere e di fregarsene, di rubare con destrezza. Quel mondo di lazzaroni rappresentato da Basile e Sthendal. Allora la vita diventa spettacolo, la fantasia interviene ad aiutare la realtà, la comunità si unisce per combattere tutti insieme la sorte che si accanisce e non dà tregua. Questa è l'intuizione di Marotta, l'interpretazione positiva dell'etica del gruppo e della coralità meridionale. E lo scrittore, il giornalista non può tirarsi indietro, non può farsi da parte ma deve schierarsi, scendere in campo e abbandonare l'invenzione, la reticenza, la falsità: «Non mi vergogno di riesumare queste cose; i narratori oggi debbono ritrovare il coraggio dei fatti o andarsene al diavolo come ogni altra splendida superfluità».

Tuttavia la scrittura di Marotta va indagata e analizzata anche nelle descrizioni fulminee, che si contrappongono alla sua descrittività analitica nel «giuoco veloce di espressioni icastiche e metaforiche» (A. Mazzotti), come in quel personaggio che dorme «con il sangue nero di sonno e con i denti gelati dagli strilli» o un altro che «visse finché non trovò il tifo, in una vongola». Ma altrove «il sole di maggio mi batteva sulla spalla ed era di nuovo quel sole bianco e dissanguato delle sciagure». Un sole al quale «sopravvenne un demente inverno». Mentre appaiono «la casa del conte... vessata e spossata dall'arredo», o «la nonna... umida di acquasanta» e «il mare, come un'acquasantiera». Una pirotecnia neobarocca che diventa spesso gusto della prova descrittiva, innamoramento della propria bravura analitica, spiazzante e talvolta simbolistica. È come se Marotta si guardasse mentre è in azione, mai soddisfatto del come e di ciò che ha descritto, mai convinto della necessità di fermarsi. Ecco allora l'insistenza nella descrizione della povertà e del dolore fino al patetismo, all'eccesso di virtuosismo, agli eccessi metaforici. La scrittura vola dal paradiso all'inferno, ha continui alti e bassi, si muove tra "strazio e buffoneria", in un gioco vertiginoso di parole suoni colori trovate e ingegnerie descrittive. La scrittura insomma diventa metafora della molteplicità sociale e culturale, è l'immagine speculare in narrativa di una realtà complessa multiforme e aggrovigliata. Proprio perché i caratteri sono tanti, quante le facce dell'io scoperte da Pirandello. Mentre gli attacchi sono legati a figure e storie di individui esperti in qualcosa, un virtuosismo, un'abilità, una qualche destrezza, come don Caserta e don Miccio o don Peppino Finizio, tutti scrupolosamente riveriti col don, per quanto piccoli artigiani, maestri, pensionati, oppure nascono da tradizioni, dai modi in cui abitudini comuni sono incarnate nella sua città di gioventù. O sono attacchi memoriali, fissati in momenti precisi delle singole vicende personali: «Mio padre morì il 3 febbraio 1911»; «Nel maggio del 1943, in una sua lettera da Napoli, mia sorella Ada fra l'altro mi scriveva»; «Sotto quale canzonetta napoletana nacqui, nel remotissimo novecentodue?»; «La mattina del 15 ottobre 1920, don Gennaro il paglietta sputò su un documento»; «Nell'aprile del 1920 don Raffaele Caserta era vetturino» e così via.

Esempi concreti, in ossequio a una disposizione quasi giudiziaria "del coraggio dei fatti", una testimonianza diretta degli accadimenti, dei caratteri e dei destini individuali e collettivi dalla quale è possibile ricostruire un panorama sfaccettato, multicolore e scoppiettante di una città, della sua cultura e dei suoi abitatori.

RAFFAELE NIGRO

Bibliografia

Opere di Giuseppe Marotta

Si elencano le prime edizioni delle principali opere narrative di Marotta:

Tutte a me, Ceschina, Milano 1932.
Divorziamo, per piacere?, Ceschina, Milano 1934.
Questa volta mi sposo, Ceschina, Milano 1940.
Mezzo miliardo, Garzanti, Milano 1940.
La scure d'argento, Ceschina, Milano 1941.
Nulla sul serio, Elmo, Milano 1946.
L'oro di Napoli, Bompiani, Milano 1947.
San Gennaro non dice mai di no, Longanesi, Milano 1948.
A Milano non fa freddo, Longanesi, Milano 1949.
Gli alunni del sole, Bompiani, Milano 1952.
Le madri, Bompiani, Milano 1952.
Salute a noi, Bompiani, Milano 1955.
Mal di galleria, Bompiani, Milano 1958.
Gli alunni del tempo, Bompiani, Milano 1960.
Le milanesi, Bompiani, Milano 1962.
Facce dispari, Bompiani, Milano 1963.
Il teatrino di Pallonetto, Bompiani, Milano 1965.

Per il teatro si veda *Il califfo Esposito e altre commedie*, Bompiani, Milano 1956.

Le recensioni cinematografiche sono state raccolte in *Al cinema non fa freddo*, a c. di G. Amelio, Avagliano, Cava dei Tirreni 1997.

Studi Critici

Barberi Squarotti, G., *La narrativa italiana del dopoguerra*, Cappelli, Bologna 1965.

Bo, C., *Prefazione* a *L'oro di Napoli*, Bompiani, Milano 1968.

Botta, G., *Narratori napoletani del secondo dopoguerra*, L'Arte tipografica, Napoli 1955.

Castaldo, C., *Saggio sulla narrativa di Giuseppe Marotta*, Loffredo, Napoli 1986.

Del Buono, O., *Prefazione* a *A Milano non fa freddo*, Mondadori, Milano 1971.

Del Buono, O., *Prefazione* a *Mal di galleria*, Mondadori, Milano 1974.

Falqui, E., *Novecento letterario*, Vallecchi, Firenze 1954.

Ghidetti, E., Luti, G., *Dizionario critico della letteratura italiana del Novecento*, Editori Riuniti, Roma 1997, pp. 482-483.

Iermano, T., Ragni, E., *Prosatori e narratori del pieno e del secondo Novecento*, in *Storia della letteratura italiana*, Salerno Ed., Roma 2000, vol. IX, pp. 846-849.

Manacorda, G., *Storia della letteratura italiana contemporanea*, Editori Riuniti, Roma 1996.

Mauro, W., *Cultura e società nella narrativa meridionale*, Edizioni dell'Ateneo, Roma 1965.

Padalino, V., in *I contemporanei*, Marzorati, Milano 1970, vol. III, pp. 443-461.

Ragni, E., *G. Marotta*, in *Letteratura italiana contemporanea*, a c. di G. Mariani e M. Petrucciani, Lucarini, Roma 1980, vol. II, pp. 701-705.

Verdirame, M.N., *Rassegna di studi su G. Marotta*, in «Critica letteraria», VI, 1978, pp. 155-192.

Va ricordato che la rivista «La Fiera Letteraria» ha dedicato il suo numero del 12 dicembre 1954 a un *Omaggio a Giuseppe Marotta*.

Prefazione

Napoli, io, certe pietre e certa gente ecco quanto, forse, si troverà in questo libro.

Nella vita di ogni uomo di penna, narratore, poeta, giullare o quel che è, arriva sempre un momento (che può durare poco o molto) in cui la sua materia decide di somigliargli, rivelandosi esclusivamente composta di fatti e di volti che gli appartennero o che lo sfiorarono.

Ho vissuto molti anni lontano dal mio paese, volendo segnalarmi nel mondo della carta stampata, assai più accessibile dal nord; d'improvviso Napoli e la mia giovinezza e persone e vicende che la abitarono o che vi si affacciarono appena, si sono messi a chiamarmi, proprio con un'insistenza da gente dei vicoli partonopei, tenera e perentoria: o meglio mi hanno fatto sapere che non ci eravamo separati mai, che sempre le avevo portate con me.

E il mio mare?

Eccolo che va e tiene sulla sabbia di San Giovanni di Bagnoli di Pozzuoli; la spiaggia abbuia e si rischiara, per questo alterno afflusso di umidità, come una fronte pensosa; più al largo certe zone d'acqua appaiono egualmente meditabonde, di un denso azzurro, mentre altre ridono con bianche spume, palpitanti come gole d'uccelli. È in quest'acqua lieta, non in quella imbronciata, che bisogna inzuppare i "taralli". Si tratta di ciambellette con strutto e pepe, localmente famose, alle quali la salsedine marina conferisce un sapore anche più allegro, persuasivo, starei per dire ondulante come il moto stesso della barca. I "taralli" si mangiano appunto in canotto, abbandonando i remi, fissando per esempio le case di Margellina che fremono e pulsano come se fossero dipinte su una camicetta. Ora un mare che si è mangiato tante volte nei "taralli", nei molluschi e nei crostacei più complicati ed eccitanti, qualcosa deve aver lasciato nel nostro sangue. Certi giorni basta uno scroscio di fontana, una fuga di nuvole, un soffio di scirocco, a far battere questo mare nei nostri polsi, mentre le dita istintivamente si incurvano come sulla impugnatura di un remo. Lo sappiamo a memoria questo mare; conosciamo i suoi schiaffi e le sue carezze; lo abbiamo sentito gridare e bisbigliare, dietro il vaporino di Capri si srotolava e ferveva come lo strascico di una sposa; era domestico e cordiale come acqua di cisterna, lo portiamo con noi, dovunque, come tatuato sul petto con scogli e sirene.

Mare e vicoli e gente della mia giovinezza mi hanno fatto scrivere questo libro, che è dedicato a mia madre.

"Mamma" è un'altra paroletta di cui forse si abusa in queste pagine. Ma siamo stati amici per così poco tempo, io e mia madre, non posso trascurare nessuna occasione di riaccostarmi a lei. Quando, emigrato a Milano, riuscii ad avere una casa e il resto, volli mia madre con me; ma lei sopravvisse di poco a quel giorno felice, sta a Musocco ora.

Se mi conducessero bendato a Musocco, riconoscerei i viali dallo speciale fruscìo che ne deriva al mio passo, d'inverno i ghiacciuoli esplodono sotto le scarpe, si pensa di averne i piedi feriti come per aver calpestato i frammenti di vetro su un muro di cinta; d'estate il corretto dolore dei cipressi s'arruffa ogni tanto per qualche volo d'uccelli: poi il ramo smosso si ricompone in fretta, più che mai disposto a condolersi.

Mia madre la portammo a Musocco dall'altro capo di Milano; piansi a Porta Venezia e piansi in Corso Sempione; ma quando finalmente la calarono nella fossa mi accorsi che non avevo più lacrime, odiai quella mia seria faccia di invitato che lei forse interrogava per l'ultima volta. Non faccio mai niente nel momento giusto, sono un uomo sbagliato e lo so. Dovevano passare degli anni perché morisse mia madre ogni giorno, perché Musocco mi diventasse così familiare che lo potrei percorrere ad occhi chiusi, allora, allontanandomi per la prima volta dalla sua tomba, pensavo a un'altra nostra separazione, quella del mio primo giorno di scuola, che mai mi era ritornata con tanta forza nella memoria. Per qualche minuto lei rimase appoggiata al banco in cui sedevo, con la guancia sui miei ca-

pelli; poi se ne andò e la sua ombra, nel vano della porta a vetri, fu subito abolita da un tragico sole di gesso. Ora sei tu che resti e per sempre, pensavo voltandomi a guardare il campo 71; il sole di maggio mi batteva sulla spalla ed era di nuovo quel sole bianco e dissanguato dalle sciagure.

I tram che portano a Musocco sono vecchi e malconci, strepitano e si divincolano sulle rotaie, scrollando i viaggiatori come per assicurarsi che siano ben vivi. Io ne discendo un po' stordito, indugio sul piazzale a guardare i negozi dei marmisti, che espongono lapidi in bianco, pronte ad accogliere qualsiasi elenco di virtù, e sculture raffiguranti angeli, o il Salvatore, o lo stesso trapassato, desunto in tre dimensioni da fotografie. Sul piazzale si acquistano crisantemi e lumini; poi si varca il cancello e si noleggia un secchio per cambiare l'acqua nei portafiori; ci si avvia infine verso i morti che aspettano, di mia madre so che sollevava improvvisamente il capo dai suoi eterni rammendi e diceva: «Peppino sarà qui fra poco» senza mai sbagliarsi.

Debbo percorrere tutto il cimitero prima di trovare mia madre, è nella estrema periferia di Musocco la sua tomba. Dai tonfi del cuore mi accorgo che sono arrivato, eccomi. Anche quando era viva tardavo sempre alle sue attese. La notte c'era luce sotto la sua porta ma io spesso fingevo di non accorgermene; ora sono qui solo per lei, coi fiori in mano. D'inverno bisogna rompere col temperino il ghiaccio nei portafiori, versarvi altra acqua che gelerà poi. Guardo il terreno che la ricopre e che l'avrà tutta svestita ormai. Ricordo una poesiola nel libro delle elementari: diceva di un bambino morto che compariva alla madre per mostrarle il vestitino inzuppato delle lacrime di lei, e la supplicava di non piangere più.

Come è umido e grigio Musocco d'inverno; vedi che non piango, mamma, quella poesiola la imparai a memoria una sera mentre tu cucivi nell'oscillante cerchio di luce del lume a petrolio e tutto era normale e asciutto. Ora faccio il possibile qui: ho spazzato con le dita le foglie marce; ho messo i crisantemi nei vasi, ho acceso i lumini, ho pregato, ho diretto l'alito verso le zolle fangose, ma come per caso e vergognandomi della presunzione di farti giungere un po' del mio calore: che presi a te del resto, che è tuo.

Il tempo passa, mi attardo. Frattanto questi arboscelli sulla tomba cre-

scono, dove arriveranno le radici? Di solito stacco un rametto e lo conservo nel portafogli. Rileggo anche i nomi sulle fosse vicine. Arcangelo Brambilla chi era? Vorrei saperlo. Fu un caso che mia madre venisse a morire da me quassù, i suoi vecchi la aspettavano nel cimitero di Poggioreale. Questo Brambilla viveva invece a Milano, se non vi era venuto dall'America o che so io. Fu probabilmente un operaio di Borletti o di De Angeli-Frua, la sera giocava a bocce in un'osteria di Porta Volta o sonnecchiava nel cinema Commenda, mentre mia madre stirava il suo vecchio scialle nella nostra cucinetta di Materdei, a Napoli, e dai vicoli saliva il richiamo del venditore di ulivo o l'odore dei fiori d'arancio di un vicino giardinetto. Ma Arcangelo Brambilla e mia madre dovevano incontrarsi a Musocco, rimanere l'uno accanto all'altra per i regolamentari dieci anni, fino all'esumazione. Io continuo a indugiare presso la tomba 243 del campo 71, pensando: dove sarà ora e che cosa starà facendo e chi è la creatura che seppelliranno un giorno al mio fianco? Ma forse non ci sono città e villaggi di tombe, non esistono che apparentemente, in superficie, il cimitero di Poggioreale e quello di Musocco. I morti stanno soltanto nel nostro cuore di vivi: riunitissimi, omogenei se noi gente di qualsiasi ceppo riusciamo a capirci e ad amarci; altrimenti si ignorano e non sono che perduta materia, schegge di legno sotto il banco del falegname, silenzio e buio.

È tardi, fa freddo, bisogna andare. Mi dirigo in fretta verso l'uscita, fra i marmi del viale principale, gremiti di elogi. "Suvvia" penso. "Dovreste saperlo, signori morti d'importanza, che i meriti della vedova Marotta riempiono il cielo prima di tutto perché nessuno la deluse e la angustiò quanto suo figlio, e poi perché sui suoi venti centimetri di rozza e gratuita pietra non c'è che il suo nome di ragazza e una data, presentemente incrostata di ghiaccio e di rimorsi ma che non è morta con lei perché ha segnato il ritorno del figlio alla riconoscenza alla preghiera alle lacrime."

Presso il cancello è d'obbligo la restituzione del secchio. Sul tram semivuoto, in attesa della partenza, l'orfano che è anche fumatore può accendere la sigaretta. Si pensa: non guarderò le gambe di quella formosa giovinetta, non voglio guardarle.

Poi l'acqua, nei portafiori della estrema periferia di Musocco, comincia a gelare.

L'oro di Napoli

L'oro di Napoli

Nel maggio del 1943, in una sua lettera da Napoli, mia sorella Ada fra l'altro mi scriveva:

«Ti ricordi don Ignazio? S'era ridotto a vivere in un "basso" a Mergellina. L'ultimo bombardamento gli ha spazzato via tutto. Figurati che nella fretta di scappare lasciò sul comodino perfino i denti finti. Ma tu sai che uomo è. Dice che non può allontanarsi dai clienti. Perciò si è allogato nella buca prodotta da una bomba, improvvisandovi un tetto di lamiera. Ha trovato uno sgabello e ha trovato un tavolino. Non so se ti ho mai detto che da qualche anno tira avanti ricopiando musica e dando lezioni di chitarra. Insomma, due giorni dopo il disastro, era già a posto nella sua buca. Si crede che non gli permetteranno di rimanervi. Egli obietta che quello è soltanto il suo ufficio, perché di notte trova ospitalità in casa di un suo allievo. Che tipo. Nella domanda di risarcimento di danni ha scritto: pregovi disporre d'urgenza che mi venga assegnata una dentiera, non potendo in mancanza fumare la pipa».

Sorride pertanto a bocca vuota questo don Ignazio Ziviello, e si capisce che io me lo ricordo come se ci fossimo separati soltanto ieri.

È un singolare, aitante e massiccio gobbo, di statura superiore alla media; la Natura dovette infliggergli questa deformità un attimo prima di licenziarlo come il più normale e solido degli individui: gli praticò scherzosamente una specie di ricciolo alla spina dorsale, che sviluppandosi assunse la forma e la consistenza di uno zaino pieno di sassi.

Don Ignazio se ne risentì debolmente; e del resto in quell'epoca, a vent'anni, aveva molto denaro per distrarsi.

«È un difetto che fa compagnia» finì per dire della sua gobba; ebbro di cattivo spumante nei conviti in cui dissipava un patrimonio precocemente ereditato, la indicava strizzando l'occhio ai suoi parassiti maschi e femmine, e dichiarava: «Contiene il mio angelo custode, chiuso a chiave».

Ma un giorno, nell'ultimo dei suoi aviti palazzetti, entrò, come dice il poeta «una carta in mano a un avvocato».

L'indomani don Ignazio non possedeva che certi anelli e orecchini di sua madre, legati nello stesso fazzoletto col quale si fece vento mentre attraversava fra due siepi di stupefatto popolino il vicolo in cui era stato un signore. Si diceva che avesse percosso gli ufficiali giudiziari: e in realtà era stato sul punto di farlo; ma gli venne da ridere quando si accorse che tra gli oggetti sequestrati figurava un antico, polveroso clistere.

Due ore dopo, al Tondo di Capodimonte, attaccò discorso con un venditore di lupini.

«Con permesso? Vorrei piangere, dovendo assolutamente sfogarmi» disse.

Invece foglie e sole lo avevano già rasserenato.

Apparve un sudicio mano di carte, sul fresco sedile di pietra si misero a giocare a zecchinetta. Questo era un popolare giuoco d'azzardo, immune da ogni burocratica lentezza; sull'imbrunire aveva già privato don Ignazio dei gioielli materni. Il vincitore, gonfio di ambiziosi progetti, si allontanò lasciandogli il catino di legno in cui ammiccavano come cento occhi gialli i lupini. Per un po' don Ignazio li salò con le sue lacrime; poi cominciò a mangiarli di gusto, e supino sul levigato divano di basalto conversò con le stelle.

Non è da escludersi che fino a quel momento don Ignazio Ziviello avesse meritato i suoi guai; ma quando si svegliò era un altro uomo, deciso sovrattutto a privarsi di Grazia.

Trattavasi di una ragazza della Sanità, tutta seno e sospiri e lentiggini, che gli si avvinghiò al collo strillando:

«E io lo stesso ti voglio sposare».

Don Ignazio le indicò il catino.

«Casa e bottega, tutto qui» disse abbracciandola.

Non appena furono marito e moglie, peraltro, sostituì l'improvvisato commercio dei lupini col noleggio di un pianino automatico. La donna lo seguiva col bambino al petto; le ingorde labbruzze succhiavano latte e note di *Funiculì Funiculà*, succhiavano umori e sonno. Frattanto don Ignazio questuava tenendo il piattello sulla gobba; mani di operai e di sartine vi s'indugiavano nel versare la moneta, e strizzando l'occhio a se stesso egli percepiva il fremito delle dita superstiziose.

Per mesi e mesi piazzette e vicoli rimbombarono della sua voce, baritonale nei toni gravi, di contralto negli acuti; era un duetto in un a solo, che faceva tremare le campane di vetro sulle statuette sacre, in tutte le case vicine; che inceppava le macchine per cucire e raggrinziva lo spago dei calzolai; che intorbidiva il vino nelle botti delle osterie e incrinava i nuvolosi mezzi litri sulle mensole; che non mancava di una sua atroce suadenza.

Ma all'epoca della canzonetta che dice «Madonna che rumore, che rumore – Stanno litigando cielo e mare – per stabilire chi abbia dato il colore – Agli occhi di questa ragazza», il pianino automatico svoltò da un vicolo proprio mentre un'automobile arrivava dalla parte opposta.

Le corde fracassate urlarono; della signora Ziviello, che sedeva su una specie di predellino dell'armonico carretto, si udì sbattere la gonna, che fu poi trovata vuota e rossa sul marciapiede; il bambino si svegliò in cielo.

«Non era neppure gobbo» singhiozzò don Ignazio, componendolo sul marmo della sala mortuaria, all'ospedale dei Pellegrini. «Prego, professore, verificate.»

Per impedirgli di dare in escandescenze, i medici dovettero fingere di esaminare attentamente il corpicino, e proclamarlo normalissimo.

Durante i successivi tre giorni don Ignazio preoccupò i suoi vicini di casa. Nelle due stanzette alla Corsea, che così repentinamente erano diventate di un'allucinante vastità, Ziviello andava e veniva reggendo con un braccio la culla del bambino e sventolando con l'altra mano la gonna insanguinata; guaiva contro chiunque osasse mostrarsi per esortarlo a nutrirsi o a dormire.

«Tessera!» gridava. «Dimostratemi che siete disgraziati come me, o fuori di qui.»

I vicini si limitarono a sorvegliarlo notte e giorno da una finestrella che dava sul ballatoio; uno di essi riferì che gli ossessionanti andirivieni di don Ignazio erano agevolati dal fatto, impossibile a spiegarsi, che le pareti e i mobili si scostavano da lui. Ma l'estrazione del lotto, l'indomani, inflisse una mortificante smentita a questo rapporto, determinato forse dalla fissità con cui il vedovo veniva osservato, se non dall'effetto delle trepide luci dell'alba napoletana sulle dimensioni e sui volumi. Quel giorno stesso, del resto, Ziviello si accasciò esausto, e le carezze del popolino finalmente lo espugnarono.

Ma più ancora gli giovò il nuovo mestiere a cui volle dedicarsi, dei più rumorosi ed eccitanti. Per qualche anno, infatti, don Ignazio si distinse come fabbricante di fuochi artificiali. Nelle feste popolari, quando i santi sotto i loro baldacchini di seta escono dalle chiese per mescolarsi al popolo, ricevendone suppliche di assumersi i più difficili mandati e fiaccando i portatori col peso dei loro gioielli e delle loro tuniche d'oro, il pirotecnico dà fuoco alla sterminata fila di petardi, che si dondola come una vite. Ma questo è solo il principio della sua bravura, poiché occorre fulmineamente intervenire qualora la miccia si spezzi.

Il rasserenato don Ignazio era in questo imbattibile. Accompagnava saltellando le esplosioni, procedeva per così dire a braccetto con esse, delineandosi o scomparendo diabolicamente nel fumo. Si fletteva, prillava, balzava, leccato dalle vampe, opponendo allo spostamento d'aria dei petardi più grossi una gelatinosa rilassatezza di mollusco, scavalcando gli imprevedibili scrosci con le finte e i ritorni di un torero. Se mai don Ignazio stentoreamente invocò la moglie e il figlio che sembrava aver dimenticati, fu sul contrappunto di quegli assordanti scoppi, che lo fece, come in un terribile alterco; ma questa è una pura supposizione, comunque interrotta dal fatto che alla festa del Carmine un paletto, divelto dalle esplosioni, gli si infisse nel ventre.

Tre mesi dopo, quando riaddentò la pipa, l'infaticabile gobbo era assai malconcio. Dovette diventare portinaio di un vetusto palazzetto all'Arenella.

Sedeva sulla soglia, al sole, e imparava a sonare la chitarra. In primavera, il muro a cui si appoggiava era morbido di fiori gialli; «sì, sì» dicevano i ciuffi di parietaria agli accordi dello strumento, sempre più complessi e difficili; lo stridere del tram sulla prossima curva delle rotaie, o il tintinnio dei bicchieri nel vicino chioschetto tappezzato di limoni, acconsentivano a quella musica un po' aspra, di puntiglioso esordiente.

Per arrotondare il suo meschino salario, don Ignazio aveva le "campagne", e cioè le mance che gli inquilini erano tenuti a corrispondergli quando rientravano dopo mezzanotte, trovando il portone chiuso. Nell'imminenza di quest'ora, gli inquilini che arrancavano sulla salita non di rado si imbattevano in un loquace conoscente che con i più ingegnosi e divertenti spunti di conversazione ritardava la loro marcia, e nel quale non è difficile indovinare un solerte complice di don Ignazio.

Fu un periodo di pace; pareva che l'instancabile sfortuna del nostro Ziviello si fosse assopita al suono della sua chitarra.

Ma sopravvenne un demente inverno, se non erro il penultimo che io trascorsi a Napoli.

Scirocco e tramontana si alternavano a intervalli di ore, minacciosi come ultimatum; la notte, nel buio fitto, da caverna, si sentivano certi angosciosi e vivi rumori, come di schiaffi, finché le nuvole si spaccarono. Vi furono centinaia di allagamenti e un solo crollo, all'Arenella, s'intende. Il sottoscala in cui don Ignazio dormiva resistette, ma egli vi diguazzò per quindici ore. Il popolo decretò che Ziviello disponeva di «sette spiriti, come i gatti», e cioè che era praticamente immortale.

Perché no? Viene l'epoca nella quale io emigro verso il nord, perdendo di vista don Ignazio. L'artrite se lo mangia, denti e capelli si congedano per sempre da lui, ma egli riflettendoci scoppia a ridere come quando si avvide che gli ufficiali giudiziari gli sequestravano l'antico, polveroso clistere. È diventato un virtuoso della chitarra. Suona nei festini nuziali, vi si distingue per la sua arguzia, come per la destrezza con cui intasca senz'esser visto interi vassoi di pasticcini; escogita bizzarri modi di dire, frasi canzonatorie e irriferibili insulti che prodigiosamente si diffondono in tutta Napoli e che le ciurme dei transatlantici portano all'estero. Ricompare improvvisamente in una lettera di mia sorella Ada.

Posso immaginare ogni cosa, don Ignazio Ziviello. Davanti alle macerie della tua ennesima casa sconvolta, hai gesticolato e pianto. Chiunque, osservandoti, avrà pensato: ecco un uomo, gobbo quanto volete, che non sopravviverà alla sua disgrazia. Figuriamoci. Tu in un'ora qualsiasi dello stesso giorno, hai scoperto una buca di bomba e un pezzo di lamiera. Sapevi dove trovare, inoltre, un tavolino e una sedia; scommetto che mia sorella ha dimenticato di menzionare una stuoia, sulla quale i tuoi allievi di chitarra scuotono il terriccio dalle scarpe, prima di uscire. Questo è soltanto il tuo ufficio; che ti ci lascino o no, e in attesa che ti assegnino una dentiera, tu a bocca vuota già ricominci a sorridere, Ziviello. Ciò è molto importante; suggerisce qualche considerazione, forse.

Ecco una città e un popolo ferocemente percossi dalle sventure della guerra, e sul conto dei quali si pronunzia spesso la parola "eroismo". Questo termine marmoreo io lo ritengo tuttavia superato, agli effetti umani, dalle caratteristiche di un qualsiasi don Ignazio.

La possibilità di rialzarsi dopo ogni caduta; una remota, ereditaria, intelligente, superiore pazienza. Arrotoliamo i secoli, i millenni, e forse ne troveremo l'origine nelle convulsioni del suolo, negli sbuffi di mortifero vapore che erompevano improvvisi, nelle onde che scavalcavano le colline, in tutti i pericoli che qui insidiavano la vita umana; è l'oro di Napoli questa pazienza.

Sono molto antichi i "sette spiriti" di don Ignazio; perciò egli non può allontanarsi da Mergellina, dove risiedono i suoi allievi di chitarra.

Il mare è a due passi, assorto e solenne davanti a questo martirio come un'acquasantiera. Non appena il cielo sarà sgombro di minacce – pensavo nel maggio del 1943 – i napoletani intingeranno le dita in questa cara acqua benigna, e fattisi il segno della Croce ricominceranno a lavorare e a ridere.

I parenti ricchi

Mio padre morì il 3 febbraio 1911; allora io dicevo «Mio padre è morto» come se avessi detto qual era la sua professione. Anzi suppongo di aver ostentato, coi compagni del secondo anno di scuola, la mia qualità di orfano: fu insomma una disgrazia di cui sentivo soltanto la rarità e il decoro.

Ma un bambino cresce anche per ricostruire i fatti ai quali ebbe tutta l'aria di non partecipare, finché diventa uomo e se li scopre addosso come minuziose cicatrici. Il 3 febbraio ritorna puntualmente ogni anno; in questa giornata, dovunque io sia, mi fluttua intorno un odore di ceri e di ghirlande: in casa apro le finestre e taccio; a un certo punto i miei figli interrompono i loro giuochi e non sanno perché. Mia moglie continua a sorridere, se le va di farlo, perché non abbiamo morti in comune; le portai in dote questo defunto avvocato Marotta che deve passare integralmente ai bambini; le nostre strade divergono nel passato, si dirigono verso morti diversi, che ciascuno, in caso di necessaria separazione (un lungo viaggio, se non addirittura una vedovanza) non affiderebbe all'altro con assoluta fiducia.

Il 3 febbraio 1911 mio padre soggiacque alle estreme conseguenze di una malattia che lo aveva consumato per anni. Tre mesi prima ci eravamo trasferiti a Napoli da Avellino, col ricavato della vendita di un nostro ultimo poderetto. A un certo punto, fissando sempre lo stesso riquadro di pavimento, l'avvocato si era accorto che la terra lo chiamava; avutane conferma da un vecchio medico col quale aveva frequentato il ginnasio, egli pensò ai suoi facoltosi parenti napoletani e decise di morire con le loro mani in mano.

Fu un'idea come un'altra, che ci portò in un qualsiasi vecchio edificio di quella che doveva diventare la mia città.

Per tre mesi la mia nonna materna stipò quella anonima casa di novene, di tridui e di vecchiette reclutate non so come e non so dove, ma che risultavano capaci di recitare con lei fino all'alba novene e tridui. Pregavano tutte insieme, con lo sforzo razionale e collettivo che i pescatori esercitano sul canapo della rete: sepolte nei loro scialli, strenue cariatidi della preghiera, si stimolavano con improvvise recrudescenze individuali di religiosi bisbigli, finché il sonno non arrivava a fulminarle.

Mia nonna e mio padre si erano da poco riconciliati, dopo una decennale inimicizia. L'avvocato Marotta aveva voluto sposare in seconde nozze una sartina di quasi trent'anni più giovane di lui; inoltre, nell'epoca in cui gli arridevano salute e successi, soleva proclamarsi indipendente da quelle stesse celesti autorità che la madre di sua moglie, le cui ginocchia avevano levigato il marmo di tutte le navate irpine, anteponeva a ogni bisogno umano. L'ateismo di mio padre, basandosi quasi esclusivamente sulle manchevolezze dei preti, era superficiale e candido: tanto valeva che egli si fosse rifiutato di credere al Tempo solo perché molti orologi funzionano male. Una mattina, comunque, si agitò eccezionalmente nel suo letto: disse che aveva visto la Madonna di Pompei al suo capezzale, e riprese i rapporti con Dio e con la nonna. Umida di acquasanta, la vecchia ci seguì a Napoli; mi tendeva agguati nel corridoio per costringermi a pregare con lei, ma il Signore era dalla mia parte perché generalmente riuscivo a sfuggirle e mi rifugiavo in terrazza.

Sui muretti crescevano strane e spesse erbe, tumide come labbra; certe foglie parevano polpastrelli: se accarezzandole mi addormentavo al sole, esse mi prendevano per mano e mi portavano nel paese di Sandokan.

In casa, mia madre riempiva siringhe e preparava infusi; col soverchiante odore dei medicinali che respirai in quei mesi, se non lo avessi sperperato dormendo coi dayachi sulla terrazza, potrei curarmi di tutti i mali per vent'anni. Mamma, eri giovane e infelice, allora; da troppo tempo la siringa, fra le tue dita sottili, aspirava guaiacolo e lacrime, determinando una formula terapeutica non meno astrusa e inefficace di qualsiasi altra ufficiale e famosa; da troppo tempo vivevi la tua disperata vigilia. Senonché, in attesa che i parenti ricchi venissero a raccoglierci, l'avvocato Marotta si rifiutava di morire.

Ci eravamo appena allogati nella nuova casa quando egli scrisse e diramò i suoi patetici appelli. Era contento. Riteneva che sua sorella Luisa e gli innumerevoli importanti figli di lei avrebbero formato intorno a noi baluardi di tenerezza.

Diceva: «Del resto non è che una restituzione. Io li ho sempre beneficati. Cedetti a Luisa il meglio dell'eredità paterna. Quirino fu ospite in casa mia per tutto il periodo dei suoi studi. Ma non è il caso di parlarne; si tratta o non si tratta di gente del mio sangue?».

Avvocato, che idea. Ecco una sorgente sulla collina, che forma rivoletti; sappiamo forse che strada prenderà quest'acqua?

Infatti i giorni passavano e nessun parente ricco si faceva vivo. Le condizioni di mio padre peggioravano ora per ora: ma egli si era impuntato, Dio sa a quali cavillosi espedienti legali ricorresse per ottenere tante dilazioni.

Così arrivò finalmente mio cugino Aurelio, l'arciprete. Nel corridoio benedisse le vecchiette oranti; suggerì loro alcune speciali preci, che peraltro erano state già tentate, quindi si chiuse con mia madre nel salotto. Naturalmente io non partecipai a questo fatto; ma più tardi diventai un uomo e me lo scoprii addosso come una cicatrice.

Il cugino Aurelio esordì dicendo che rappresentava anche sua madre e i suoi fratelli. Affermò che ciascuno aveva pianto ricevendo la lettera del morente avvocato. Ma non si sentivano in grado di obbligarsi a ciò che egli si aspettava da loro. Nessuno poteva assumersi, in circostanze così dolorose e solenni, l'impegno di nutrire tre bambini e una vedova. Opportunamente egli non accennò alla nonna, che mangiava soltanto avemarie. Mia madre annodava e scioglieva le sue lunghe dita. Osservò che non si trattava di mantenere, ma soltanto di promettere. L'indispensabile era che l'avvocato finisse di soffrire. Bisognava dargli l'illusione di vincere la sua ultima causa. Egli aveva ormai il diritto di morire: non era più il miscuglio di guaiacolo e di lacrime che lo teneva in vita, ma soltanto un ostinato proposito. A questo punto il cugino Aurelio trasalì.

«Una finzione?» disse scandalizzato. «Io, Concetta, con questo abito?»

Sciogliete le mani di mia madre, scioglietele. Cantava in un cortiletto, stirando biancheria, quando mio padre la vide e deliberò di farne una signora. Era calvo e pingue, ma aveva una bella barba appena spruzzata di grigio, e gli occhiali d'oro. Concetta fu una moglie troppo giovane per lui, ma ecco che l'avvocato agisce da galantuomo, ecco che dopo soli nove anni sta per restituirla al cortiletto.

Sul serio? Parlando al cugino Aurelio, Concetta misteriosamente afferma che non si arriverà a questo. Dopo un enorme silenzio essa fa il nome di un preziosissimo signorotto irpino. Costui ebbe e tuttora ha l'intenzione; se una disgrazia dovesse accadere...

«Voi sapete a chi ho voluto bene, e chi ho sempre rispettato» disse mia madre. «Ma i bambini... mi rimariterei per i bambini. E allora vedete, non occorre che vi preoccupiate per noi. Si tratta soltanto del vostro povero zio. Gli potete promettere tutto.»

Il cugino Aurelio si rassettava macchinalmente la tonaca e rifletteva. Non s'è ancora concluso un romanzo, nella vita di questa giovane moglie, che già un altro se ne inizia: egli era abituato a formulare constatazioni simili, nella remota ombra del confessionale, e probabilmente ne deduceva che i fatti intorno alla donna corrono e s'accalcano perché troppo breve è la sua stagione.

«È sempre una finzione, che ci domandi» disse stancamente.

Mia madre si alzò. Indicando l'attigua camera del malato, ribatté:

«Venite a vederlo. Solo un momento. Venite a vedere se non vale la pena di mentirgli».

Ma l'abito che il cugino Aurelio portava non permise questo. Egli non c'era neppure l'indomani, quando tutti i suoi fratelli, e la stessa zia Luisa, formarono un rispettabile semicerchio presso il letto dell'avvocato.

Erano uomini massicci e gravi, titolari di redditizie professioni, evocativi di targhe smaltate all'uscio e di clienti che dopo aver deposto su uno spigolo della scrivania la grossa busta dell'onorario si allontanano silenziosamente sui tappeti. L'avvocato si era ormai ridotto a chiedere soltanto con gli occhi; ma sovrattutto gli mancava il senso critico. Vedeva le grosse mani dei suoi parenti ricchi sui miei inquieti capelli o sulle esili spalle delle mie sorelle, ma è lecito ritenere che neppure una volta si domandò perché quando essi dicevano: «Le bambine saranno degnamente educate; il ragazzo avrà la sua laurea» non aggiungevano: «Ci penseremo noi». A un certo punto, fu evidente che l'avvocato cercava fra quei confortatori laici il cugino Aurelio; ma come ho detto costui non era venuto, e ancor oggi io rispetto le sue ragioni, anzi lealmente riconosco che egli fu l'unico parente ricco che mi pagò, nel 1916, una tassa scolastica. Suppongo che questo imprevedibile gesto fosse latente, in lui, fin dalla sera in cui mio padre si assopì finalmente in pace, mentre mia madre riconduceva all'uscio, con una fretta che parve ed era eccessiva, la gente del suo sangue.

L'indomani fu il 3 febbraio 1911.

Mia madre tinse di nero, rivoltandoli interminabilmente in un pentolone, i nostri vestiti e i suoi. Ancora per pochi giorni io sostenni con mia nonna, nel corridoio, duelli di agilità e di astuzia, e si capisce che se ero soccombente mi toccava recitare con lei spossanti preghiere, mentre nel caso contrario riuscivo a ricongiungermi, sulla terrazza, con l'imperturbabile Yanez. Furono venduti quasi tutti i mobili, e lasciammo quella casa per una stamberga di cui sto per parlarvi. Mia madre trovò un posto di guardarobiera e stiratrice; lo tenne per oltre dieci anni. Ho dunque molte ragioni di supporre che il preziosissimo signorotto irpino di cui aveva parlato al cugino Aurelio non fosse che un ingegnoso espediente di infermiera. Non se ne sa mai abbastanza sulle donne. Comunque fu una buona mamma; voi capite che una madre simile io andrei sin nell'inferno a riprendermela.

La casa in cui ci trasferimmo era uno stanzone alla base del campanile di Sant'Agostino degli Scalzi; una porta-finestra dava in una esigua striscia di terreno sassoso come il letto di un torrente, che noi chiamavamo giardino; sei lire al mese pagavamo d'affitto.

Come guardarobiera e stiratrice del Conte di M. la vedova Marotta (questa madre dalle lacrime e dai sorrisi subitanei, che mi ha trasmesso molti connotati fisici e la confidenziale, perentoria maniera di parlare dei miei guai ai santi) percepiva un salario di dieci lire settimanali. Chiusasi dietro a mio padre la porta di questo mondo, essa parlò alla zia Luisa del seppellimento.

«Voi che siete sua , sorella, e che possedete una tomba di famiglia a Poggioreale, non potreste accogliervelo?» disse.

La zia Luisa era una gelida vecchietta con la quale spero che non mi sia riserbato nessun incontro ultraterreno. Rimproverò mia madre per la sua vanità, le raccomandò di adeguarsi al nostro nuovo stato, dichiarò che il collocamento di suo fratello nella tomba dei Nardi esigeva costosissime pratiche, e lasciò capire che io avrei potuto recarmi alla sua villa tutti i pomeriggi, per ritirare gli avanzi del pranzo.

Così mio padre si allogò nella fossi comune, dove immagino che Dio fosse costretto a frugare a lungo, ogni volta che gli orfani e la vedova pregavano per il defunto avvocato; quanto ai cibi, andavo effettivamente a prenderli ogni giorno alle sedici e ancor oggi, se ci ripenso, mi sento il tepore e la forma del pentolino fra le dita, mentre le inferriate del Ponte della Sanità (i Nardi abitavano a Capodimonte) mi sfilano accanto non più rigide e fredde come mi apparivano allora, ma illeggiadrite e spiritualizzate dal ricordo, dolci come stecche di ventaglio.

Nel pentolino la zia Luisa mescolava tutto, spaghetti e insalata e magari croste di "sfogliatelle"; ma la fame non bada a queste cose.

Finché da un maturo cameriere del Conte di M., dopo

un po' che serviva in quella casa, mia madre ebbe una autentica proposta di matrimonio.

Pensate a una casa di poveri, posta al pianterreno di un campanile, nel giorno in cui la giovane vedova che ha suddiviso il locale mediante coperte sostenute da corde tese, per separare di notte il figlio maschio dalle femmine, viene chiesta ufficialmente in moglie da un grosso e bonario cameriere.

Maria, la mia sorella maggiore, mi aveva vagamente informato di ciò che stava per accadere. Per tutta la mattina io non ebbi il coraggio di guardare mia madre; d'altronde immagino che essendo egualmente occupata a sfuggire i miei occhi attoniti, essa non si avvide del mio disagio.

Era una nuvolosa domenica di marzo; mia madre cominciò a sfaccendare con lo strofinaccio fin dall'alba, come se avesse dovuto asciugare tutta la città lavata dalla pioggia; spolverò e lucidò con l'alito il grande ritratto di mio padre, fece altrettanto con noi, ci collocò su tre sedie contro la parete d'ingresso, specialmente della mia pettinatura pareva preoccupata.

Ricordo i volti seri e assorti delle mie sorelle (le bambine, al contrario dei maschi, hanno sempre l'aria di saper tutto sul matrimonio); quanto a me sentivo di essermi irreparabilmente smarrito, suppongo che mi ero trasformato in uno qualsiasi degli oggetti della casa, fra i più fragili, forse il lume a petrolio o la campana di vetro su Gesù Bambino, che pareva dover cadere, e infrangersi da un momento all'altro. Pensavo alle sere che andavo ad aspettare mia madre in Via dei Mille, presso la casa del Conte. Compariva e con lievi gesti mi rassettava il vestito. Prendevo la sua mano e ci avviavamo. Era lunga la strada; sulle salite del Museo o di Santa Teresa io camminando mi addormentavo, con la fiducia e il tepore di quella cara mano nelle dita. Forse non più che per un passo o due; riaprendo con un sussulto gli occhi pesanti, tornavo a vedere il suo volto bianco dietro la veletta; eravamo a Toledo e lei già diceva: «Peppino, siamo arrivati». Possibile che ora avesse dimenticato tutto questo? «Mamma, tu eri già fidanzata con me!» avrei voluto dirle mettendomi a piangere.

Arrivò prima don Aurelio, il cugino prete, che doveva presiedere alla cerimonia: mentre mia madre gli serviva il caffè, entrò in una folata di pioggia l'eventuale sposo. Si sedette e si mise il cappello sulle ginocchia. La tonaca e l'anello del cugino prete lo intimidivano. I miei occhi erano diventati finestre, le pareti si allontanavano e noi eravamo là, al centro di una radura. Mia madre non guardava niente e nessuno. Disse:

«Don Aurelio, questo è don Salvatore di cui vi ho parlato».

«Servo vostro, eminenza» disse il cameriere grasso.

«Non sono eminenza» dichiarò il cugino prete.

«Monsignore, bacio le mani.»

«Non sono monsignore.»

«E pazienza. Con auguri e per cento anni» concluse rassegnato il visitatore.

Silenzio. Mia madre non si era seduta. Ritta sotto il ritratto del suo morto avvocato era andata a mettersi, piccola e bianca e senza forme come le mamme in realtà non sono che nel ricordo dei figli maschi.

«Parliamo, Concetta» disse il cugino prete.

«Mi vuole» disse semplicemente mia madre, indicando il cameriere grasso.

Don Aurelio formulò adeguate domande. Don Salvatore dichiarò che era da vent'anni al servizio del Conte di M., rivelò che possedeva un gruzzoletto, confermò la sua intenzione di sposare al più presto mia madre.

«Concetta, stammi a sentire» disse il cugino prete. «Don Salvatore mi sembra un uomo serio e dabbene. Per me, non vedo difficoltà.»

«Gesù» replicò mia madre. «Domandategli perché non si è sposato prima!»

Non riconoscevo la sua voce. Le parole pareva che le si tarlassero in bocca. Se una vedova di avvocato, successivamente diventata guardarobiera, può sogghignare, ritengo che mia madre sogghignasse. Vedevo le sue mani tremare. Ripeté:

«Perché non vi siete sposato prima?».

«Non lo so» rispose il cameriere grasso. «Il matrimonio è come la morte, viene una volta sola.»

«Francamente, don Salvatore, questo non è normale» disse mia madre, con un riso isterico. «Voi arrivate a quarantacinque anni senza sposarvi, e poi di colpo, vedete me...»

«Signora mia, destino; significa che a questo dovevo arrivare.»

Il cameriere grasso aggiunse che non giustificava l'evidente ostilità di mia madre. Che c'era da dire sul suo conto? Era onesto, aveva una casa e un po' di denaro: tutto il rione di Chiaia poteva testimoniare su questo.

Il cugino prete approvò celestialmente. Mia madre sussultò accorgendosene. Disse:

«Nel vostro interesse, don Salvatore, non fatemi parlare!».

Il cameriere grasso impallidì. Nella vita dei camerieri grassi, per esemplari che siano, c'è sempre qualche fosco episodio di marsine rivoltate e fatte pagare per nuove al padrone.

«Donna Concetta, che c'è?» disse comunque il cameriere grasso.

Mamma, ti rivedo. Addossata al muro sotto il ritratto del defunto avvocato, tu ti irrigidivi sempre più; una pietosa fierezza induriva il tuo volto bianco e le parole ti si tarlavano in bocca.

«I miei tre figli, don Salvatore.»

«Certo» disse il cugino prete. «Avranno in lui un secondo padre.»

«Così è» disse, sogguardandoci, il cameriere grasso.

«Figuriamoci!» esclamò mia madre. «Proprio voi! Per questo sono nati e li ho cresciuti. Per consegnarli a voi. Forse volete cominciare subito? Peppino, vieni qua. Don Salvatore ti vuol dare uno schiaffo!»

«Uno schiaffo?» balbettò il cameriere grasso. «Ma io gli ho portato le caramelle...»

«Non le vuole!» strillò mia madre, collocandosi fra noi e lui.

«Padre, giudicate voi se questo è il modo...» disse sbalordito il cameriere grasso, rivolgendosi al cugino prete.

«Don Aurelio, non ci seccate» replicò mia madre.

Parve aspirare tutta l'aria dello stanzone. Senza riflettere, vuotandosi di parole come se si vuotasse di un convulso pianto, strillò:

«Ditelo pure che vi fanno gola! Mi levo il pane di bocca per nutrirli... Lavoro giorno e notte e voi lo sapete! Li tiro su come meglio posso, e perché lo faccio? Per darli a don Salvatore! Perché don Salvatore si sfoghi! E come no! Maria, Peppino, Ada, eccolo qua il vostro secondo padre... vi romperà le ossa!».

Il cameriere grasso si alzò. Rivoletti di sudore gli scorrevano sulle guance violette di barba ben rasa. Disse:

«Io? Io picchio i bambini, forse?».

«Don Salvatore, e voi siete anche presuntuoso!» ribatté

mia madre con una veemenza che lo fece riadagiare spossato sulla sedia. «Voi, chi sa perché, vi credete diverso dagli altri... vi date arie di superiorità! Ma con me non attacca. Eccovi la mia risposta: no. I bambini non si toccano. Don Salvatore, non vi voglio.»

«Parlate voi, padre» supplicò, fra sintomi di asfissia, il cameriere grasso.

Ma mia madre si era chinata su di lui, parlava come se gli si fosse inginocchiata davanti:

«Un padrigno, don Salvatore, proprio un padrigno... lo avreste voluto, voi? Lasciateci perdere, siamo una vedova e tre orfanelli. A voi che vi costa? Peppino è così delicato... ci sono tante vedove con figli grandi, robusti, che si possono difendere... Don Salvatore, fate un matrimonio da uomo!».

Il cugino prete e il cameriere grasso si alzarono insieme.

«È pazza» disse don Aurelio.

«Se non vi dispiace, tolgo l'incomodo» balbettò don Salvatore, e uscì per primo.

«Le caramelle!» gridò mia madre, rincorrendolo e infilandogli il pacchetto nella tasca del soprabito.

Infine don Aurelio osservò brevemente che mia madre aveva un pessimo carattere. Disse:

«Hai perduto un'ottima occasione di sistemarti. E non so fino a quando potremo continuare ad aiutarti».

«Avete ragione» disse umilmente mia madre. «I tempi sono duri. Da domani non manderò più il pentolino.»

Il cugino prete uscì frusciando.

Le nuvole si erano diradate; il sole irruppe dalla portafinestra, proprio come se don Aurelio gli avesse ceduto il passo sulla soglia, o meglio come se durante tutto quell'indimenticabile trattenimento egli lo avesse tenuto avvolto nella sua tonaca nera.

Mia madre si sedette in mezzo a noi, ed era evidente che né allora né mai ci avrebbe dato un secondo padre.

Senza una parola, senza guardarci, ci scompigliava i capelli, ci spiegazzava i vestiti che all'alba aveva rammendati e stirati con tanta cura.

Il Conte di M., presso il quale mia madre fu, come ho detto, guardarobiera e stiratrice, era un singolare e sterminato individuo, così alto e obeso, così espanso che faceva pensare a un punto di confluenza, a un estuario di illustri genealogie, reso peraltro improduttivo e stagnante dal fatto che, lo si sappia, oltre a essere insignito di numerose contee minori, nonché dei titoli e delle attribuzioni di Cavaliere di Malta e di cameriere segreto del Papa, questo nobile signore era un invertito sessuale.

Egli ingombrò di sé alcuni anni della mia adolescenza; per poco non si assunse le spese dei miei studi; poteva diventare il mio mecenate o peggio se io da giovinetto fossi stato un po' meno sospettoso e insocievole.

(Non mi vergogno di riesumare queste cose; i narratori oggi debbono ritrovare il coraggio dei fatti o andarsene al diavolo come ogni altra splendida superfluità.)

Ripeto dunque che tutto ebbe inizio con la morte di mio padre, causata da una tisi caratteristicamente meridionale, a decorso lento, di una perfidia domestica e distratta; quella mattina lo scialle in cui lo vedevamo avvolto si aprì: ne uscirono le sue ossa ferme e quasi pulite per il loculo, nonché la miseria più assoluta per gli orfani e per la vedova.

Le promesse dei parenti ricchi non erano state, come ho detto, che una finzione escogitata per ottenere che l'avvocato Marotta morisse in pace; essi non tornarono a salutare il cadavere e allora, immediatamente avvertita dal parroco, sopravvenne la beneficenza.

Non era che una monaca, di quelle che il popolo chiamava francesi e i cui cappelli bianchi inamidati apparivano d'improvviso sulle creste dei ripidi vicoletti, come aquiloni. Suor Elena aveva, per cultura e per rango, i migliori rapporti con l'igiene e con l'aristocrazia; ci sterilizzò anzitutto, nel senso che fece bruciare lenzuola e coperte di mio padre, lasciandocene quasi privi; successivamente chiese ed ottenne che il conte di M. assumesse mia madre come guardarobiera e stiratrice a dieci lire settimanali; subito dopo si dileguò per sempre.

La casa del conte, in Via dei Mille, era sovraccarica di tappeti e di tende e di soprammobili: come tutte le dimore dei ricchi di quell'epoca era vessata e spossata dall'arredo. A poco a poco il conte arrivò a permettere che io trascorressi interi pomeriggi presso mia madre, nella stanza in cui essa lavorava; ogni tanto le nuvolette che il ferro da stiro sollevava dalle stoffe umide si dissolvevano ed io rivedevo l'assorto sorriso della stiratrice. Due volte madre me la faceva quella sua incessante fatica, come erano neri i suoi capelli fra i candidi mucchi di biancheria.

Curioso come ogni ragazzo cominciai ad aggirarmi nei corridoi, esplorando, se le trovavo deserte, le innumerevoli stanze. Saggiavo le poltrone e i letti, ghermivo qualche libro dagli scaffali per andarmelo a leggere in un remoto ripostiglio, tendevo l'orecchio verso qualsiasi voce o tramestìo, mi dileguavo con straordinaria prontezza al sopraggiungere di qualcuno, e del resto il conte si limitò, una volta che non mi riuscì di evitarlo, a impartirmi una distratta carezza. Ma mi aveva riconosciuto? Inseguiva, se il termine può adattarsi a un uomo della sua mole, un bel gatto soriano: riuscì non so come ad afferrarlo, si gettò su un divano, squassò nel pugno l'animale e quando lo vide furioso se lo accostò al petto attraverso la camicia sbottonata. La pelle si rigò di sangue: «Caro... piccolo» gemette dolcemente il conte.

I rapporti del conte di M. con la servitù – i tre domestici, le due cameriere, l'autista, il cuoco e il maggiordomo – erano strani. Di solito egli usufruiva di tutto il loro rispetto e li trattava con benevolo distacco; ma c'erano sempre dei giorni, o dei momenti, in cui le posizioni sembravano invertirsi e una taciuta singolare dimestichezza aveva il sopravvento sulle convenienze.

«Eccellenza... Va bene così?» accadeva che gli dicesse il maggiordomo mentre gli radeva la barba.

E tutt'a un tratto, cambiando tono:

«Vuoi tenere a posto le mani, sgualdrina?».

Cadeva una bacinella e i due lottavano ridendo; stretto alla vita o alle spalle il conte di colpo si indeboliva diventando un macigno; ricordo il colore delle sue gengive scoperte e accese da quella gaudiosa ilarità, i grumi di sapone sulle sue guance, il riflesso del rasoio deposto sulla mensola, che andava a colpire un lembo di toga nel ritratto di un antenato. Poi, a un cenno del conte, la scena si ricomponeva nelle sue linee naturali: il padrone si riadagiava nella poltrona dorata, il servo deferente ricominciava ad affaccendarglisi intorno.

Il conte di M. poteva avere, in quell'epoca, trent'anni. Ma spesso liberava da sé uno sconcertante e lascivo bambino che non aveva voluto saperne di crescere con lui. Ciò avveniva specialmente con le donne della casa, le domestiche che ho detto. Rivolgeva loro, d'improvviso, domande irriferibili; appuntava furtivamente ai loro grembiuli disegni sconci; una sera che aveva a cena il canonico D., nel vassoio su cui la cameriera aveva recato il caffè situò bene in vista una cartolina raffigurante un osceno accoppiamento: la confusione della donna, che non sapeva se tendere egualmente il vassoio all'ecclesiastico in attesa della tazzina o ritirarsi in fretta, deliziò il conte di M. fino al deliquio.

43

Un giorno vidi mia madre deporre il ferro da stiro e oscurarsi in volto. Corsi ad aprire la porta. Il conte di M. trotterellava nel corridoio, facendo sussultare pareti e mobili. Si era messo un fascio di giornali sotto il braccio e, contraffacendo la voce degli strilloni, urlava:

«Poscia più che il dolor poté il digiuno! La vedova Marotta rinunzia all'astinenza! Sensazionali particolari sulla prima notte d'amore (seconda serie) della vedova Marotta!».

«Per carità, signor conte, c'è il ragazzo» balbettò mia madre comparendo sulla soglia.

Io ricordai, in quel momento, i quattro ceri intorno al letto di mio padre; nessuno aveva pensato a spegnerli benché il cadavere fosse stato portato via da qualche ora; sempre nel fumo e nell'odore di quei ceri suor Elena si era chinata su mia madre e le aveva detto:

«Vi troverete benissimo nella casa del conte di M. I domestici vi rispetteranno perché avrò cura di informarli che siete una signora, la vedova di un avvocato. Quanto al conte... egli non è un vero uomo, Concetta... ma sì, sono assolutamente tranquilla per ciò che riguarda il conte».

Mia madre rimase immobile sulla soglia, mentre il conte di M. continuava a correre e a gridare e a ridere, agitando il fascio di giornali; io mi ero rimesso il soprabito per andarmene, la toccai passando e per un attimo sentii le sue lacrime scrosciare sul mio berretto. Perché il pane di una giovane stiratrice sia amaro non occorre nemmeno che essa lavori per un uomo che voglia o possa metterle le mani addosso; quando cominciai a riflettere su ciò avevo tredici anni.

Ne passarono altri due. Nella casa del conte non avevo più messo piede. Il mio quindicesimo genetliaco fu triste. Terminati gli studi medi, era chiaro che non avrei potuto intraprendere quelli superiori. I nostri pasti erano distanziatissimi, avevo sempre fame, fingevo di trovare capelli o mosche nella minestra affinché le mie sorelle deponessero impallidendo le forchette e mi cedessero la loro porzione. Suppongo che esse già cominciassero a sognare il matrimonio, in quel tempo: ma più come tavola che come alcova. Insomma il salario di mia madre aveva fatto tutto quello che aveva potuto per i miei studi, non c'era da cavarne altro. Senonché risultò che io avevo scritto certe poesie. Mia madre ne rinvenne in gran numero nei miei quaderni di scuola. Il conte di M., richiesto di un giudizio su quei versi, li trovò lodevoli; parve anzi che sospirasse pensando agli stracci dai quali uscivano, e vagamente lasciò intendere che era peccato che io non potessi dirigermi verso una laurea. Manifestò il desiderio di rivedermi; fissò il giorno e l'ora. Come me ne ricordo; era un nuvoloso pomeriggio d'estate, sulla città bagnata e ardente il cielo pesava come un elmetto. Fu mia madre ad aprire la porta. Guardandola capivo tutto: le sue speranze e le sue paure. Percorremmo senza parlare un corridoio, fino alla camera in cui il conte a quell'ora sonnecchiava: chi avrei trovato dietro l'uscio chiuso, il Cavaliere di Malta e il cameriere pontificio che in abito di gala illuminavano tanti solenni dipinti sparsi per la casa, o l'insensato individuo che per insultare la sua malinconica stiratrice riusciva ad imitare così efficacemente uno strillone di giornali?

Il conte di M. giaceva sul letto e fumava. Si era tolta, per il caldo, la giacca del pigiama; era immenso e bianco. Mi disse di accostargli il portacenere, volle che gli servissi il caffè freddo dal secchiello di ghiaccio che dovevano avergli portato poco prima. Frattanto, mi guardava. Ero così smunto allora; un volto liscio e olivastro fra i ricci neri, gli occhi febbrili e mesti, si poteva pensare che fossi rimasto impigliato ad un lembo del tragico scialle di mio padre. Mi feci coraggio e dissi:

«Signor conte, vi ho portata un'altra poesia. L'ho scritta stanotte».

Di colpo egli mi attirò a sé, accostò il mio volto al suo.

«Bravo bravo» disse ridendo. «E che altro fai la notte? Vediamo se indovino.»

«Non toccatemi» esclamai, ed ero già sull'uscio.

I fogli erano caduti sulle coltri. Rivedo le righe eguali dei versi, la mia scrittura acerba. Il conte di M. non si assunse le spese dei miei studi, che pertanto cessarono in quello stesso anno. C'era la guerra, benché fossi molto giovane trovai facilmente lavoro come operaio. "Gas" si leggeva sul mio berretto; alla «Compagnia napoletana di illuminazione e di riscaldamento col gas» si intitolavano i volumi che sostituirono sotto il mio braccio Virgilio e Alfieri; "Gas" ripetevano a chiunque i bottoni dorati della mia divisa. Il conte di M. soggiacque pochi anni dopo a una paralisi cardiaca. La benedizione del Pontefice gli pervenne quasi contemporaneamente. Egli lasciò il suo incalcolabile patrimonio per metà al suo autista e per metà alla Chiesa. Che ne è di lui, ora? In qualche corridoio ultraterreno, per secoli e secoli, contraffacendo la voce degli strilloni, dovrà gridare il titolo delle sue colpe, nessuna esclusa; poi lo assolveranno, non per i suoi donativi a Dio ma in considerazione del fatto che neppure la sua vita fu lieta. Il mondo è gremito di infelici; ciascuno parla soltanto la lingua del proprio dolore, che per gli altri non ha senso; tutti vogliamo leggere versi a qualcuno che vuole attirarci nel letto, o viceversa.

Cara mamma

E una volta, per qualche interminabile mese, scrissi lettere d'amore a mia madre. Avevo, rammento, diciotto anni; il tempo in cui ero operaio del Gas a Napoli; mia madre serviva ancora il conte di M., che da via dei Mille si era trasferito al Monte di Dio; lavorava e stirava per lui le più belle camicie inamidate del mondo, spolverava e spazzava, diceva al telefono «Sì, eccellenza, il signor conte è fuori ma rientrerà presto; no, eccellenza, anche il maggiordomo ha dovuto uscire: io sono la cameriera, Concetta»; e quando non faceva niente di tutto questo guardava dalle finestre il giardino del Calascione che dal Monte di Dio scende ridendo e ballando a piazza dei Martiri, là una folle scorciatoia il Calascione, un groviglio di scalini e di aiuole, un torrente di vialetti fiancheggiati da rocce aguzze che sembravano denti di cremagliera: perciò scende ridendo e ballando; allora nessuno poteva usufruirne senza pagare, a mezza strada, un soldo di pedaggio; dico nessuno che fosse zoppo o che non sapesse, tagliando fuori con quattro salti la casetta del custode, procurarsi una scorciatoia della scorciatoia. Spesso mia madre guardava le verdi spume del Calascione pensando: ero una poveretta che sposandosi diventò una dama e che con la vedovanza è ridiventata una poveretta; giardino, spiegami: anche Dio prima fa e poi si pente, o c'è solo una ruota che gira come gira? Fantasticava, credo: l'aria di Pizzofalcone si riempiva di signori distintissimi che le si inchinavano togliendosi il cappello duro, e di altri gentiluomini che dichiarandosi di opposto parere la prendevano a calci. Il meno irreale di questi ultimi, cioè l'effettivo conte di M., un giorno domandò a mia madre se intendeva seguirlo per due o tre mesi a Montecarlo (dove si proponeva di svezzare al tavolo verde il suo enorme patrimonio) o se preferiva licenziarsi; lei chiese qualche giorno per decidere e tornò a casa con gli occhi gonfi, non sapeva come parlarmene.

Abitavamo in via Purità a Materdei, una stanzetta con finestrelle da presepio che davano sul vico Neve. In che senso, neve? Era anzi una viuzza piena di sudici "bassi", con bottegucce di ciabattini e di carbonai e sovrattutto dei più miseri fruttivendoli che si possano supporre, la loro mostra si componeva di due sedie accostate sulle quali con tragica arte essi disponevano gruppetti di frutta a un soldo ciascuno: due noci e una nespola, un'arancia e una ciocca di ciliege, tre mandorle e una contusa albicocca. Perché vico Neve? In un attimo quel nerissimo popolino si arroventava imbastendo una lite, uomini che alla svelta si frantumavano le ossa oppure donne che si insolentivano per lunghe ore, trattenute dai vicini sulla soglia dei rispettivi "bassi"; là, come su un palcoscenico, le braccia levate al cielo, esse intonavano litanie di atrocissime offese, interminabili elenchi di colpe e di oscenità che facevano dire a mia madre «Gesù, salvateci» e che si confondevano, verso sera, con i richiami dei venditori di ulive e con i rauchi suoni dei campanacci che annunziavano il ritorno di qualche sentenziosa mucca alle grotte delle Fontanelle. Vivevo solo con mia madre, in quel tempo, essendosi sposate le mie sorelle; dormivamo nel grande letto d'ottone in cui ero nato, di giorno mi sentivo talmente uomo da indebitarmi con i più sordidi strozzini di Napoli, ma la notte ridiventavo bambino, mi piaceva la mano di lei nei capelli e gustare, mentre chiudevo gli occhi, un remoto odore di culla che il mio sangue non aveva dimenticato.

Speravo che mia madre ignorasse fino a che punto appartenevo agli strozzini. In quel periodo essi erano padroni di Napoli. Esigevano un interesse altissimo, criminoso; nei giorni di paga, uscendo dal palazzo della Compagnia del Gas in via Chiaia, ce li trovavamo improvvisamente addosso; avevano in una mano il libretto dei conti e nell'altra una strabica mazza che sembrava dire: «Signori miei, chi ve le ha mai chieste e a che servono le cambiali?». In meno di un anno questi angeli del piccolo credito mi sedussero talmente che ben poco godevo, dopo averli pagati, del mio salario; l'indomani dovevo di nuovo ricorrere a loro, estraevano il denaro da qualche logora scatola o da qualche immenso portafogli legato con lo spago e me lo porgevano sospirando, quasi avvertendomi che non si sarebbero mai consolati se li avessi costretti a rompermi la faccia. Dunque mia madre promise una risposta al conte di M., ci pensava ma non sapeva come parlarne a me. Infine, stavamo per addormentarci, disse: «Peppino, tu non mi dài quasi niente, per la casa. Aspetta, io sono contenta lo stesso, finché lavoro. Ma adesso... ma il conte...». Bisbigliammo interminabilmente, avevo la sua mano nei capelli. Mi domandò se mi sentivo capace di cavarmela da solo per un mese o due. «Invece di spendere senza metodo la tua paga» disse «dovresti suddividerla bene, un tanto al giorno, da non farti mai mancare il necessario... è possibile?»

«Certo» risposi «non sono un ragazzo»; ed effettivamente ottenni che i battiti del mio cuore non pervenissero ai sensibilissimi pomi del letto d'ottone, il minimo tintinnìo mi avrebbe tradito. Insomma lei partì con gli altri per la favolosa Montecarlo: forse non immaginava come sarebbero cominciati presto i miei guai, ma pianse egualmente; era così, mia madre, in un attimo le lacrime ritrovavano sulle sue guance la loro vecchia strada: e dove, dove ne prendeva tante?

Affidarmi a me stesso! Io sono sempre stato il mio padrigno. In poche settimane dissipai le ibride centinaia di lire che gli strozzini disponibili potevano ancora darmi (feci anche qualche nuova conoscenza finanziaria, volti e nomignoli amari) e mi ridussi infine sulla paglia. Le vie di Napoli sono insultanti per chi ha mangiato poco o niente: i giganteschi "provoloni" che si dondolano come odalische, i falcati prosciutti, le dune di ricotta, i salami di pasta larga, in cui se li espongono mozzi le tonde vene di grasso sembrano monetine d'argento, i canapi arrotolati di salsiccia e sovrattutto te rosticcerie e le "pizzerie" con il loro aroma sincero antico di forno e di padella, quell'odore che non si ferma alle narici, che vivo con noi e che è sempre nell'aria, vago o intenso, quando diciamo casa famiglia paese. Cessato il lavoro, per non patire le strade, mi affrettavo a rientrare. Arrivò giugno, ricordo, le finestrelle non accennavano mai a spegnersi, non era mai abbastanza notte. Dopo aver frugato dovunque in cerca di qualche miracoloso cibo (avevo perfino sorbito, condendolo col sale in un piatto, il poco olio trovato in una bottiglia; erano finite le croste di formaggio nella grattugia e le cipolle nel cestino; mille volte presi e fiutai una boccetta che era sempre quella dell'aceto) cominciavo a sentirmi dolorosamente figlio di mia madre. Non pensavo a lei col solito lungo e superficiale affetto, l'amavano le mie ossa finalmente e le davo ragione di tutto il mio corpo: grazie per le braccia e per gli occhi e anche per la fame, non soffro, mi preoccupo invece per te, ho solo pietà di te. Mia madre a Montecarlo! Un treno di lusso, un confine, stranieri da ogni parte, chiese che non la riconoscono, il conte di M. con le tasche piene di gettoni o improvvisamente ripudiato dalla fortuna, la servitù allegra o sbigottita che lo sbircia; possibile? Mia madre a Montecarlo, stira su un tavolo di Montecarlo mentre il vico Neve (Gesù, salvateci) va e viene nel suo cuore come il ferro sulla candida biancheria; ogni fazzoletto, quando lo piglia dal mucchio e lo spruzza d'acqua per stirarlo, è una sindone con la mia stretta faccia nel mezzo che evita il suo sguardo e si vergogna.

Questo le dicevo nelle lettere d'amore che cominciai a scriverle: mi vergogno. Le dicevo mi vergogno di non darti pane, di mangiare io il tuo pane che ora sta arrivandomi per posta da Montecarlo, da Montecarlo in piccole banconote francesi. Cara mamma, le dicevo, come sai che io sono il mio padrigno, come hai potuto indovinarmi tutto? Diventerò un uomo sbagliato, cara mamma, e che sarà di te? Sì, stai tranquilla: mi nutro regolarmente, adesso; tu me li mandi ben suddivisi, quasi giorno per giorno, il tuo salario e le tue mance da Montecarlo. Ti voglio tanto bene e non dimenticherò queste cose, le dicevo, sento che esse conteranno sempre nella mia vita.

E così è stato. Nel maggio scorso, qui a Musocco, mia madre fu dissepolta per essere messa in un loculo. Non volli nessuno con me. Mi avevano mandato un biglietto che specificava l'ora in cui l'avrebbero riesumata, fu un appuntamento, un appuntamento per le undici. Bisogna portare un panno di lino: lo stendono nella nicchia per non deporre le ossa sul nudo cemento. Bisogna munirsi di un frate che preghi, di qualche crisantemo che pianga, di molto coraggio che sorregga. Era una limpida mattina, sulle strazianti parole delle epigrafi rimbalzavano i passeri, tutta l'educata flora di Musocco sfilò e mi sorrise (dovevo quasi raggiungere il muro di cinta, oltre il quale si vedono correre i treni) abolendo per sempre il folle giardino del Calascione che danzò per noi quando sembravamo sventurati mentre eravamo in realtà completi e felici. Ecco il campo 71. Scorsi la fossa già riaperta, sussultai temendo di aver tardato (ancora, per l'ultima volta) ma il frate mi spiegò che è l'uso, lo scavo viene eseguito prima che i congiunti arrivino; per risparmiarli si lascia solo un velo di terra sulla bara. Un uomo discese a stracciare anche quel velo; un secondo uomo riempì delle ossa, man mano che l'altro gliele gettava, la cassetta di cemento nella quale avevo steso il panno di lino tuttora caldo delle mie dita. Il frate pregò su quel cranio bianco in cui erano cominciati e finiti tanti pensieri per me. Finiti? Non posso crederci. Ormai, trasformatesi in rimpianto perfino le speranze, io se vivo e lavoro non faccio che scrivere lettere d'amore a te, madre. Cara mamma, dicono esclusivamente le mie giornate; e tu certo, da un paese più lontano e difficile di Montecarlo, altrettanto straniero ad entrambi finché ci separa, continui, suddividendo bene i tuoi aiuti (mi conosci), ad occuparti di me. Il tempo precipita. Dio non è bello e non è certo come il tuo definitivo ritorno.

Cara sorella

Da un secolo non vedo mia sorella Maria. Le volli molto bene quando ero piccolo. Benché non avessi che due anni meno di lei mi insegnava ogni cosa e rideva o piangeva con me fedelmente, era la terza mano di mia madre. Una volta, avevamo appena raggiunto Napoli dall'Irpinia dietro l'inguaribile tosse di mio padre, ci mandarono dal più vicino droghiere per due soldi di caffè e noi ci smarrimmo nei vicoli. Un bambino di sei anni e una bambina di otto cercano la casa in cui abitano da poche ore; non ricordano che nome abbia la viuzza, del palazzetto sanno i tre scalini esterni e che il portinaio è zoppo; ciascuno ha compassione di sé e dell'altro, singhiozzano abbracciati per difendersi dagli enigmatici sviluppi di questa disgrazia, a ogni pietosa domanda rispondono portinaio zoppo e gradini tre. Fu sufficiente, del resto. Laggiù basta dire: «Avete visto un'onda così e così in mezzo al mare?» perché qualcuno, fra gli ultimi arrivati, rifletta brevemente e la indichi a colpo sicuro. Come i chicchi del caffè che allora stringevo fra le dita, il ricordo di quell'angoscia ha oggi forza e aroma nel mio cuore, posso macinarne e bollirne e berne quanto voglio. Per interminabili minuti ci sentimmo orfani; intuimmo ciò che dovevamo diventare; fummo indecifrabilmente avvertiti, in una lingua straniera, che avremmo perduto tutto: perfino l'amara consolazione di poter soffrire insieme.

Ma si amano veramente, i fratelli, in una famiglia oppressa dalla miseria? Quando la zuppa sta per essere allargata nei piatti (la madre quasi la riduce a un velo, presumendo di accrescerla), quando il pane è tagliato e ciascuno misura i buchi di ogni fetta, a tavola, dico, si amano i fratelli a tavola? «Oggi muori tu e la tua parte la mangio io: domani toccherà a me... ci stai?» è il pensiero che viene. Le femmine con impercettibili gesti fanno sparire il cibo, i loro dentini aguzzi non si sono mossi, l'alito glielo fiutate e odora di confetto o di comunione o di speranza ma il migliore pezzetto di carne si è dissolto... ecco dove stava, ecco l'impronta di sugo nel piatto... era grosso così e aveva un bargiglio di grasso, anzi no, aveva la cornicetta di nervi che dura eterna, che non esaurisce mai il suo vago sapore di arrosto e di domenica. I gomiti accostati sulla tovaglia si urtano e dolgono, il sole è rosso nelle tendine, l'acqua è livida nella bottiglia, le forchette pungono gli occhi, le miche scacciate dai sospiri fremono: chi non mangiasse rancore, in questa casa, resterebbe digiuno. Cara Maria, io credo che il nostro reciproco affetto sia stato, lontano dai pasti, enorme; ciascuno doveva farsi perdonare il furto di esistere danneggiando l'altro: scusami se nacqui, cara sorella; io pure, mentre giochiamo con sassolini o bottoni sul pianerottolo, dimentico di averti ingiustamente trovata al mondo; non ti uccido, lo vedi, ti bacio e ti spettino e infine mi addormento come tra due ferri di gabbia sulle tue sottilissime ginocchia. Ecco la nostra infanzia: un odio e una riconciliazione di ogni giorno; ti desidero morta, nera sul bianco dei piatti, una crocetta dove era il tuo cucchiaio; ma prima e dopo ti voglio tanto bene!

Si cresce in un momento, se è per questo. Mia sorella divenne anzitutto lunghissima, i suoi piedi sporgevano dal lettino e mia madre appena alzata glieli avvolgeva in uno scialle che subito si apriva restando attaccato agli alluci per un lembo, come una bandiera: quante volte fissai quello straccio grigio mentre il sonno della mattina mi ingannava coi suoi squisiti andirivieni; talora la luce batteva su una caviglia di mia sorella come in uno specchietto; sull'opposto cuscino vedevo i suoi capelli vagamente azzurri nell'ombra; pensavo: così sono io quando mi innamoro di me. Cara Maria. Si fece sul serio una bellezza di quegli anni, puntuale, il ritratto delle ansie amorose che vigevano nel 1916, una flessibile ragazza con occhi immensi, con labbra impaurite ed esaltate dai timidi elogi del rossetto; le sue scollature (niente erano, spiragli) formulavano un casto ma sempre più reciso avvertimento. Ciò mi riempì di un nuovo astio; ero geloso, la custodii, la tiranneggiai. Avevo precocissime furie, allora; mi azzuffai con chi guardava troppo Maria, feci in casa e fuori scenate di cui un po' mi vergogno e un po' sorrido. Chiudi quella finestra, non voglio che tu legga Da Verona, ti dico che la tua amicizia per la Capezzuto deve finire, eccetera. Lei resisteva puntigliosamente. Disobbedire è così facile per una donna, diceva sì ed era no, una volta afferrai le forbici e le tagliai i capelli. Furono due mesi di clausura, povera Maria; se ne vendicò fingendosi svanita e matta. Invece di mangiare sceglieva uno spaghetto e se lo avvolgeva all'anulare balbettando: «Io domani mi sposo», oppure cantava usando una rauca voce d'uomo, quasi parodiava Raffaele Viviani ma con un terribile volto serio e dolente, staccato dal busto, solo; o anche si lavava per tre o quattro ore consecutive le mani nel catino, era un interminabile osservarle e rituffarle; io dicevo: «Non badatele, recita» ma una sera piansi sulla spalla di mia madre e Maria finalmente rinsavì.

Cara sorella. Arrivò un uomo con la solenne promessa di sposarla e i nostri più autorevoli parenti lo protessero da me. Ci separammo allora e per sempre, io e Maria; il tempo in cui essa mi aveva insegnato ogni cosa cessò e sparì a quella svolta. Rientravo sempre più tardi per non incontrare Angelo: stavano seduti presso il balconcino e mia nonna li sorvegliava dicendo il rosario, adesso mi rammento che un giorno la povera vecchia aveva bisogno di allontanarsi un minuto, ma tanto si ostinò a non interrompere la sua vigilanza che perdette i sensi, fu poi sgridata da un medico e anche dal confessore. La domenica i fidanzati uscivano con l'intera famiglia, un piccolo corteo; mi invitavano ma io rispondevo «Ho un impegno» e mi dileguavo; una sera che ci incontrammo faccia a faccia mentre sbucavano dalla «Sala Roma» salutai toccandomi il cappello e proseguii senza voltarmi; ero tetro e dannato come Otello, i fulgori di Toledo sembrarono spegnersi di colpo e il violino di un mendicante urlò. Non mi trovavo a Napoli o ero infermo, ho dimenticato, quando Maria si sposò e partì.

Da allora, in più di vent'anni, ben di rado ci siamo visti. Fu e rimane, un assoluto distacco; ci sappiamo ancora vivi ed è tutto. Lei risiede in una città dove io non ho mai occasione di andare; però i suoi figli vengono spesso a trovarmi; il terzo, Renato, è iscritto proprio all'Università di Milano. Mi piace, trovo che somiglia molto a mio figlio. Passeggiamo discorrendo; ma io non penso esattamente a ciò che dico. Senza parere lo osservo, lo scruto. Interrogo i suoi polsi, i suoi capelli, il suo passo, la sua maniera di guardar la luce l'ombra gli oggetti le persone. Cara sorella, ora io e te abbiamo ciascuno il proprio cielo sul capo e la propria terra sotto le scarpe. Non siamo più fratelli e nemmeno amici, chi ti conosce più? Vorrei un ultimo rancore che mi legasse a te anche dopo tanto tempo e da lontano, ma non lo trovo. Le mani non mie che stringerai in punto di morte, le mani non tue che io cercherò nello stesso brutto momento? È assurdo. Forse Renato... Tu eri piena di memorie nostre quando lo avesti. Egli mi parla, mi parla ed io sono dolorosamente tentato di interromperlo esclamando: «Ti ricordi quando quel vecchietto fece schioccare le dita e gridando che il portinaio zoppo non poteva essere che don Eugenio ci riportò a casa in un istante? Ti ricordi che fame avevamo verso sera l'estate, quando la giornata dei bambini non finisce mai? Ti ricordi quando impazzisti perché non volevi rinunziare all'amicizia della Capezzuto, e se non avessimo pianto per te non ti saresti arresa? Ti senti mai, dormendo, il vecchio scialle pendere dalle caviglie? Ti ricordi? Ti ricordi?». Cara sorella, perdonami. Io non so quel che dico. Io non potrei certo parlare così a Renato.

Pane, con sale e olio

Eppure, dico, oggi vorrei mangiare pane con sale e olio. Questo è un pensiero che mi raggiunge ogni tanto, senza che speciali motivi lo chiamino; immagino di voler mangiare pane con sale e olio ma non mi si deve domandare perché, non saprei rispondere, il pane con sale e olio è fra l'altro ereditario come il colore dei capelli o la tisi. Da noi, laggiù, il pane con sale e olio è il penultimo dei cibi, viene subito dopo il brodo di trippa e precede soltanto i lupini o il puro niente. Questo pane con sale e olio si determina, in una casa meridionale, quando tutto è perduto: finito il denaro, finito il credito, finite le avemarie, c'è sempre qualche goccia di olio nella bottiglia, c'è sempre qualche pezzo di pane raffermo nei cassetti in cucina, ci sono sempre un pizzico di sale nel barattolo e l'affettuosa acqua del Serino nella fontana. Noi, laggiù, non neghiamo che il pane con sale e olio sia comunque una minestra; mai, fin da quando fece la sua prima apparizione su una mensa, mai il pane con sale e olio si è inserito fra un antipasto e una pietanza: ma per essere una minestra è una minestra, tanto vero che lo si può desiderare freddo d'estate e caldo d'inverno; in casa mia optavamo generalmente per la neutra acqua del fiasco che non si pronunzia.

Sono capace anch'io di preparare il pane con sale e olio, mi ci provai due volte a Milano nel 1926 e tutto andò bene. Non bisogna credere al livido colore che inumidendosi e dilatandosi assumono i tozzi; occorre poi spargere con cura il sale e l'olio, o almeno, nel peggiore dei casi, immaginare di averlo fatto; ci si siede, infine, e si mangia. In casa mia vigeva l'uso, se il pranzo o la cena era di pane con sale e olio, di non stendere la tovaglia: consideravamo in lutto la tavola, più che il nostro appetito, e rispettavamo il suo dolore. Mia madre diceva: «Ah se vostro padre ci vedesse», nient'altro; aveva il pianto facile ma si rovinava la minestra, così, e mangiando le proprie lacrime, che risolveva?

Mio padre era stato un signore, il pane con sale e olio lo trasmise mia nonna a mia madre, ci pervenne da chi sa quali lontananze borboniche e plebee. Sentii dire, da piccolo, che il mio bisavolo Antonio Fiorentino tirava di coltello a ottant'anni: morì su un marciapiede di Porta San Gennaro mentre mangiava carrube che subito qualche sopravvenuto straccione raccolse e addentò alla sua salute. Il nome di mia nonna era Teresa. Riassumo la sua storia, piena dal principio alla fine di inginocchiatoi e di pane con sale e olio; se non l'hanno ancora ammessa agli altari, questa vecchia, è perché i suoi meriti li conoscemmo noi soli; finirò per informarne con una lettera anonima il vescovo e, vedrete se non la faranno santa. Orfana a quindici anni e non avendo ereditato neppure le carrube che costituivano l'ultima cena di don Antonio, mia nonna si fece adottare dai santi e dal lavoro. Confezionava divise per i soldati, vestì l'esercito per tutte le campagne, da quella eritrea a quella libica; ma le ore in cui la ruota della macchina per cucire si spegneva perché non trovava ancora luce da riflettere, o perché non ne riceveva più, le passava invariabilmente nelle chiese. Se non si arriva al cielo sovrapponendo i quaresimali, i tridui, le vigilie, le quarantore, i mesi mariani e le novene a cui partecipò in mezzo secolo mia nonna, vuol dire che il cielo non si può raggiungere da nessun punto della terra; mia nonna assordò il Signore coi suoi *Tantum ergo,* fu per cinquant'anni uno strenuo grillo annidato fra le statue e i ceri: pregava chiedendo perdono di non conoscere il significato delle parole latine che, pronunziava, pregava certo con più impegno e con più fede di quanti Gli dicono, a Dio, esattamente e soltanto ciò che Gli dicono. Tutto questo, l'aspra stoffa militare sotto le dita o i levigati gradini d'altare sotto le ginocchia, non le impedirono, nella sua stagione, né di essere bella né di piacere a qualcuno. Don Ferdinando Avolio era a sua volta un poveraccio, viveva di un pianino automatico sormontato da una scimmietta di nome Asmara, il cui esclusivo alimento consisteva nelle proprie pulci. Mia nonna non volle saperne di lui finché non minacciò di uccidersi, ma io sono al mondo solo perché don Ferdinando ebbe l'idea, alcuni giorni dopo le nozze, di rivolgere le sue ultime proteste al confessore della sposa, il quale intervenne come meglio seppe. Fu ugualmente un matrimonio infelice, ben presto don Ferdinando si dileguò col suo pianino e col suo quadrumane, mai più dette sue notizie. Mia nonna riferì e affidò ogni cosa alla Madonna dei sette dolori; nutrì di pane con sale e olio la figlia, la maritò, la riebbe vedova, era contenta quando mi prendeva in braccio per insegnarmi i santi, mi baciava in fronte se alla domanda «Come visse la Vergine Maria fino agli anni diciassette?» io rispondevo senza sbagliare «Digiuna». Dalle sue multiple gonne e dal suo scialle saliva un casto odore che non ho dimenticato, misero e buono, elementare come il pane con sale e olio, un odore di ingiustizie accettate o debiti rimessi o tentazioni respinte, un odore che significava: sia fatta la volontà di tutti.

Mia nonna non potrà essere eguagliata da nessuna nell'arte di preparare il pane con sale e olio; il cassetto lo avevamo aperto un momento prima senza trovarci niente, ma vi frugava lei e subito i tozzi apparivano; spremevi la bottiglia ed ecco l'olio, un capello ma c'era: poi bisognava che l'acqua penetrasse nel nucleo di ogni pezzetto o briciola di pane ma non li privasse di consistenza, doveva essere una resurrezione, un ringiovanimento e basta; infine quel distribuire le gocce d'olio senza fargli toccare il fondo del piatto, in modo che si fermassero nel boccone e potessero raggiungere intatti i cardini della fame giovanile, così soggetti ad arrugginirsi e a gridare. E chi era più brava di mia nonna nel privarsi della sua parte di ogni cibo? Scoprimmo troppo tardi che aveva i suoi poveri anche fuori di casa, c'è da ridere pensando alle sue elemosine, ma negli ultimi mesi visse proprio come la Vergine Maria fino agli anni diciassette e qualcosa evidentemente riuscì a fare. Mia nonna morì di pazienza e di inedia nel 1916; stava per svegliarsi, sospirò e richiuse gli occhi. Venimmo a sapere che aveva venduto il suo consumatissimo anelluccio matrimoniale per potermi dare qualche soldo ogni tanto: li prevedeva dunque, i miei ricatti. Io in quel tempo ero proprio un ragazzaccio, inasprito dal pane con sale e olio, o forse con una vaga reminiscenza, nelle vene, dei pericolosi don Antonio Fiorentino e don Ferdinando Avolio. Bastava che pronunziassi la prima sillaba di una cattiva parola, o che esprimessi il minimo dubbio sulla bontà dei santi, perché mia nonna si affrettasse, piangendo, a estrarre una monetina dalle profondità dei suoi vestiti.

Nonna, preghi per me, adesso? Se i tuoi meriti mi propongo di segnalarli al vescovo mediante una lettera anonima è perché so di non essere sempre stato un galantuomo; anche quando ci lasciasti non lo fui, scrissi per te una poesiola in cui nonna rimava con gonna e con colonna, ma poi verso sera, mentre tu cominciavi a odorare di alito di bambino fra le tue candele (questo prodigio fu giocato al lotto dall'intero rione Materdei, come potrei tacerlo?), sgusciai fuori e me ne andai al cinema Partenope per non perdere l'ultimo episodio del film *I topi grigi*. Aggiungo che vestendoti per il seppellimento mia madre ti trovò intorno alle reni un cilizio di grosse funi; e così la tua storia finisce, nonna: se ti avessero sottoposta all'autopsia, non dubito che la tua spina dorsale l'avrebbero trovata fatta di grani di rosario, sette poste e i misteri.

Ripeto, da qualche tempo succede che penso: "Oggi vorrei mangiare pane con sale e olio". Da quegli anni lontani sono andato verso altri fatti e altri cibi. La mia tavola non gode ma neppure soffre; viene distesa, su di essa, regolarmene la tovaglia. Forse non trasmetterò ai miei figli il pane con sale e olio che mi fu affidato dagli avi materni: i miei figli forse lo ignoreranno. Sarà un bene? Quando io penso che vorrei mangiare pane con sale e olio, non soltanto ne ritrovo subito il gusto, ma mi sento legato a coloro che lo assaporarono con me, assai più che dai naturali vincoli di sangue. La mia prima famiglia si è dissolta, i vecchi sono morti, le sorelle hanno una loro casa altrove. Ma se io dico «Oggi vorrei mangiare pane con sale e olio», e se le mie sorelle capiscono (come non dubito), si può sempre provare. Maria, Ada, noi ci ritroviamo alla mia o alla vostra tavola e non stendiamo la tovaglia. Una di voi spezza il pane raffermo che si lagna frantumandosi.

Lo mette nella zuppiera e vi versa l'acqua, badando a non eccedere. Poco sale, pochissimo olio. Non potete sbagliare, questo è un lavoro che facevate prima di nascere. Mangiamo: il fresco e malinconico sapore riaffluisce in noi e veramente ci ricongiunge. Siamo ancora i fratelli e la casa; la sensazione che passi leggeri ci si avvicinino e care mani ci sfiorino è simultanea in noi; un odore di alito di bambino si diffonde nella stanza.

Ci parlerà in dialetto

Quando mia madre mi vide servir messa piangeva come se mi avessero ordinato sacerdote: fu piacere, fu orgoglio, fu sovrattutto speranza che Iddio, soddisfatto delle mie prestazioni, mi diventasse amico. Ero orfano di padre, a Napoli un bambino deve avere qualche protettore e se non lo trova sulla terra fruga nel cielo, perciò le sagrestie sono gremite di chierichetti. Mia madre pianse udendomi pronunziare quelle frasi latine che non avevano senso né per me né per lei; dicevo «Ad Deum qui laetificat juventutem meam», sentivo i suoi occhi su di me nella chiesa piena di ombre ed entrambi non dovevamo gustare mai più una commozione così buona. Allora mi chiamavano Peppinello ed ero mezzo tisico, una faccia olivastra e lunga, ma lunga solitaria che avrebbe potuto correrci il treno, la chiesa per me è rimasta sempre quella di Sant'Agostino degli Scalzi, là stanno i veri santi e il vero Dio e il vero Papa e ogni mio più vero profondo bisogno di loro, là andrò a sdraiarmi quieto presto o tardi, non troverete il mio corpo in un cimitero, accidenti se ha scavato, direte, ricostruendo il mio sotterraneo cammino verso la chiesa delle chiese.

Eccola nel mio cuore, lucente e precisa come i panorametti sepolti nei fermacarte di cristallo; se me la ricordo! È una chiesa pazza, una chiesa sbagliata, con la porta piccola regolarmente aperta sul Vico Sant'Agostino e con la porta grande che rimane sempre chiusa perché dà sulla Rampa di San Raffaele, la quale è appena un viottolo, appena una striscia di rabbioso terreno fra l'edificio e un sottile muretto su cui avevamo l'abitudine di salire e correre senza domandarci da che altezza potevamo andare a romperci il collo sulla sottostante Salita di Santa Teresa, credo che siano trenta metti o anche più. Aspettate, una volta all'anno la porta grande di Sant'Agostino si apre, per non so che funzione pasquale: preti cantano di fuori, altri officianti salmodiano dall'interno e nel momento rituale spalancano i battenti per far entrare i primi, poi tutti insieme si dirigono verso l'altare; la folla preme e il muretto deve essere elastico se non ha mai ceduto: dal cielo di smalto scende una luce contentissima, ogni cristiano si sente una mano d'angelo sulla spalla e ride. L'interno di Sant'Agostino finii per conoscerlo come il mio berretto; l'abitai quella chiesa, non esagero. Una di fronte all'altra, due statue coperte di *ex voto* si guardavano, erano Sant'Anna e Santa Rita da Cascia, quest'ultima rosea e giovane e veramente incapace di negare grazie a chicchessia: le domandai la licenza elementare e me la diede, capì e perdonò quando le dissi di aver confiscato certi illeciti risparmi del cuoco del convento. Era nostro il convento, mio e degli altri ragazzi, come era nostra la chiesa. Non appena le porte si chiudevano, oppure molto prima che si aprissero, assenti o in preghiera nelle loro celle i sette monaci d'allora, noi giocavamo in sagrestia e nel coro e nei confessionali perfino, raramente sgridati da Sant'Anna che avendo una bambina in braccio non si sentiva di farlo, e ancor meno impediti dal converso Gennaro, un irsuto ragazzone di Nola, che non per niente era un po' scemo. Il saio gli sbatteva sulle ossa come una vela mentre ci rincorreva sui nitidi marmi; ci sto anch'io diceva deponendo un candelabro senza finir di lustrarlo, e un attimo dopo piombava nel giuoco, pareva l'immensa radente ombra di un velivolo sull'erba di un prato. Le statue e i dipinti non si indispettirono mai di ciò che accadeva nella chiesa all'insaputa dei Padri: anzi l'ho detto, fui assolto da Santa Rita quando mi impadronii dei quindici soldi del cuoco. Era un laico, uno scontroso vecchietto che rubava sulla spesa; nell'interno di un tegame appeso alla parete trovai quel denaro nascosto; sull'imbrunire, la chiesa stava per aprirsi, mi accorsi che lo avevo ancora in tasca e parlai a Santa Rita così: «Santa Rita da Cascia, agostiniana, il cuoco ha inventato questo denaro, io l'ho soltanto scoperto. Qualcuno ha evidentemente guidato la mia mano, per impartire al cuoco il giusto castigo. Se rimetto i quindici soldi dove li ho presi, la punizione manca e il cuoco non impara. Se rivelo ogni cosa al Priore, il cuoco viene licenziato e forse va a gettarsi in mare. Se invece i quindici soldi me li tengo io che da due anni non assaggio un babà, faccio bene o faccio male?».

«Fai male ma tienili» supposi che dicesse Santa Rita.

Misi nel tegame-nascondiglio una figurina della Santa, che certo riempì di arcano terrore il vecchio cuoco e lo emendò per sempre: oggi riassaporando dopo trent'anni l'episodio e i babà che me ne derivarono, mi vergogno, si capisce, e mi pento; ma quel lontano peccato rafforza in me l'amore per la chiesa di Sant'Agostino, me la rende mille volte più cara.

Andiamo, non fu il mio solo peccato fra quelle bianche mura. Infatti sento un profumo: è il grande armadio che custodisce le divise dei chierichetti, sottanelle nere e mezze tuniche di merletto, sa di cera come un alveare, in quel casto odore ci accapigliavamo ferocemente per ghermire l'abito migliore e la candela più lunga. A me e il piccolo Gargiulo veniva spesso inflitto il compito di azionare i mantici dell'organo. Nel polveroso stanzino abbassavamo con tutte le nostre forze le due enormi leve; i suoni spalancati e patetici dello strumento aggravavano la nostra umiliazione. Fu insomma per dimenticare che bevemmo il vino di messa, ce n'era una damigiana a portata di mano fra due vecchi quadri e la violammo. Quei dipinti raffiguravano le anime del Purgatorio, me le ricordo inconcepibilmente allegre tra le fiamme, si divertivano come bambini nel bagno. L'organo tacque di colpo, senza fiato; vi fu trambusto in chiesa per il Te Deum interrotto, sentimmo un passo affrettato sulla scaletta e poi più nulla, non riaprimmo gli occhi che l'indomani. «Peppinello, proprio tu?» mi disse semplicemente il Priore, quando osai ricomparirgli davanti. Piansi a lungo, credo, con la faccia sulle sue ginocchia; infine mi sollevò il capo, l'immensa mano era fresca e chiara come la tovaglia dell'altare. Si chiamava Padre Raffaele, un monaco altissimo e forte, una figura da Vecchio Testamento. Morì di spagnola, io che gli avevo servito messa dieci giorni prima ne soffrii come un attendente. Leggeva nei nostri cuori, ci amava e ci capiva. In certi pomeriggi d'estate, quando Napoli non reggendo al supplizio della luce ammutolisce fin nei suoi vicoli più stipati e angusti, tacciono d'improvviso, raggiunti forse dall'antico dolore che vaga per la città, anche i bambini. Se questo momento arrivava, Padre Raffaele sospendeva il catechismo e diceva al converso Gennaro: «Conducili sulle terrazze e falli un po' giocare».

Sì, conobbi la chiesa di Sant'Agostino degli Scalzi dai sotterranei pieni di cripte alle terrazze piene di avventure e di lucertole. Non esiste paese più favoloso, per un bambino, delle terrazze di un tempio. Le montagne delle cupole, il picco del campanile, le scalette e le ringhiere, i comignoli, i ciuffi scattanti e tumidi della parietaria che sbucano dai cornicioni come penne di indiani, le piste diritte su cui il vento si è rifugiato per morire ma ogni tanto punta disperatamente i gomiti per rialzarsi: tutto un mondo di scoperte, di sorprese, di guerra. Fra' Gennaro era il nemico, per armi avevamo spegnitoi, bombe di terriccio, sassolini ed urli. Sfruttando le risorse del terreno il nolano ci opponeva una strenua resistenza. Non fingeva, era persuaso come noi della verosimiglianza di questi scontri. Rivedo la sua faccia candida e bestiale, sudore e tempo scorrono su di lui levigandolo come l'acqua di un fiume. Addosso a Fra' Gennaro, addosso: se non ci rompeva le costole, se perdeva la nostra guerra, se si arrendeva alla fine e ansimando lasciava che lo atterrassimo (le impronte delle nostre scarpette nel suo frusto saio, miche di pane e pezzetti di sigaro gli uscivano dal cappuccio) le sue ragioni erano le stesse che impediscono a qualsiasi molosso di addentare bambini. Eccolo che ci sovrasta, rovina su di noi da una cupola: io strisciavo verso il fortilizio e ho nel sangue l'odore molle e nero dell'asfalto che le mie ginocchia premono: le maniche ondose di Fra' Gennaro oscurano il cielo, provo una così squisita sensazione di pericolo che mi sembra di dover morire sul serio.

Rividi Fra' Gennaro pochi mesi or sono, è ormai grigio e curvo. Gli parlai ma senza rivelargli chi ero. Apri la mano, dovevo dirgli, facciamo ballare sul palmo delle nostre logore mani questi trent'anni. La chiesa era deserta e muta, un vecchietto inginocchiato fra Santa Rita e Sant'Anna mi guardò. Anche tu fosti bambino e servisti messa qui, pensai, ma non ti sei mai mosso, avrai poco da scavare per venire a fare i conti con Dio nella sua vera casa. Pregammo e abitammo e peccammo perfino fra questi cari marmi; Dio non potrà non ricordarsi, qui, di averci fatti, buoni o cattivi, con le sue dita. Ci assolverà, ne sono sicuro. Ci parlerà in dialetto.

Il primo amore

Che direbbe mia moglie se le confessassi che qualche volta i nostri ragazzi sono figli di un'altra donna? Miei e di Carmela B., per esempio, eccola seduta davanti alla sua porta nel cortiletto; ha quindici anni o nemmeno, cuce o legge o socchiude gli occhi e canta con un filo di voce le canzonette del 1919; io, per me sono diciassettenne e dal balcone della cucina la guardo. Carmela, ho l'impressione che standotene sull'altra riva degli innumerevoli anni trascorsi tu mi sussurri: «Dimmi soltanto quale dei tuoi figli, Giuseppe o Luigi, mi somiglia di più». È possibile? I bambini che nelle sembianze e nel carattere differiscono profondamente da entrambi i genitori sarebbero senza peccato originale, sarebbero una lontanissima gioia o pena o semplice speranza diventate creature, sarebbero memorie incarnate, sarebbero nel mio caso figli del primo amore paterno? Sciocchezze: eppure esistiamo per accorgerci, un continuo trasalire, che la realtà è sempre l'effimero pretesto con cui veniamo allontanati dalla nostra favola, e che proprio l'inconoscibile mito di se stesso è la sola cosa nella quale ciascuno di noi sia certamente, lungamente vivo.

Siccome gli edifici di Napoli sono gobbi o zoppi e si sdraiano o balzano senza identificabili motivi (un'eterna inquietudine di corrosi mattoni, un voltarsi e rivoltarsi di muri ammalati su non so che letto di dolore), io per andare in casa mia, nel 1919, entravo in un palazzo di Materdei, ma ero tutt'altro che arrivato. Percorso l'atrio, aprivo un uscio a vetri e mi trovavo in una radura, questo è il suo nome, vastissima e con tre ciuffi di paracarri nel mezzo. Avanti, diagonalmente, verso il riquadro nero di una scaletta. Dal secondo pianerottolo si staccava una passerella che finiva in un giardino; superàtili, mi inoltravo in un sottopassaggio ai lati del quale soffiavano bocche di cantine; qualche avvallamento, qualche gomito e uscivo, proprio come se mi avessero estratto a sorte, nel misero cortile da cui mediante un convulso epilogo di fratturati scalini raggiungevo prima la cucinetta e poi la camera che occupavo con la mia famiglia. Ora spargo su queste pietre matte da legare il sole giallo e le stelle pungenti e le piogge false, disegnate, dell'adolescenza; avevo diciassette anni e un allegro viaggio da compiere sia che dovessi scendere nelle strade, sia che dovessi rincasare; avevo partenze e ritorni sulla punta delle dita, in mente e nel sangue; avevo una tale ansia di fatti e di esperienze, che il mio normale stato d'animo era quello di un emigrante; avevo quasi tre ore di piena solitudine (il mio lavoro cominciava all'alba ma si esauriva assai prima che mia madre e mia sorella terminassero il loro); avevo una ragazza da guardare nel cortiletto, la forma i colori la voce di Carmela B. sulla sedia, presso l'uscio dello stanzone terreno in cui abitava con i suoi pericolosi fratelli: al tramonto l'ombra di un ringhiera le si posava in grembo, ferro e ruggine inventavano questa carezza per lei.

Fu in un tardo pomeriggio estivo; giornate simili stanno in noi senza mai consumarsi, ci sopravvivono come gli anelli col brillante e qualcuno le eredita. Io dal balcone della cucina guardavo Carmela intenta ai suoi rammendi: fra i terribili influssi di una stagione nella quale Napoli è l'anguria quando la tagliano e s'apre mostrando il rosso della polpa e il nero dei semi, io mentalmente facevo della ragazza del cortiletto ciò che volevo. Era piccola e bruna, mezzo volto a lutto stretto per l'oscurità degli occhi enormi, le ciglia lunghissime che scendevano sui suoi pensieri come una veletta: l'età stava tuttora lavorandola ma il più era fatto, non c'era che da sciogliere, quella carne risentita, contratta... io so, adesso, che la luna del giugno 1919 cambiava forma e posizione nel cielo al solo scopo di rassicurare il seno e i fianchi di Carmela B. Napoli è come l'anguria, in giugno, un frutto violato e saccheggiato; io afferrai lo sguardo della ragazza, quando essa infine sentì ciò che le dicevo mentalmente; io mi aggrappai a quella sua occhiata per concludere: «Alzati e vieni subito da me». Non fanno un discorso più lungo e più serio le mani affioranti di chi sta per annegare; me ne infischio, le gridavo, dei tuoi pericolosi fratelli e di qualsiasi conseguenza dei minuti che ora esploderanno se cedi; alzati, Carmela, siamo soli in fondo al mare; alzati e vieni da me. L'ombra della ringhiera, cadendo dalle sue ginocchia, si spezzò sulla sedia vuota; Carmela mi esaudiva, io le corsi incontro sulla scaletta, le nostre labbra si urtarono e, quando entrammo in casa, o il suo alito o il mio chiuse la porta. Letti e penombra e foglie di ulivo pasquale sulle pareti e statuette sacre nelle campane di vetro non mancavano davvero in quella stanza!

Sono magari Satana ma rifuggo dai peccati scritti, è più forte di me. Racconto il mio primo amore esclusivamente perché qualora io abbia poi avuto da mia moglie un bambino di Carmela B. nessuno se ne faccia un problema o una croce. A che servirebbe specificare che il giovane baciava la ragazza per continuare il bacio precedente e per iniziare, d'altra parte, quello successivo? Perché riferire se e fino a qual punto gli innamorati si astennero dal peggio o dal meglio?

Posso scrivere che mai su una bocca femminile ho ritrovato quel sapore di confetti d'arance e di viole, e così scrivo. Ci sedemmo per terra, ai materassi che mia madre aveva rassettati la mattina appoggiammo la nuca e basta. Non ci dicemmo una parola; questo sì, mette conto che io lo scriva. Il bisogno d'amore è per l'adolescente, al mio paese, un martirio; Napoli s'apre al sole di giugno come l'anguria spaccata: e i semi neri sprizzano, i desideri sprizzano dovunque. Noi ci amammo, io e Carmela, nel più taciturno e misericordioso dei modi. Lei era la pietà e la pazienza, i suoi immensi occhi mi dicevano caro non vergognarti e non impaurirti della tua infermità di volermi: guarirai, non è niente. Carmela fu il mio primo amore perché mi spiegò tutte le poche vere amanti che avrei avute; mi dette coraggio per il piacere e contro il piacere che potevo ricevere dalle donne; confortò il mio antico dolore di essere maschio, un servo di questa condizione, un esule a causa di ciò dalla pace e da Dio. Che altro? Le imposte della finestra erano chiuse, ma da un foro la luce esterna, irradiandosi verticalmente nella stanza semibuia, proiettava sul soffitto le minuscole sagome dei passanti e dei veicoli che si avvicendavano nella strada. Una bicicletta, un carro, una zuffa di monelli: piccole immagini levigate, liquide, che nascevano s'incurvavano e dilatandosi sparivano come fanno ora nella mia memoria quei momenti, quel mio orgoglio e quella mia umiliazione di neofita... lo avevano, finalmente lo avevano il loro diploma le mia labbra contuse dalle labbra di Carmela, le mie dita piene dei suoi capelli.

Uscii, quando ci separammo (dei sette veli che coprono la vera faccia della terra mi parve, rivedendo le strade e la gente, che più di uno fosse caduto) e rientrai tardi, molto tuffi. Nel sottopassaggio intravidi Carmela che mi aspettava. Ci nascondemmo, scendendo qualche scalino, in una di quelle bocche di cantina. Nemmeno allora ci dicemmo niente; stavo con lei nella tenuissima luce delle sue braccia nude e il silenzio era senza porte e senza finestre, totale, vecchio come il tanfo d'argilla che ci investiva ogni tanto. Sorrido se penso che proprio in quel grembo di muro ci sorprese, molte sere dopo, il più torvo dei due fratelli di Carmela. Entrambi appartenevano alla malavita: però costui, don Armando, nella forza fisica e nel numero delle condanne riportate per averne fatto l'uso che gli piaceva, superava di gran lunga l'altro. Non servì che trattenessimo il respiro quando lo sentimmo arrivare; egli si fermò per accendere la sigaretta e mentre gettava su' di noi il fiammifero ci scorse. Lo seguimmo in casa B., fin dove ci disse di fermarci, fin sotto una tragica lampada che pendeva dalle travi come su un patibolo. Che uomo. Ci domandò se potevamo giurare, sul nostro attaccamento alla vita, che lui non avrebbe avuto un serio motivo di uccidere, appunto, sua sorella e me. Si degnò di non dubitare della risposta che ebbe, ci schiaffeggiò coscienziosamente e mi mandò via. Che uomo preciso, certo, dogato. Fece scomparire la sedia dal cortiletto e me dal balcone della mia cucina; in due mesi maritò Carmela a un panettiere dell'Anticaglia, il quale sempre, se desiderava rivolgergli la parola, si toccava con due dita la visiera del berretto. Vidi partire Carmela in carrozza di gala e per l'ultima volta i suoi occhi mi dissero: «Guarirai, non è niente». Invece dovevo avere dopo tredici anni, tredici, un suo bambino da mia moglie? E il cocchiere della carrozza nella quale Carmela si allontanò sta ancora incitando gloriosamente i cavalli: arri, primo amore, arri; nella spirale della frusta che schiocca si ovalizzano un banco di *pizzeria* e una coda di processione; riappare, preso al laccio, un angolo di Materdei nella straordinaria estate del 1919.

Vent'anni da allora

S'apre la porta del mio ufficio e il fattorino dice:
«Un vostro amico di vent'anni fa vorrebbe salutarvi».
«Che entri» dico, toccando con qualche imbarazzo, perché non è facile scrollarsi così improvvisamente un ventennio di dosso, tutti gli oggetti che si trovano sul mio tavolo.
Mi domando se debbo alzarmi, e dirigermi con le braccia tese verso il visitatore, o impossessarmi di lui con un semplice antico sguardo, il quale affettuosamente lo guidi verso la poltrona che mi sta di fronte, occupata dal solito raggio di sole che a quest'ora vi si raggomitola e ronfa.
Sciocchezze; l'individuo si è già seduto, profondamente, senza il minimo impaccio, e mi osserva come se lo avessero incaricato di stendere una perizia sul mio decadimento fisico e morale.
Gli invidio la sua evidente certezza che io ricordi benissimo il suo volto e il suo nome.
È calvo e bigio, mi sembra. Riempie un opaco vestito, lucido ai gomiti che immagino temporaneamente separati da qualche scrivania parastatale; il taschino della sua giacca, gremito di penne stilografiche, attira morbosamente la mia attenzione. Ma ci siamo; il visitatore sorride, si impettisce alquanto, e dice:
«Dunque, che te ne pare del vecchio Ember? Ripensi

qualche volta al Caffè Uccello, e al nostro giornale, e alle nostre poesie?».

Era ora: rivedo Napoli del 1920, come un ingenuo disegno su un ventaglio che dolcemente si spieghi; il nome Ember non mi dice ancora niente, ma bisbigliano al mio orecchio il Caffè Uccello e via Duomo, fatti e volti remoti mi riaffluiscono nel cuore.

Eravamo una decina di sparuti giovinetti che si riunivano tutte le sere, per motivi letterari, nel vecchio Caffè Uccello di via Duomo. Il cameriere chiudeva un occhio, se ci accadeva di scrivere qualche impellente verso sul marmo dei tavolini; il resto del locale era occupato da studiosi di cabala e da assonnati viaggiatori di commercio; sul tardi comparivano un mandolino e una chitarra, i cui titolari, indimenticabili facce di rassegnati alla musica, dopo il primo giro di piattello si dileguavano disgustati.

C'era ancora la guerra quando cominciammo a gettare le basi di un periodico letterario da noi compilato.

Io ci pensavo mentre *facevo la fila* per il pane, fra donnette sudate e strenue che mi estromettevano ad ogni passo, negandomi clamorosamente il diritto di riprendere il mio posto; vedevo i titoli e i disegni e l'impaginazione del giornale che ci avrebbe rivelati al mondo, finché di colpo mi trovavo nella bottega, dove una stentorea voce dichiarava che il pane era finito, e chiunque poteva toccare pensosamente i tenui geroglifici di farina sul banco, prima di andarsene verso altre speranze.

Una volta, illudendoci di aver trovato un finanziatore, fummo quasi sul punto di iniziare le pubblicazioni. Avemmo anche il coraggio di andare a chiedere, per il primo numero, una novella a Matilde Serao. Era una vista e terribile signora, in quel tempo. Ci osservò attraverso l'occhialetto con una severità che raggelò i nostri melensi sorrisi.

«Sono tempi da sciupare carta, questi?» disse con atroce lentezza.

Io ero il più vicino all'uscio. Ferrante era il più agile; nella strada ciascuno si liberò del gomito dell'altro, e ci riconoscemmo.

Roberto Bracco, Diego Petriccione, Ferdinanao Russo non ci accolsero meglio; d'altra parte l'eventuale editore fu richiamato alle armi, stavamo alacremente predisponendo la distribuzione della materia quando ci giunse una sua cartolina dal Piave. (Egli sfuggì anche ai pericoli della guerra, anzi tornò decorato.)

Cessarono le ostilità, sopravvenne la pace che sappiamo, ma il nostro giornale non sarebbe mai uscito se un vero uomo non fosse entrato a far parte del nostro cenacolo.

Si chiamava Ubaldo G. M. Caratterizzato da una meschina statura, usufruiva, peraltro, di formidabili risorse vitali. Al contrario di tutti noi, quando aveva finito di fantasticare, agiva. Non era ricco, anzi vale la pena di accennare alla sua principale attività, di modesto reddito, benché singolare e pittoresca. Era commesso in un vecchio negozio della medesima via Duomo, dove si vendevano abiti confezionati. "Barraccari" chiamava il popolino questi commercianti: suppongo che il termine derivi da "baracca" e mi sembra che renda sufficientemente il senso di effimero, di improvvisato, di incerto che si riceveva dalle meste e buie botteghe, tappezzate dentro e fuori di vestiti e di soprabiti d'ogni foggia e colore, i quali dondolavano lugubremente, come appiccati, al giovane vento che saliva dalla marina. Sulla soglia, circondato di mosche nelle dense giornate estive, e d'inverno soffuso dal vapore della sua sobria respirazione, sedeva un polveroso individuo, apparentemente in letargo, o almeno che non dava segno di vita finché non avesse adocchiato, fra i passanti, un provinciale. Allora egli balzava in piedi; sorrideva, ammiccava, salutava, si trasformava in un rostro vellutato, in un morbido uncino, in tutto ciò che di più soave e prensile potesse essere escogitato per trasferire l'impacciato forestiero in uno dei penzolanti vestiti o soprabiti, ed iniziare la contrattazione.

Come "barraccaro", Ubaldo G. M. sdegnava le facili conquiste; egli prediligeva gli accigliati castaldi che trafiggevano le stoffe con l'unghia del mignolo, che le guardavano contro luce e le inumidivano con la saliva, prima di offrire la decima parte del prezzo richiesto, e cioè almeno il quadruplo dell'effettivo valore del capo prescelto. Con un simile cliente preferiva cimentarsi il nostro Ubaldo: dieci volte egli lo lasciava uscire dalla bottega e dieci volte con un mesto sguardo e con una parola agganciante lo recuperava; non di rado ciascuno dei contraenti versava lacrime, o invocava sul proprio capo le più atroci sciagure, o percuoteva irriverentemente se stesso, finché la vendita veniva conclusa e Ubaldo G. M., spossato come una puerpera, ma tuttora esilarato dall'eccitante odore di steccati e di granaio, di erbe appassite e di calcio di fucile che l'irreducibile provinciale aveva lasciato nella bottega, si buttava a sedere dietro il banco e sospirando cominciava a scrivere una poesia.

Questo era l'uomo che fondò e diresse il nostro periodico letterario. Non ho mai tentato di immaginare mediante quali argomenti riuscì a suscitare nel proprietario di una piccola tipografia l'impressione che cinquanta lire costituissero un adeguato, anzi generoso anticipo, alla stampa del primo numero.

La nascente pubblicazione fu battezzata *Il Roseto*. Nella testata, che lo stesso direttore allestì, figurava una ringhiera di balconcino percorsa in ogni senso da approssimative rose, e abitata da una florida giovinetta che tentava di fissare languidamente un sottostante Vesuvio, l'errata ubicazione del quale, rispetto alle leggi prospettiche, denunciava nella formosa creatura una notevole dose di strabismo.

Che importa? Noi ci vuotammo le tasche per racimolare quelle cinquanta lire, e ciascuno collaborò al primo numero nella misura del denaro versato. Io avrei dovuto figurarvi per un distico, ma mi si concesse un sonetto.

Una mattina di sabato il bel quindicinale vide la luce; noi stessi, leggermente ebbri di fumi d'inchiostro, lo distribuimmo alle edicole e ne curammo la esposizione.

Il Caffè Uccello visse la sua grande giornata: ogni tanto qualche redattore dei più giovani e accesi arrivava affannato, recando fauste notizie. Si erano vendute tre copie a San Ferdinando, una copia si era venduta a Porta Capuana, Ferrante riferì che aveva pedinato un compratore; a un certo punto, anzi, gli aveva chiesto un giudizio sul periodico. Pareva che l'opinione del lettore fosse stata estremamente favorevole a una novella di Ferrante; su tutti gli altri scritti si intuiva che egli avesse manifestato dubbi e critiche.

Dieci giorni dopo ritirammo la resa, che fu cospicua. I redattori che avevano sorvegliato la vendita alle edicole, e forniti i dati dell'enorme successo, non seppero trovare un'accettabile spiegazione del fenomeno; qualcuno formulò il sospetto che circolassero copie false de *Il Roseto*. Ma era in corso di stampa il secondo numero. Ubaldo G. M. ci esortava a scrivere almeno come D'Annunzio e come Papini. Per mio conto, mi sforzavo di riuscirci. La notte, nella camera che ospitava l'intera famiglia, mia madre riapriva ogni tanto gli occhi e bisbigliava:

«Per carità spegni il lume, lo sai quanto costa il petrolio».

«Non capisci niente» replicavo, gonfio dell'illusione che se fossi riuscito a inserire in un sonetto quattro rime insolite, *Il Roseto* si sarebbe clamorosamente affermato.

Avevo sedici anni, scusate; anche mia madre ne abusava, perché a un certo punto si alzava gemendo, soffiava come Eolo nel lume a petrolio, inciampava nella sua sterminata camicia e cadeva svegliando tutti. Comunque la vita del nostro giornale dipendeva dal tipografo. Costui rifiutò di consegnarci il secondo numero, qualora non gli avessimo pagato il primo. Ubaldo G. M. era salito su una sedia e stringendosi al tipografo come in un quadro di Tranquillo Cremona, tentava di estorcergli una dilazione. Teneva le mani dietro la schiena, e a un certo punto ci fece un cenno. Ciascun redattore afferrò un pacco di giornali e impercettibilmente uscì. Io rimasi; potei vedere il tipografo inarcarsi e singhiozzare sulla constatata sparizione delle copie, potei vedere Ubaldo G. M. che gli accarezzava la schiena, come a un gatto, e gli brucava con devoti baci le mani fuligginose.

Alla immatura fine de *Il Roseto* contribuirono validamente le polemiche con un nuovo periodico, di nome *La Freccia*. Lo ritenemmo sorto col preciso scopo di eliminarci e lo combattemmo senza esclusione di colpi. I nostri pubblici attacchi facevano pensare alle minuziose, terrifiche bolle di scomunica e di maledizione che i papi emettevano nel medioevo. Suppongo che, data la nostra giovane età, motivi salgariani si sovrapponessero a quelli estetici e giornalistici.

Si determinarono scontri fra i due corpi redazionali, a tarda sera in Galleria. Mia madre mi applicava pezzuole fredde sui punti contusi e appassionatamente mi interrogava.

«Questioni di donne» rispondevo, affinché non soffiasse più presto del solito nel lume a petrolio.

Ripenso alla maniera assorta, mediata, raziocinante, con cui Ubaldo G. M. manovrava, in quelle baruffe, un suo bizzarro sfollagente. Diafano, agilissimo, io tuttavia suscitavo l'impressione di colpire meglio del mio direttore. Mi accorsi troppo tardi che egli riteneva inadatto a un giornale serio questo soverchiante contegno; non tollerava arrivismi, Ubaldo G. M., e così mi fece capire che doveva privarsi della mia collaborazione in ogni sede.

Oppure fu il mio sempre più esiguo contributo agli anticipi da versarsi al tipografo, che mi restituì alla necessità di diffondere manoscritte le mie poesie?

Ciò non ha importanza, anche perché *Il Roseto* dolcemente si spegne a breve distanza dagli avvenimenti narrati, tanto vero che passando una mattina presso la vecchia bottega di via Duomo mi è possibile scorgere Ubaldo G. M. nell'atto di asciugarsi gli occhi coi calzoni di un penzolante fazioso abito giallo; e si capisce che io gli tendo la mano senza rancore, dispostissimo a studiare con lui, come subito facciamo, sedendoci lietamente sulla soglia, il programma di una nuova e più fortunata pubblicazione; ma chi diavolo era questo Ember che si fa vivo dopo vent'anni?

Non riesco a ricordarmelo. Probabilmente fu una figura di sfondo, presto dissoltasi nella mia memoria. Mi riscuoto, osservandolo, e Napoli del 1920 scompare come un ingenuo disegno su un ventaglio che dolcemente si chiuda.

Ember sta dicendo che ho progredito alquanto, ma che dovrei decidermi a scegliere una buona volta fra il genere serio e quello umoristico, mentre per lo stile... Ah non c'è dubbio che egli sia un mio collega d'allora, se la prima cosa che fa, ritrovandomi dopo un ventennio, è un difficile, estremo, generoso tentativo di insegnarmi a scrivere.

Le cartoline

Una volta all'anno, ma sempre in un bel mese, mi arrivano per posta dieci cartoline illustrate di Napoli. Le ricevo tutte insieme, un pacchetto, di immagini, un piccolo film; dietro ogni cartolina leggo semplicemente la data e una firma: Luigi De Manes. È un mio vecchio amico, fu giovane con me; scrive il mio indirizzo e il suo nome sulle cartoline e per il resto si rimette a ciò che esse presumibilmente resusciteranno nel destinatario, solo che costui voglia degnare di una affettuosa occhiata i luoghi riprodotti. Bene. Dieci «illustrate al platino», ossia lucide e lisce come i medaglioni; dunque, caro Luigi, ecco i facilissimi pensieri che mi sono derivati dalle tue cartoline del 30 agosto, senti.

Napoli, panorama. – È un panorama per modo di dire, incompleto, la striscia che va da Mergellina a Castel dell'Ovo con una curva in cui il mare si rifugia e dorme. Riconosco il viale Elena e via Caracciolo, mezza collina di Pizzofalcone, la Villa Comunale, il cielo bianco e adulto del primo pomeriggio. Qui, in agosto, l'aria odora di alberi e di carne giovane, non so, come se le foglie crescessero sul capo di un bambino; dall'altro lato le acque blu vi sgridano se cedete al piacere della terra, non esiste un colore più salato e ironico del loro. Sul viale Elena imparai ad andare in bicicletta; perché mai il ragazzo che investii nell'aprile del 1916, e che portava sotto il braccio una teglia di peperoni, non lo scorgo in questa cartolina? Nel settembre dello stesso anno gettai un improvviso urlo della mia trombetta di Piedigrotta nell'orecchio di un colonnello; il vecchio soldato si vergognò a tal punto di aver trasalito, che mi allungò uno schiaffo. La mistica dannata notte di Piedigrotta si compone, appunto, di percosse e di carezze ingiustificabili: chi più ne dà o ne riceve più è devoto, perché dimostra che non siamo al mondo solo per divertirci o solo per soffrire. Questo della Riviera di Chiaia è il palcoscenico su cui si svolge l'ultimo atto del dramma di Piedigrotta; spunta il giorno e qualche protagonista è ancora qui, addossato a un muro, con il sangue nero di sonno e con i denti gelati dagli strilli; il sole gli scende sulla spalla come la mano di un caro parente ma non lo sottrae alle angustie che gli si restituiscono intatte, gloriose. Della baraonda notturna l'uomo ha approfittato per deporre furtivamente il suo carico: adesso, con la luce, i guai lo hanno riconosciuto e gli dicono: su, poche storie, riprendici. Tutto il resto – la scogliera che filtra spume, le palme che spazzolano l'aria qua e lì, il vento che sale al Vomero con una rondine sulla schiena – è neutra invenzione di Dio.

Napoli, Castel dell'Ovo e Borgo Marinari. – La fotografia è stata fatta dall'alto, forse da una finestra di qualche albergo di via Partenope; perciò sono in primo piano le toppe di asfalto delle terrazze dei Circoli Nautici: un tale vi dorme supino, con sulla faccia un sudicio giornale pieno di brutte notizie per la sua sobria respirazione, ma che impedisce il sole e alle guardie di identificarlo. Così, e sullo stesso bituminoso rattoppo, dormiva nella primavera del 1924 don Saverio Palumbo, un vecchio contadino trasformatosi, per dispiaceri intimi, in uomo della riviera. Accettava qualche soldo in cambio della sua storia, si nutriva di pesciolini o di molluschi sfuggiti dalle ceste dei pescatori, e aspettava con pazienza che le giornate e la sua vita finissero. Il suo consiglio era: non fate mai niente per opporvi a niente. Diceva: «Avete malattie? Debiti, corna, pene di qualsiasi genere? Per carità, teneteveli». Don Saverio credeva fermamente che delle disgrazie non ci si possa disfare: chi le riesce soltanto a barattarle, ma in pura perdita, ma sempre e inevitabilmente rimettendoci. Il vecchio Palumbo, per pochi soldi, mi rivelò i motivi che lo avevano indotto a farsi "luciano" dopo cinquant'anni di zappa. Disse: «Coltivavo un mio terreno a Casoria in grazia di Dio. Nel '18 mia moglie era incinta: le venne un capogiro proprio mentre attingeva acqua dalla cisterna, io ero troppo lontano per sentirla. Mi restò Giovannino, di otto anni. Decisi di badare esclusivamente a lui, gli misi i libri in mano e forse ne avrei fatto un professore. È una parola. Tanto valeva, allora, che gli campasse la madre. Un giorno una gamba di Giovannino si incanta, i dottori di Casoria non ci capivano niente, lo portai col carretto qui, all'ospedale di Gesù e Maria. Risultato: o una costosa operazione o Giovannino sarebbe rimasto zoppo. Era il caso? Vendetti la terra, pagai e dopo tre mesi, con lo stesso carretto, andai a riprendermi il bambino. Sarò un bracciante, pensavo, ma mio figlio è sano. Ebbene non era un discorso da farsi. Oppure bisognava resistere al sonno che mi venne. O Dio sa che cosa». Qui il racconto di don Saverio precipitava. La strada di Casoria, a mezzanotte, che non finisce mai. Giovannino e il padre si addormentano, finché un secondo carro li raggiunge, sovraccarico di legna. La reciproca ombra spaventa i cavalli, che scartano; i mozzi delle ruote si urtano, un tronco precipita sul bambino e lo uccide. Da allora don Saverio odiò la campagna, discese al mare e stava sulle terra dei Circoli Nautici, accessibili con un passo da via Partenope. Diceva: rispettate il cane per il padrone, non rifiutatevi alle disgrazie che Dio ha scelto per voi. Visse finché non trovò il tifo, in una vongola.

Napoli, i celebri ristoranti del Borgo Marinati. – Questa cartolina continua la precedente. Dei celebri ristoranti me ne infischio, ma il sottostante mare? Un'acqua simile, mansueta e calda, da otre, si trova soltanto nei cammelli. Ancora vi si dondolano i canotti in cui Luigi De Manes e io facemmo presto a crescere. Per esempio c'erano le corse fra le travature di ferro che reggevano i «Bagni Eldorado»; sollevandoci sulla punta dei piedi afferravamo le traverse e a forza di spinte davamo al canotto una velocità da siluro. Nascevano gare fra gli equipaggi; spesso qualche ragazzo si lasciava sfuggire la barca di sotto e rimaneva sospeso alle sbarre, si udivano le sue urla e si vedevano brulicare le sue gambe, gli amici viravano senza fretta per non raccoglierlo prima che avesse esaurito il suo sforzo. Una volta questo giuoco mi rovinò la mano destra e uno stinco. Erano contusioni dolorosissime; mentre mi riportavano a terra perdetti i sensi, ma per dar modo ai "luciani" di ridarmeli come a un principe, con un lusso e un amore inauditi. Riavendomi capii che mi avevano sbottonato, unto, scosso, spruzzato di aceto; dieci bicchierini di cognac aspettavano che io fossi in grado di bere; una vecchia baciava la mia mano tumefatta gridando: svegliati... su, bello di Assunta, svegliati. Quando guarii, mia madre volle andare a ringraziarla. Piansero abbracciate finché ne ebbero voglia; intorno a noi e nel nostro cuore tutto era screziato dai riflessi del mare come in questa cartolina; per qualche mese la vecchia "luciana" venne anche a trovarci la domenica, con un cartoccio di alici nel lembo dello scialle; poi sparì senza congedarsi, né delusa né soddisfatta, solo perché il tempo separa e alterna a modo suo le stagioni e la gente.

Napoli, Ponte della Sanità. – Debbono averlo fotografato dalla cupola della chiesa di San Vincenzo. Gli edifici della Sanità sembrano alzarsi in punta di piedi per raggiungere via Nuova Capodimonte, ma ci vuol altro. A una certa ora le ombre di chi percorre il ponte radono i tetti e i muri sottostanti. Camminando sul ponte guardate i vicoli della Sanità e li vedrete, a causa delle inferriate, come se fossero dipinti su un ventaglio. Mia nonna mi raccontò che ai suoi tempi il ponte aveva solo un parapetto. Molti ne approfittavano per uccidersi, San Vincenzo era stufo di collocare sempre nel punto giusto, da basso, i materassi degli sgomberi o almeno un carretto di lattuga. Via Nuova Capodimonte è un po' malinconica. Le dispiace di andare verso il nord, sgroppa, s'impenna ai piedi del Tondo e torna precipitosamente indietro. Lasciatela passare!

Napoli, tramonto sul golfo. – Il mare largo, visto da Posillipo, con Nisida a due passi e Procida e Ischia e Capri che si allontanano salutando. Nisidia sembra tenuta da Napoli con le dande; i greci le dettero questo nome perché era piccolissima, le acque la aggirano con estremo riguardo, si foderano di raso per non consumarla. Una volta ce ne andammo in barca fra Coroglio e Nisida, coi mandolini, le chitarre, i "taralli" il vino. Lo vedemmo questo tramonto sul golfo, il sole morì dietro le colline di Baia dettandoci un testamento che ho ancora sul petto e che diceva: «Non dimenticate! Testimonierete davanti a Dio che tutti i miracoli che si potevano fare col giallo del tufo, col verde dei vigneti, col turchino dell'acqua, col rosso delle nubi qui sono stati sempre fatti!». Il medesimo «tramonto sul golfo» ci suggerì di cantare e di bere illimitatamente, noi gli obbedimmo finché per un futile sgarbo di cui si offese il mio amico Finizio manifestò il proposito di rompermi le ossa. Era molto più abile di me in queste cose, potevo solo precederlo con una spinta che lo gettasse in acqua e così feci. Per qualche attimo il suo cappello galleggiò disabitato, poi si innalzò grondante: io credo che Finizio mi avrebbe ucciso se non fosse stato per quel buffo particolare del cappello. Risalì nella barca, ma invece di gettarsi su di me scoppiò a ridere. «Che io dovessi tornare a galla esattamente sotto il cappello!» gemeva contorcendosi. Mentre la luna di giugno gli asciugava i vestiti, Finizio mi volle accanto a sé; ogni tanto una sua lieve carezza mi rassicurava. Venne l'alba, così, portandoci uno squisito desiderio di morire tutti insieme.

Napoli, Piazza Plebiscito. – Le statue dei re aragonesi, normanni, svevi, spagnuoli, angioini, quante volte mi passarono accanto con l'intero Palazzo Reale, mentre correvo per conseguire l'indivisibile premio di una lira? Rammenti, De Manes, raggranellavamo una lira in venti e ce la disputavamo volando sul percorso della piazza. Luigi, avrei vinto sempre io se tu non fossi mai nato. Sono trascorsi quasi trent'anni, ma ecco il vento di allora che mi fischia nelle orecchie; tu non sai quanto valeva per me quella lira, sbirciavo le colonne di Sin Francesco di Paola e correvo con tutte le mie forze, ma i santi che la chiesa conteneva non sollevarono mai il capo dai loro libri o dalle loro piaghe per farti inciampare e cadere. Poi dal monte Echia un soffio di grotta scendeva ad asciugarci la fronte.

Caro De Manes le tue cartoline continuano su questo tono, basta. Il passato non serve a niente e l'avvenire sembra o è altrettanto inutile, alla nostra età. Egualmente lontani dalla gioia e dalla disperazione, non sappiamo che fare; tu, almeno, hai Napoli sotto gli occhi e la vedi stancarsi e invecchiare con te.

Le canzonette

Sotto quale canzonetta napoletana nacqui, nel remotissimo novecentodue? Mentre le donne gridavano mettendoci al mondo, c'è sempre qualche altra voce al di là della parete o nel vicolo o presso il letto (l'ostetrica, magari) che se non canta dice, bisbiglia una canzonetta. Quale fu la mia? Indagherò. Voglio saperlo; è importante; ogni mio conterraneo dovrebbe svolgere una speciale inchiesta per conto proprio, stabilire se i versi che si confusero coi suoi vagiti esclamavano: «Che bella cosa è una giornata di sole – l'aria serena dopo una tempesta», o invece riferivano con straziante semplicità che una finestra buia ispirava a un tale il timore che l'amata fosse inferma; e subito la sorella di lei si affacciava per dirgli macché, la tua ragazza è morta e seppellita. Sono il nipote di canzonette napoletane anche più candide o bizzarre, come quella in cui le donne domandavano al venditore ambulante di spille di sicurezza: «Quante me ne dài per un tornese?», o come quella in cui lo sposo implora: «E levati la vestina» ma la sposa risponde: «La vestina nossignore, nossignore», e lui tanto replica: «Se non te la vuoi togliere allora mi alzo e vado via di qua» che lei indumento per indumento finisce col sacrificargli tutto, determinando un ritornello da intonarsi insieme e che grida: «Sia benedetta tua madre». Sarò nonno di canzonette egualmente capaci di riconoscenza, quando metta conto, per i genitori? L'intera immutabile città, dalle scogliere in cammino verso Posillipo agli alberi delle colline sui quali il vento dorme o viaggia come Tarzan, mi rassicura: sì, le canzonette benediranno sempre chi ha fatto una bella donna, o una bella festa del Carmine, o un bel gesto, o una bella morte.

Ma ce ne vuole, prima che in una canzonetta lo sposo possa gridare: «Sia benedetta tua madre». È lungo, è dura l'attesa di questo momento. Anni di incertezza, di gelosia, di lodi e di insulti, di baci e di schiaffi, si consumano mentre le evocatissime stelle, e le barche, e le nuvole, e i santi stessi non possono che andare a nascondersi dopo aver reso la loro trafelati e inutile testimonianza. «Vattene, cuore mio, vattene solo – per le vie deserte, – tu, una chitarra e la luna»; oppure: «Mamma, portalo presto – il cuore d'argento alla Madonna – tu lo volevi appendere per voto – se lasciavo Assunta; ecco, l'ho lasciata – e muoio, senza lei» dicevano le canzonette del migliore tempo che io abbia avuto; e adesso? Niente è mutato, se la attualissima canzonetta *Cenere* geme: «Il cuore senza piangere – io l'ho vestito a lutto»; e c'è religione tuttora, se altri versi, inginocchiati, sussurrano: «Senti la campana della prima messa? – io sono tornato più devoto – conducimi in chiesa per un voto – insegnami di nuovo il rosario». Ahi, se me la ricordo questa civetteria di farsi, dalla donna che uno assolutamente vuole, riconsegnare a Dio! Le carezze più torride, gli abbracci che sembrano un desiderio di rompersi le ossa, niente vale un momento simile. Bisogna fingere di aver dimenticato quasi tutto; ave, Maria, piena di grazia... e poi? Liberaci dal male, o come? Gli occhi di lei si riempiono di lacrime sotto il velo nero e i capelli biondi. Accosta la sua guancia alla nostra e lentamente suggerisce: «Benedetta fra le donne, sia benedetta il frutto...», un lunghissimo filo d'incenso vi lega mani e piedi, per qualche minuto la commozione imbavaglia entrambi: su ciò sappiate conservare il più assoluto segreto, egregio signore, se non volete che vostra madre impazzisca o muoia. Intanto fuori, sulla piazzetta, mentre chi deve ridere ride e chi deve impiccarsi s'impicca, il pianino automatico smentisce cielo e terra dicendo: «Ti vedono ogni giorno nella chiesa... – forse non sai che vi abita Iddio – e non può entrarvi chi ha ucciso un uomo – perché preghi? non deve trovar perdono – quello che hai fatto e stai facendo a me». Canzonette, e nuvole in marzo, esistono a Napoli per azzuffarsi. La stessa Carmela che fu ieri «un garofano sulla pianta», oggi è «una fontanella avvelenata»; insomma ha sempre il posto d'onore nel male e nel bene: è sempre a capotavola nei banchetti della vita, così bella che se ne inteneriscono il colore dell'aria e il vino nelle caraffe; le musiche napoletane la lodano con una voce insolita, carnale, come se i suoni non crescessero nei mandolini o nelle chitarre ma in una grossa e bruciante mano d'uomo. Non di rado Carmela piglia e si sposa anche prima che canzonette e disgrazie si occupino di lei. Le mogli di quindici anni con una camicetta rosa per corredo sono comunissime a Napoli: si tratta di uno straordinario espediente per dire ai dispiaceri che ripassino; certo il diavolo non sa cosa rispondere, esita e infine si allontana dalla casi in cui sono entrati i fiori d'arancio, deve convenire che non è il momento. E Carmela attempata, stanca, madre di molti figli? «La mia mamma, questa vecchietta – mamma mia, che vuoi saper – mamma mia, che vuoi saper...»: mai troverete canzonette napoletane che non siano rozzi inni alle madri o che elogiandole mentiscano. A cinquant'anni Carmela è verissima, Carmela è Napoli quando verso sera, morbida e segreta, affettuosissima, sembra dipinta sul guanciale; è Napoli quando impietosita dai nostri dolori ci dice: fidatevi di me, tutto si aggiusterà... domani. Questa speciale Carmela ebbe inizio (e qualche canzonetta dovrà pure accorgersene) la prima volta che disinteressandosi dello specchio mescolò un pizzico di farina e un cucchiaio d'acqua in una tazza, vi intinse il dito e con ereditaria sapienza incollò sulla parete, nel "basso", una striscia di carta abbastanza simile, per colore e per disegno, a quella che mancava.

Oppure le canzonette fanno della mia donna una creatura tanto dispotica quanto è bella. Carolina – le dico – ma che vuoi? Niente le piace e niente la soddisfa. È sempre stanca; non, nel solito modo: stanca come la seta delle bandiere. Ha negli occhi una continua e regale disapprovazione; è bianca, formosissima, distratta, pigra, ma tutt'altro che volgare o insensibile; quando occorre mi bacia, sono attimi supremi per me, come se mi sentissi dire: «La vostra domanda di grazia è stata accolta. Vivrete... vivrete eternamente». Sol la si do, do re fa... qui una semibreve fuori tempo, senza limiti, discrezionale, che duri finché il fiato del cantante dura: d'accordo?

E infine abbiamo come sempre avemmo, a Napoli, le canzonette narrative, drammatiche: le canzonette-fiume che raccontano tutta una vita. Formidabili atti di accusa all'amicizia, all'amore, alla fortuna. Tizio «divise il sonno» con un amico ma proprio costui adesso sposa la sua ragazza: scorrerà il sangue, domani ognuno saprà che la sposa è morta perché abbandonò il suo primo fidanzato; ricordo che a questa canzonetta (sol do re mi sol fa... eri giovane, Marotta) ne seguì un'altra dello stesso autore, nella quale Tizio reclamava dal magistrato («Tu mi devi rimandare a casa, se la legge è legge») l'assoluzione: e fu, credo, il solo caso di canzonette a puntate. Sfogliando un recente fascicolo di Piedigrotta, ho visto che per le canzonette-fiume della mia giovinezza è venuta una nuova primavera. Caio per esempio dice di essere «un operaio che indossa la tuta» mentre lei, sua moglie, ha voluto diventare una donna di teatro; sono due mondi in conflitto; basta è un inferno,

Caio dichiara che egli vive «incatenato fra le braccia della morte», annunzia: «Stasera, ubbriaco di vino e d'amore – ucciderò questa stella del varietà». Figuriamoci, sapranno impedirglielo; gli offriranno i definitivi bicchieri dell'amnesia e del sonno, io lo scorgo addormentato fra due amici in una *carrozzella* che all'alba sale impercettibilmente verso Antignano, tirata dai primi fili di luce. Ma Sempronio? Eccone uno degno di Alfieri: chi gli ha rubato Carmela è il suo proprio fratello, è il torvo l'ipocrita l'antichissimo Caino. Sempronio impugna un'arma; l'altro ha però ancora una carta e la giuoca, informa il fratello che Carmela avrà un bambino. Che fare? «Domani stesso parto – per la terra più straniera – sennò tragedia nera – sarebbe per me e per te! – Ma tu, se hai un po' di cuore – non maltrattarla, cerca di volerle bene!». Immagino che Caino distrattamente prometta; ma «la terra più straniera» qual è? Esiste, nella geografia delle canzonette? Mi sbaglio, dicendo che Napoli è un modo di nascere di vivere di morire anche in Groenlandia?

A proposito, io nel mio funerale ci voglio proprio una musica di "posteggiatori": mi seguano, come mi hanno preceduto, le canzonette. Quando sarò calato lentamente nella buca, esplodano le note furiose, rampanti, di *Funiculì funiculà*.

Gente nel vicolo

Il Vico Lungo Sant'Agostino degli Scalzi, a Napoli, è un corridoio fra vecchi scontrosi palazzi; vi sbattono le porte dei "bassi" nel vento di marzo; bambini neri e adesivi si agglomerano sulle soglie con la stessa centripeta urgenza che determina la formazione dei mazzi di peoci nei vivai di Santa Lucia; una camicetta stipata appare a una finestra; da un ultimo piano scende trasalendo una cordicella alla quale è legato il caratteristico "paniere"; raggi di sole e gocce di pioggia, in questa stagione, fanno a chi prima arriva sulla gente.

Fu appunto nel mese di marzo di non ricordo quale anno che il Vico Lungo Sant'Agostino degli Scalzi soffrì e godette lo scandalo dell'anello di smeraldi; fu proprio tra l'acqua e il sole, tra il sì e il no del più volubile cielo primaverile che a donna Sofia Pugliese mancò inspiegabilmente l'anello di smeraldi, con quel che segue.

Sa il diavolo dove fosse andato a finire l'astruso gioiello: c'era o non c'era nella "pizza"? Si tratta proprio di questo; ossia bisogna immediatamente occuparsi di don Rosario Pugliese, come industriale e come uomo.

All'alba di ogni giovedì e di ogni sabato, don Rosario Pugliese compariva sulla soglia del suo "basso". Aveva in braccio un grosso fornello da caldarroste, che deponeva come un tronetto, con accorte armoniose flessioni del suo corpo rotondo, sempre nel medesimo punto dell'ineguale selciato. Frattanto, dall'interno della casa, le bianche braccia di sua moglie gli porgevano un tavolino ricoperto da una tovaglia un po' meno candida e schietta. Una enorme teglia, i fiaschi dell'olio, la cesta della ricotta, i vasetti del sale e del pepe, un bisunto quadernetto e un lapis che don Rosario, dopo averne tentato la punta, si metteva sull'orecchio, completavano il singolare allestimento. Infine donna Sofia usciva a sua volta nel vicolo, e su un secondo tavolino collocava la pasta di pura farina, preparata durante la notte e già pronta per l'uso.

La signora Pugliese era una compatta femmina sui trent'anni, ricciuta e bionda; sulla vita succinta il generoso busto pareva reggersi in bilico, mentre l'ampiezza dei fianchi convalidava l'impressione, rispetto all'esigua cintura, che le grazie di donna Sofia fossero attaccate a un filo. Era un prodigio di statica, la bellezza della signora Pugliese, che forse un virile ma ben collocato sospiro poteva interrompere, se non una improvvisa carezza, quando soverchianti umori lievitano nelle donne, quando sguardi e parole maschili le aggrediscono da un'atavica certezza.

Faccio per dire. Ora come ora don Rosario ha acceso il fuoco, e circonfuso di scintille canticchia, per provare la voce. Il Vico Lungo Sant'Agostino si sveglia, vagamente eccitato dall'odore di olio fritto che si diffonde dalla teglia; fra un minuto del resto sarà troppo tardi, per chiunque abbia resistito a queste sollecitazioni olfattive, poiché don Rosario intonerà la stentorea esaltazione del suo ingegnoso commercio, che si impernia su una strana simbiosi di rosticceria e di banca.

Intuite che si tratta di «pizze a oggi a otto»?

Ecco il primo cliente, costituito dalla guardia notturna don Amedeo Cafiero. Suppongo che il sonno gli abbia spesso arriso, mentre se ne stava addossato alle saracinesche: freschissimo e sorridente, egli si immerge con delizia nel fumo di carboni e di frittura, riceve due fragranti "pizze" avvolte nella grossa carta spugnosa, e addentandone una si allontana.

Don Rosario inumidisce con la saliva la punta del lapis: «Guardia Cafiero pizze due» scrive laboriosamente nel suo quadernetto. Insomma queste "pizze", gonfie di fondente ricotta e non prive di qualche truciolo di prosciutto, si pagano soltanto fra otto giorni. Rendetevi conto che ciò incoraggia, stimola e potenzia il consumatore. Molte cose possono accadere in otto giorni, non esclusa la morte, senza eredi, dello stesso rosticcere; per questa e per altre ragioni, non dissociabili dal cielo e dalle pietre di Napoli, succede che stomachi di infima capacità per gli alimenti pagati alla consegna risultino in grado di contenere un impressionante numero di "pizze" dilazionate, con evidente profitto del nostro don Rosario, che sogguarda sua moglie e giubilante esclama.

«Prego intensificare la produzione».

Le lattee manine di donna Sofia spianano con piccoli colpi la cedevole pasta: ne derivano caldi suoni, ora attutiti come un bisbiglio, gutturali starei per dire, ora deliberati e pieni, sensuali, che fanno vibrare come antenne i baffi degli artigiani in attesa di ricevere "pizze" e sui quali è meglio non riflettere fissando contemporaneamente la signora Pugliese. Nella teglia le focacce rabbrividiscono ed assumono, mentre il cucchiaio scientificamente le irrora di olio fumoso, il biondo colore delle ascelle di donna Sofia; gli uomini mangiano per quattro e guardano per cinquanta: don Rosario gongola e soffre, poiché la gelosia lo addenta dove è più adiposo, nei punti più molli e sensibili della sua anima pigra. Sbircia l'anello di smeraldi, al dito della moglie, e la verde osteria di Resina, dove si svolse il loro festino nuziale, naviga a mezz'aria verso di lui, col pergolato che ondeggia come un baldacchino, sul confuso affollarsi dei giorni e degli anni trascorsi.

Si erano sposati quattro anni prima. Fin da allora don Rosario tendeva alla pinguedine e alla pace. Lei si affezionò inspiegabilmente a quel largo petto bonario, a quei sorrisi devoti e lenti, a quell'inerme desiderio; sì, anche nelle più intime aspettative di donna Sofia egli fu un uomo composto di spalliera e di bracciuoli. Proprio nell'osteria di Resina, dopo averle infilato al dito l'anello di smeraldi che era stato di sua madre, don Rosario ebbe paura. Sconosciuti avventori, per festeggiare la sposa, sul tardi se ne erano improvvisati commensali; e fra costoro si fece notare un giovane costruttore di barche. Quando don Rosario fu soverchiato dalla sensazione che a nessuno si dovesse permettere di guardare sua moglie come quell'uomo la guardava, si alzò malinconicamente ed uscì nel giardino. Affacciato al pozzo, rifletté e fumò; l'acqua profonda e arguta riceveva ridendo i suoi sospiri.

La notte, sul seno della moglie, si mise improvvisamente a piangere. «Ma che ti ho fatto?» lei gli diceva con materno compiacimento, e don Rosario dovette impedirle con la forza di rendersi conto, accendendo la luce, che era troppo bella per lui.

Quanti uomini, da quel giorno, la guardarono come il costruttore di barche? Tre anni dopo, avendo raggiunto i cento chili di peso, e perciò sempre meno incline alla tragedia, don Rosario cominciò a ricevere lettere anonime. Varie di stile e di malvagità, gli segnalavano, peraltro, lo stesso individuo e la stessa casa. Esattamente dopo la quindicesima lettera, arrivò quella mattina di marzo alla quale ho accennato in principio. Si era conclusa una eccezionale distribuzione di «pizze a oggi a otto», e i coniugi Pugliese stavano riportando in casa fornello e tavolini, quando don Rosario gridò:

«Gesù, e l'anello?».

Donna Sofia trasalì, ripensando fulmineamente al marmo azzurro del comodino su cui la sera innanzi aveva dimenticato il gioiello.

«Mi sarà sfuggito mentre impastavo» disse a caso. «Ah Rosario, sarà in qualche pizza.»

Le «pizze a oggi a otto» hanno, su qualsiasi altra delizia diffusasi nel mondo da una teglia, il vantaggio di essere nominali. Inoltre, don Rosario era accidioso ma avaro. Per qualche minuto giacque in una sedia, compassionato da innumeri discinte donnette e lottando volenterosamente con un principio di apoplessia; d'improvviso balzò in piedi, afferrò con una mano il polso di sua moglie, con l'altra il quadernetto aziendale e si avviò.

Una volta tanto, eccezionalmente, donna Sofia si sentì vicina ad un vero uomo. Ne subì l'insolito fascino? Lo seguiva, ad ogni modo, assaporando femminilmente quella tragedia, sentendosene appesantiti e allarmati i gonfi seni, supponendosi pallida e atterrita.

"Basso" per "basso", bottega per bottega, don Rosario visitava gli odierni acquirenti delle sue "pizze".

Erano piccoli artigiani di ogni categoria, sartine o guantaie, affaccendate popolane. Ciascuno di essi poteva aver rinvenuto l'anello; davanti a ciascuno di essi don Rosario sostava alquanto, minacciosamente, senza pronunziare sillaba. Le sue inferocite pupille trafiggevano l'indiziato, lo sottoponevano anzitutto a un radioscopico esame. Successivamente, don Rosario iniziava l'inchiesta con ironiche, astiose allusioni. Niente di nuovo? La "pizza" aveva soddisfatto anche quella volta i gusti dell'avventore? Come involucro o come contenuto? S'intende che a un certo punto il caldo sangue meridionale dell'interrogato cominciava a bollire:

«Don Rosario, voi ora dovete spiegarvi» scandiva il ciabattino, o l'orefice, alzandosi con esagerata lentezza.

«Qui c'è scritto che vi sono state consegnate cinque pizze, dunque avete cinque probabilità» replicava enigmaticamente l'angosciato rosticcere, agitando il quadernetto e dirigendosi alla prossima casa.

Un serio incidente fu per determinarsi nella bottega di un fruttivendolo, la cui faccia enfiata da un atrocissimo mal di denti esaltò i sospetti di don Rosario.

«E quella è una pietra dura, lo smeraldo» urlò, abbassandosi a una aperta accusa.

L'indignato fruttivendolo si scagliò innanzi senza ricordarsi che inforcava una sedia; pareva il barone di Münchhausen sulla palla di cannone.

La voce che don Rosario fosse impazzito trovò largo credito tra la folla che lo seguiva. Pietosamente assecondato, egli si aggirò fino al tramonto nei vicoli. Verso sera, sentì il braccio della moglie trasalire nella sua mano.

Sulla soglia di un fastoso "basso" menzionato in tutte le lettere anonime che da tempo gli pervenivano, l'infelice rosticcere riconobbe don Alfredo Guarino. Stato e professione di costui non hanno importanza; era un dovizioso giovane, che ostentava con superiore indolenza un abito di teatrale colore e disegno, e che diresse a donna Sofia una impercettibile significativa occhiata.

«Per carità, don Alfredo», disse la signora Pugliese, scostandosi un poco dal marito, «nelle pizze di stamane non avete trovato per caso il mio anello?»

Fra le lacrime che velano le pupille di questa compatta bionda appare e scompare, come nel cielo nuvoloso fa per l'appunto il moribondo sole di marzo, una luce arguta. L'anello verde esce galantemente dal taschino di don Alfredo e viene riconsegnato alla bianca proprietaria, tra gli applausi di una folla che fermamente crede al felice epilogo di ogni cosa.

Senonché, i cento chili di don Rosario vacillano sulle loro basi. Egli sfoglia febbrilmente il suo quadernetto e dichiara che don Alfredo non vi figura per nessuna "pizza".

«Siete in errore. Ne ho prese quattro e me ne appello alla signora» replica il disinvolto giovane, manifestando anzi il desiderio di pagarle, affinché don Rosario non sia costretto a ripassare fra una settimana per l'incasso.

Ecco un fatto assolutamente nuovo negli annali delle «pizze a oggi a otto»; la popolarità di don Alfredo Guarino se ne avvantaggia: in questo momento egli potrebbe proporre la sua candidatura a deputato, se volesse. Sbalordito, don Rosario osserva la folla e la sente contraria ad ogni altra soluzione dell'incidente: araldi sono già partiti per diffondere questa versione dei fatti, e ai coniugi Pugliese non resta che rincasare.

Stanotte il Vico Lungo Sant'Agostino degli Scalzi è tutto un bisbiglio. Piove, del resto. Nel letto nuziale donna Sofia dorme, o quasi: un suo dolce avambraccio sporge dalle coltri. Presso il tavolino infarinato, don Rosario continua a sfogliare il quadernetto aziendale.

«Eppure qui non c'è» geme; e non so quante lettere anonime al tempo stesso gli dolgono, nel punto più sensibile della sua anima pigra. È difficile, per un uomo così espanso, capire perché bellezze come quelle di donna Sofia sono proprio attaccate a un filo. Egli schiude cautamente l'uscio esterno, si consulta con la tenera levigata pioggia che il cielo non rovescia ma depone sul vicolo addormentato. Che pace.

«Trent'anni, diconsi trenta»

Questa è dopotutto la storia di un uomo del mio paese, sorridetene con qualche riguardo.

Fu a Napoli sul finire del mese di giugno, nell'antica e malinconica via Foria, dove c'è una altissima palma circondata da panchine di ferro. I bambini di don Saverio Petrillo stavano appunto ingegnandosi di svellere una panchina, rinunziando temporaneamente ai tentativi di intaccarla coi denti, quando assistettero a una scena che li costernò.

Si aprì di colpo il portoncino della loro casa e don Saverio ne uscì volgendo le spalle alla strada. Era più meschino e più arruffato del solito, ma le sue pupille bruciavano. Proteso verso la soglia, abbozzava strani gesti, cautelosi e tuttavia autoritari, come per guidare i portatori di un pesante armadio. Invece, dalla penombra dell'andito, affiorò l'irriconoscibile don Carmine Javarone. Una inspiegabile mansuetudine, uno smarrito pudore umiliavano la sua massiccia figura. Passò a capo chino fra i curiosi che andavano raccogliendosi, si avviò verso un punto qualunque.

E don Saverio? Tutto quello che si può dire di lui è che pareva un derviscio. Saltava. Mugolava. Divampava. Si era accesa una torcia in don Saverio; egli si sollevò sulla punta dei piedi come una Vittoria, sventolò le braccia in direzione dell'uomo che si allontanava, strillò:

«Ai vostri ordini! Tornate ad onorarci, don Carmine, non ci fate torto... Per l'articolo che sapete... per un colpo apoplettico o per una bella paralisi... alla premiata ditta Petrillo dovete rivolgervi!».

Don Saverio rientrò in casa senza elargire ai curiosi nessuna spiegazione. Ma subito ricomparve alla finestra, con un coperchio di pentola in ciascuna mano. Sempre esprimendo una segreta, enigmatica felicità, batteva i coperchi l'uno contro l'altro; si gremì di gente il marciapiede, e in prima fila stavano i piccoli Petrillo, non meno attoniti di chiunque, non meno di chiunque pazienti nell'attesa di un ragionevole epilogo. La signora Petrillo, per quanto si sapeva, era andata a messa.

Da trent'anni don Saverio viveva in soggezione. Si erano conosciuti alle elementari. Fu sempre timido e smunto, Petrillo Saverio; e quella mattina agonizzava su un indecifrabile problema. «Un contadino deve seminare un campo di metri quadrati 249, eccetera. Per quanti giorni lavorerà, e di quanto grano avrà bisogno quel contadino?» Stava per scadere il termine di consegna del compito, quando dal vicino banco Javarone Carmine strizzò l'occhio e allungò un foglietto con la soluzione.

All'uscita, diventarono amici. Javarone già usufruiva di una soverchiante voce d'uomo.

«Ho visto che hai un bel temperino, dammelo» disse semplicemente.

Petrillo obbedì, trafitto da una primordiale paura che si sforzava di dirgli: sei aggiudicato, Saverio, questa non è la confisca di un trascurabile episodio della tua vita, bensì un definitivo decreto di annessione.

Del resto, anche in servitù adolescenza e giovinezza sono stagioni belle da vivere; è la maturità che veramente ci rende adatti alla mortificazione e al dolore. Don Carmine dette in moglie all'amico una ragazza di cui si era stancato: strizzò l'occhio e gli allungò Carolina, come aveva fatto con la soluzione del problema, venti anni prima.

Fu una buona idea, che allo stesso don Carmine consentì di sposare una bellezza di Borgo Loreto, e di scarrozzare al suo fianco, per cinque anni, verso i Camaldoli o verso Posillipo. La bottega di via Conservatorio pagava le spese. Bisogna sapere che don Saverio era un abilissimo fabbricante di strumenti musicali. Alla morte di uno zio aveva ereditato qualche migliaio di lire; don Carmine lo seppe e decise di investire il denaro in un negozio di vendita dei mandolini fabbricati dall'amico. «Naturalmente sarai socio della ditta» gli promise col tono di un solenne riconoscimento; ma poi si limitò a pagargli il salario, ogni sabato, come a un operaio.

Per lunghi mesi don Saverio coltivò propositi di ribellione, ma ecco ciò che accadde la sera in cui gli parve di aver raggranellato il coraggio di osare.

Petrillo e Javarone chiusero la bottega e si avviarono, fra gli insulsi andirivieni di un capriccioso vento di marzo. D'improvviso don Saverio si fermò e disse:

«Carmine, questo abuso deve finire».

L'altro stava per rispondere, quando si aprì dietro di loro la porta di una bettola e certi giovinastri ne uscirono. Il vento infuriava; disorientati dal polverone, quegli uomini urtarono malamente don Carmine. Vi fu un rapido diverbio; poi un ceffone di don Carmine atterrò il più aggressivo degli antagonisti. Gli altri se li scrollava pazientemente di dosso (e frattanto il suo volto non esprimeva che un vago disappunto, un leggero fastidio), li colpiva e li gettava da parte, senza affrettarsi. Don Saverio si era addossato al muro e tremava. Infine, ripresero il cammino.

«Che stavi dicendo?» domandò Javarone Carmine, spolverandosi distrattamente una manica.

«Niente» rispose Petrillo Saverio, bevendo l'amaro vento di marzo.

Qualche mese dopo, morì la moglie di don Carmine. Il vedovo adottò la famiglia dell'amico. Aveva il suo posto a tavola tutti i giorni: donna Carolina gli telefonava la mattina in bottega per sapere che cosa dovevano mangiare, e la sera i tre piccoli Petrillo chiedevano a don Carmine il permesso di toccargli i muscoli, o di eseguire difficili salti in suo onore. Quando era in vena, don Carmine li esortava ad amare anche il padre. La signora Petrillo sfaccendava imperscrutabile. Che rimaneva in lei dell'amore che, un tempo, don Carmine le aveva ispirato? Gli rammendava la biancheria, gli stirava gli abiti, gli avvicinava il piatto colmo; ma la notte, quando il marito si svegliava di soprassalto, singhiozzando, donna Carolina ghermiva quella povera testa grigia e come se gli propinasse un antidoto, ansiosamente, se la premeva sul petto nudo.

La domenica era il giorno peggiore. Protestando una speciale ipersensibilità, don Carmine aveva voluto che le pietose visite alla defunta signora Javarone le effettuasse don Saverio, alle otto di ogni domenica. L'amico doveva vestirsi di nero, per questo, e riempirsi le tasche di lumini; egli teneva scrupolosamente fede all'impegno di recitare, fra l'altro, anche un'esorbitante quantità di preghiere. Era convinto che don Carmine lo facesse sorvegliare; solo una volta, assicuratosi che il vialetto era deserto, saltò un'intera posta di rosario. Rientrando, vedeva giungere l'amico. Con una mistica occhiata gli porgeva, per così dire, notizie della signora Javarone; poi in attesa del pranzo parlavano di affari. Nel pomeriggio, importanti amici di don Carmine venivano a giocare a carte con lui; donna Carolina si teneva pronta a servire il caffè o i liquori; don Saverio scavava nel legno un nuovo mandolino, e anche il suo cuore se ne andava in trucioli. Una domenica che i bambini lo infastidivano gli sfuggì detto: «Carmine, falli star zitti»; e che importa se poi, nella stanza attigua, ferocemente si schiaffeggiò?

Così venne quella inaudita domenica sul finire del mese di giugno, ed ecco i fatti nella loro straordinaria semplicità. Erano le otto di mattina e don Saverio stava per recarsi al cimitero. I bambini, fuori, tentavano di svellere una panchina; la signora Petrillo era andata a messa. Di colpo l'uscio si spalancò, apparve don Carmine. Era pallidissimo e vacillava; si abbandonò su una sedia, raccomandandosi ai santi.

«Saverio mio, sono condannato» bisbigliò.

Disse che, uscendo di casa, era stato colto da una vertigine. Voleva soltanto chiedere un parere in farmacia, ma un medico che per caso vi si trovava si era offerto di visitarlo. Don Carmine singhiozzò e concluse:

«Saverio mio, è possibile? Si tratta di una gravissima malattia di cuore. Basta il minimo sforzo, la minima emozione...».

Don Saverio era andato arretrando, si era appoggiato al tavolo e rabbrividiva. Guardava l'amico come si guarda un palazzo demolito; toccava il tavolo come la groppa di un cavallo sul quale stesse per balzare. Sorrise, sussurrò:

«La minima emozione, Carmine... ma sarà vero?».

E a due mani sollevò una pila di piatti che stava sul tavolo.

All'improvviso fragore, don Carmine sobbalzò e ricadde. Era svenuto. Quando riaprì gli occhi don Saverio teneva sollevata un'altra pila di piatti.

«Fuori di qui» disse; e il resto è noto.

Ora don Saverio se ne sta alla finestra, con un coperchio di pentola in ciascuna mano. Forse è cosciente di produrre un inconcepibile fracasso; a ogni modo il suo volto giallo esprime una segreta, enigmatica felicità. Infine arriva donna Carolina Petrillo, di ritorno dalla messa. È il momento.

Don Saverio si sporge pericolosamente dal davanzale e con una voce irreale, con una impagliata inammissibile voce d'uccello piena di ruggine e di dolore, strilla:

«Problema! Un contadino deve seminare un campo di metri quadrati 249... rendo l'idea? Venite avanti, Carolina Petrillo, questi sono i miei testimoni. Petrillo Saverio, presente! Javarone Carmine, assente per giustificato motivo! Non so se mi spiego... trent'anni, diconsi trenta! Donna Carolina mia, e che è successo oggi, in questa domenica di Dio? Che siamo stati graziati!».

Nei fatti del mio paese c'è sempre la coda di un diavolo che guizza e ride.

Per un anno, o poco meno, don Carmine non fu più visto nell'intero rione Stella. Benché la bottega di via Conservatorio fosse stata allestita esclusivamente col proprio denaro e col proprio lavoro, don Saverio mandava al suo ex-despota, ogni sabato, una piccola somma. Don Carmine giaceva perennemente su una sedia a sdraio della sua casa, aspettando la morte. Venne invece un altro medico, chiamato dalla compassione dei vicini, o da quel guizzante e sorridente diavolo che ho detto. Alla domanda «Chi è l'imbecille che deve aver scambiati i sintomi di una volgare indigestione con quelli di un'irreparabile disfunzione cardiaca?» il paziente rispose che avrebbe fatto del suo meglio perché il nome richiesto figurasse l'indomani su tutti i giornali.

Don Carmine ritrovò in pochi giorni la salute che non aveva mai perduta, e sovrattutto l'istinto e il piacere della sopraffazione. In questo massiccio individuo covava anche un certo gusto dello spettacolo. Per ricomparire in via Foria scelse una domenica di sole, all'ora di pranzo. Indossava un sgargiante abito nuovo e portava un fiore all'occhiello. Due facchini lo precedevano. Deposero sulla soglia del tinello il loro carico e dissero:

«Abita qui don Carmine? Questo è il suo baule».

I Petrillo erano a tavola.

«Come sarebbe?» disse don Saverio, balzando in piedi, e tutti lo imitarono.

«Vi porto mie notizie» rispose entrando don Carmine; e guardò l'amico negli occhi.

Don Saverio accarezzava la tovaglia.

«Non ci servono notizie vostre» disse, e impugnò una sedia.

Pensate se è di una fissa che voglio parlarvi. Piuttosto un anno è lungo nella vita di un uomo che essendo stato graziato, come egli stesso dichiara, si è ormai ricongiunto alla sua famiglia e al suo pane e ai suoi muri. Molte cose possono essere scritte in questo momento negli occhi di Saverio Petrillo come sul marmo di una lapide; comunque egli impugna una sedia, e la sua famiglia è raccolta dietro di lui, moglie e bambini sembrano impugnare a loro volta una sedia. La tovaglia è di un casto bianco, fuma il brodo nella zuppiera, scintilla il vino nella bottiglia, impercettibilmente si avanza sulla mensa un raggio di sole che ha il colore, della crosta del pane: tutto acquista, mentre si aspetta la furia di don Carmine Javarone, una sostanza votiva.

O meglio c'è ormai dignità in casa Petrillo; e se io fossi don Carmine Javarone, volterei le spalle e me ne andrei.

Ninna nanna a una signora

L'eccezionale visitatrice entra come un sospiro nel "basso" di don Alfonso Corrado Mazzullo in via Conte di Mola a Napoli: se l'antica signora portasse valige, le loro etichette ancora umide proverebbero che un minuto fa essa era nel Cile o a Sciangai o a Tangeri; ma ci vuol altro per mettere nell'imbarazzo un uomo simile, il quale si solleva sui guanciali, sputa esattamente nell'elmetto militare adibito a tale uso fin dal 1918, e dice: «Quale onore... In che posso servirvi? Dunque è venuta l'ora?». La via Conte di Mola unisce Toledo alla Speranzella, è ripida e dubbia come un quadro sul cavalletto: la pioggia la trasforma in un torrente, allegre trecce d'acqua che levigano il selciato e arrotondano i buchi nelle scarpe di chi ha scarpe; non meno a precipizio vi si getta in certe ore il sole, gli occhi del passante lacrimano ed egli può improvvisamente trovarsi, fosse pure un vescovo, fra le stanghe di un carretto o impigliato al grembiule di qualche donnaccia. Conte di Mola fu il nababbo portoghese Simone Vaaz, un trafficante nelle cui tasche ferveva l'oro inquieto e quasi liquido, arterioso, della sua età; comunque le decrepite mura che lo ricordano sono rimaste fuori dal "basso" di don Alfonso Corrado e possono aspettare; ma è una parola che il Mazzullo pigli e si decida a sgombrare; vorrei vedere, egli invece addenta quanta aria trova e geme: «Accomodatevi non c'è fretta... un'ora prima o un'ora dopo, salute a noi, fa lo stesso».

Perché no? La visitatrice è anzitutto colpita dall'ingegnoso apparecchio che il malato (don Alfonso Corrado fu per tre anni infermiere nell'ospedale degli Incurabili e rischiò di emularvi qualsiasi primario) ha recentemente costruito per auscultarsi. È un normale stetoscopio munito di una lunga cannula di gomma che poi si biforca per versare le più impercettibili dissonanze in una cuffia di radiotelegrafista: niente di magico, però bisognava pensarci. L'astutissimo vecchio è contento che la sua invenzione susciti curiosità; il fiato gli ritorna quando la visitatrice si distrae, egli se ne rende subito conto e dice: «Donne e malattie occorre saperle prendere, mai, mai agire per interposta persona. Io sono come san Tommaso, credo se tocco. Intendiamoci bene: qui, senza offesa, la regione cardiaca spacca il minuto; l'apparato respiratorio è in perfetta regola, sembra nuovo; maledetti i tumori e chi li ha inventati... ma ho combattuto per dieci anni, ma se mi date possibilità solo fino a settembre... Come dite? Resta fatto?». Invece non c'è stato consenso: il Mazzullo, come sempre, arraffa; il mezzo filo d'aria che ha in bocca egli lo rintraccia e lo ghermisce con la pazienza del sarto che nell'identico modo, stringendoli fra i denti, strappa i residui di imbastitura dalla giacca finita. Sono proprio a questo punto, le cose? E perché non ieri, o cinque, o sette, o addirittura nove anni fa? Le radioscopie iniziali gli avevano promesso appena qualche mese; forse oggi è la volta buona, senonché la visitatrice sta guardando uno strano oggetto posto sul bancone da artigiano che occupa mezzo "basso".

«Mazzullo Alfonso Corrado?»

«Del fu idem idem... presente! E quello, mio padre, venne chiamato Alfonso Corrado con assoluto obbligo di trasmettere al successore. La buonanima del nonno, essendo impiegato borbonico, ci teneva al doppio nome. Era un uomo di studio, era signore e sfortunato. Si regolò in tal modo perché odiava la dinastia a causa del misero stipendio che gli davano. Insomma io sono Corrado per la Casa sveva e Alfonso per gli aragonesi... fu uno sfregio ai Borboni che ancora se lo ricordano. Ma dite la verità: vi piace il mio ultimo lavoretto in palissandro?»

Il Mazzullo ora allude al singolare oggetto che la visitatrice non si stanca di osservare. Egli lo definisce senz'altro una lampada per scrittoio, ideata da lui. È, tutto sommato, un patibolo in miniatura. Sul palchetto, non privo di gradini laterali e di ringhiera, s'erge una breve forca dalla quale pende e sghignazza un pulcinella. Il cranio del fantoccio è una lampadina di trenta candele, mitigata e insieme acuita dal berretto bianco e dalla maschera nera mediante i quali l'antico personaggio evita a molti attualissimi buffoni di essere irreparabilmente riconosciuti. Tirando per i piedi il pulcinella, s'accende la luce: un successivo strappo se volete la spegne. Ciò sarà finché vita, e non morte, ne segua: un impiccato di questa specie è praticamente inesauribile, più lo si strangola e più esiste, come la fantasia di chi lo ha intagliato e appeso. L'inventore, don Alfonso Corrado, sta adesso tornando a coricarsi perché con una irresistibile occhiata, dopo avergli permesso di alzarsi per mostrare il funzionamento della lampada, la visitatrice lo rimanda a letto. Egli ansima e dice:

«Non per vantarmi, io di queste lampade Norimberga ne ho vendute già quattro a certi signori egiziani sul vaporino di Capri. Ci vuole l'intenditore estero attempato, non sono oggetti per ignoranti o per freschi sposi. Dovete credermi, ho un cliente fisso a Lisbona, che ogni tanto mi scrive: *prego inviare rarità contro assegno, prego non imbroglio*. Quelli se ne infischiano se è legno o alluminio, bronzo o cuoio... quelli vogliono un pensiero... un oggetto che precedentemente non esisteva. Signora mia, senza offesa, guardatevi un minuto qua dentro».

Don Alfonso Corrado (ah come gli riaffluisce l'aria nei polmoni, ah che prodigio!) stacca dal muro un comunissimo specchietto ovale, lo deterge con un lembo del lenzuolo, fa notare che il cristallo è vuoto di immagini e infine lo porge alla visitatrice. Lei se lo accosta al viso, guarda e si vede sulla fronte un tragico paio di corna. Il Mazzullo ride e non nega di aver diffuso, tra il 1944 e il 1945, centinaia di tali specchietti: acquistate, diceva, acquistate il ritratto del dittatore. La sera del 18 marzo 1945, don Alfonso Corrado ricevette da un negro qualche ceffone che lo mandò al pronto soccorso; ma in generale gli specchietti vinsero e stanno ora lontanissimi l'uno dall'altro, quale a Ottawa e quale a San Francisco o nella Nuova Zelanda: chi sa se ricordano le dita del vecchio Mazzullo che in questo momento si contraggono sulle coltri perché l'interlocutrice sembra stia per esporre il motivo della visita, sembra non aver gradito lo scherzo delle corna.

«Sospendete... per carità, non è il modo» bisbiglia disperatamente don Alfonso Corrado. «Allora badate, io voglio confessarmi. Siete in obbligo categorico. Ferma, ferma, alto là. Gesù è nato, Gesù è morto, Gesù è risorto, Gesù salvatemi: sono in diritto e qui mi confesso, Gesù, di ogni peccato.»

Nuova aria giunge al Mazzullo, dapprima sbagliandolo e poi indovinandolo, come fa il filo con la cruna dell'ago. Egli si rianima e press'a poco dice:

«Mi avete messo paura, ma perché? Io quante volte ho pregato i santi di levarmi dal mondo e non l'ho potuto ottenere! Ormai se non vi dispiace è troppo tardi; ormai sono fatto internamente come questo Conte di Mola che sale e scende: ecco gli stessi palazzi in bilico ed ecco gli stessi danni di guerra; ecco il merciaio! ecco il banco lotto! ecco l'oratorio! ecco la casa di tolleranza! ecco la pigna di "scugnizzi" sulla soglia dell'agenzia di collocamento ed ecco le tre monache questuanti che si posano qua e là sull'elemosina come i piccioni sulle grondaie o anche su niente. State zitta: parlo io! Non dipendo da nessuno, è chiaro? Io se non ho riflettuto non mangio, io vivo esclusivamente quando ci penso un giorno prima, e dunque se così mi comporto oggi per domani sono in regola con qualsiasi legge! Signora mia, ragionate. Volevo morire quando nacqui, per avvolgimento del cordone ombelicale intorno al collo; mi fu concesso? Volevo morire di emottisi a tredici anni, ne ebbi maniera? Volevo morire cento altre volte, di freddo e di caldo, di tifo e di cenere vesuviana, di terra e di mare, di speranza e di dolore, ma specialmente di fame: perché venni sempre respinto? Ora spetta a me decidere: ora sono io che non voglio. Do io le carte, l'ultima giocata è mia. Sto benissimo qui. Mi piace il Conte di Mola e tutta Napoli, non sono certo di non averli immaginati e costruiti io pezzo per pezzo con queste mie mani su questo banco. Come li trovate? Mi sembrano giusti e corrispondenti, adesso debbo collocarli, debbo realizzare».

La visitatrice non risponde. Don Alfonso Corrado ha inesplicabilmente quanto fiato desidera. Si addossa alle parole che gli vengono; le accarezza, quasi le modula; avanti:

«Egregia signora, voi affacciatevi e guardate. Ho fatto una montagna senza tetto e senza pavimento, l'uovo a sorpresa delle montagne, indovinate che notizie ci sono sotto quel fumo che si arriccia e va. Ho fatto una marina a frusta di cocchiere, molle e nervosa, docile e infame. Prego un'occhiata agli articoli, valutare non impegna il compratore. Ho fatto una città gobba e regina. L'ho vestita di pulitissimi stracci e di sudici ermellini; mi è venuta con le unghie nere e coi brillanti al dito. Ho fatto i santi nelle cappellette stradali; voi vedete quelle facce dolenti o incantate senza supporre che essi tra un miracolo e una grazia si divertono a gettare sui passanti gocce di cera e pezzetti di intonaco, o con un soffio rovesciano la scaletta del devoto che si arrampica per spolverare gli ottoni, e addio. Ho fatto la cantilena dei globi elettrici da Mergellina a Posillipo nelle sere di maggio, e ho fatto la Galleria a mezzogiorno, quando vi si moltiplicano gli spigolatori di una fortuna che non fu mai vista crescere perché non fu mai seminata: vedete il grosso affare commerciale che quei tre individui stanno concludendo nel bar verso via Santa Brigida? Poco fa non c'era, lo ha portato il vento, l'ho spinto io con l'alito in quella direzione. Sul serio dopo tante fatiche dovrei chiudere bottega? Sono vecchio e malato, sissignora, ma non mi presto. Andatevene... voi, voi, mi sentite?».

Silenzio. Le parole di don Alfonso Corrado hanno agito come una nenia sulla interlocutrice. Chi ha lingua va in Sardegna. Al Mazzullo basta se mai infilarsi i calzoni, sgusciare dal "basso" visitato, e confondersi tra la folla dei "Quartieri". Noi, in via Conte di Mola, ci appassioniamo all'enigma: ha o non ha, questo vecchio, la terribile malattia che in dieci anni ne avrebbe ucciso almeno quindici come lui? La stessa scienza del Mazzullo conferma i dolorosi responsi dei medici e degli strumenti di indagine. Ma un tumore in don Alfonso Corrado è un secondo don Alfonso Corrado. L'uomo ne risulta raddoppiato, o mi sbaglio? Signora, scuotiti; riapri gli occhi e vola; ti aspettano a Madras, ti chiamano dall'Islanda.

Scoglio a Mergellina

Fate conto che il giovane Luigi Guarracino di anni quattordici non se ne stia seduto, come lo vediamo, su uno scoglio di Mergellina, ma sia morto e rivolga la parola a Dio. «Gesù (gli dice) io per non aver preso la grave decisione di agire prima che la gente mi guardasse in faccia e mi parlasse, io solo per questo mi trovo qua.» Intorno al ragazzo l'acqua è verde, soffice, lenta, un mantello di cavaliere disteso affinché vi si inoltri Sua Maestà; ma chi sarebbe la testa coronata che Mergellina aspetta, sarebbe il tramonto col suo bastone d'oro sotto il braccio, il tramonto dagli occhi umidi e infermi che s'ingannano, per quanto riguarda Napoli, come quelli di un commissario governativo? C'è poi il giuoco di riflessi che appunto rende verdi le acque su cui s'affaccia Mergellina: a quest'ora l'ombra di ogni albero si stacca dal ramo più basso come una bolla di sapone dalla cannuccia, trova un soffio di vento che la porti e viene a tuffarsi in mare. Il sistema rende, arrivano ombre verdi e sempre più dense dagli attigui giardini pubblici, dalla Torretta e perfino dalla città alta; quanto al piccolo Guarracino, egli ha i soliti guai di fronte, deve risolvere il problema della cena e del sonno per oggi, per l'anno scorso e per l'anno venturo: è vivo e non si muove, o è morto e discute gesticolando con Dio.

Come comincia lo "scugnizzo"? Può avere inizio a San Biagio dei Librai nella casa di un vecchio ciabattino. Costui, don Salvatore Guarracino, era il nonno ed era l'unico parente di Luigi. Padre e madre dell'attuale scugnizzo morirono insieme di tifo, quando egli aveva sette anni; don Salvatore scacciò una mosca dai loro volti di gesso, e ben sapendo che il pagliericcio sarebbe stato bruciato per ordine dell'ufficio di igiene; se ne andò col solo bambino. La casa del vecchio era una stanza terrana nel cortile di un decrepito palazzo di San Biagio dei Librai; dormivano nell'unica branda, il nonno dopo aver addormentato con discorsi e carezze il nipote se lo metteva sulle gambe gelide; il sangue di Luigi pativa quel contatto, egli sognò sempre vicende e oggetti e cieli di tufo. Riapriva gli occhi non appena don Salvatore, spuntando il giorno, si rimetteva al lavoro; quelle iniziali realtà erano taglienti, i lividi arnesi sul deschetto, i barattoli dei chiodi, lo spago indurito con pece e saliva, trafiggente come uno spillone, il muro cosparso di ciabatte aguzze, la faccia stessa del nonno continua e rugginosa lo ferivano sempre nel medesimo punto. Dormi, povera creatura, dormi ancora un poco, gli raccomandava sinceramente il vecchio. Don Salvatore (bisogna essere precisi), per l'appunto don Salvatore Guarracino fu la prima vittima e il primo tiranno di Luigi. Se oggi il ragazzo fosse morto e parlasse con Dio, invece di sedere e di riflettere su uno scoglio di Mergellina, proprio così direbbe: mio nonno, di tutti gli amici e i nemici che dovevano capitarmi dopo, è stato indubbiamente quello che più mi ha nociuto. Qui Dio trasalirebbe, forse: nuocere, nemico, e perché mai?

Ecco: nei luoghi dove il pane è difficile, l'uomo nasce crudele e forte, nasce guerriero. A sette anni Luigi, mentre il nonno lo conduceva per mano verso San Biagio dei Librai, pensava confusamente: lascia che io scorga il meglio che hai e poi vedi se non me lo piglio. Il vecchio, d'altra parte, era vagamente certo che qualche orfanotrofio lo avrebbe liberato del bambino; già ideava di rivolgersi a un abile trafficante per le pratiche. Senonché, giunti a casa, e sottrattisi infine al ribrezzo della morte che avevano da poco salutata, si osservarono. Cuore mio, esclamò ad un tratto don Salvatore, ah disgraziata creatura senza nessuno... chi ne sapeva niente, di te? In altri termini era successo questo: che gli occhi le labbra i capelli di Luigi avevano agito come sempre fecero in seguito; che la sua squillante immagine si era subito imposta al nonno, capovolgendone i sentimenti, che la sua grazia, in un attimo, aveva vinto e perduto.

Non è semplice descrivere il terreno, le fasi, i colpi di una simile guerra. C'è un bambino interiormente adunco, ferino, diabolico, ma che esteriormente suggerisce l'idea di un angelo in castigo. Quel colore di oliva, una pelle idealizzata, scura e fulgida al tempo stesso come certi legni di preziosa intensità; gli occhi grandi e limpidi in cui si ripete il giuoco di far luce col buio e viceversa: i capelli ondulati, fini, malinconici come un'antica seta; la bocca tagliata col rasoio, nitida, esatta e stranamente seria; il corpo lungo esilissimo, un fioretto: ma sovrattutto la conclusione, lo scopo dell'intero disegno, che era, come ho detto, di suscitare un'arcana, immediata solidarietà. Chi vedeva Luigi era inesplicabilmente costretto a pensare: "Ecco l'angelo di cui parla Ferdinando Russo in un poemetto, l'angelo castigato col digiuno: e sono io la Madonna che di nascosto gli porto i mandarini". Ma Luigi? Il suo fermo proposito, mentre lasciava per sempre la capanna alle Fontanelle per seguire il nonno, bisogna pur dire che fu: derubo il vecchio e sparisco. (Chi ha sette anni alle Fontanelle, dove l'odore di morte che esce dalle cave rattrista il passante e offusca i rigagnoli, ha sette età. Caprai e ladri, mendicanti e donnacce, ortolani e straccivendoli da quattro soldi, gente ignota all'Anagrafe e ai santi, popola i tuguri e le grotte delle Fontanelle: il vento vi si lacera le dita e torna precipitosamente indietro: le ruote di qualche "pianino" che vi si avventura s'incrostano di una fanghiglia rossa: questi ballabili e queste canzonette, osservateli, sembrano reduci da un delitto.) Ma don Salvatore Guarracino si era difeso senza rendersene conto, fu quando fissò attentamente il nipote e una irresistibile necessità di lodarlo e di compiangerlo, di amarlo, sostituì nel suo cuore la precedente speranza di liberarsene l'indomani.

Il denaro nella scarpa da soldato sotto il letto divenne sicuro come alla banca. Irretitelo col sentimento, il diavolo delle Fontanelle: è una trappola, vi assicuro, che gli si addice! Ma per Luigi non si trattò di vero e proprio affetto. Più tempo passava e più egli si sentiva estraneo al vecchio. Perché dunque non rifiutò di dormirgli sul petto e sulle gambe? Perché sfacchinò e digiunò con lui? Questo enigmatico Luigi, inoltre, non portava fortuna ai suoi amici. Fatalmente riproduceva, intorno a sé, la miseria e il dolore delle Fontanelle. In due anni don Salvatore si ridusse agli ultimi spiccioli, della propria salute e del gruzzoletto nella scarpa. «Mangia tu» diceva spingendo verso il nipote lo scarso cibo. «Non ho fame» replicava Luigi con sorda ostinazione, la fronte sbarrata e gli occhi ardenti del guerriero che o prevale o muore. Era un duello fondamentale e a suo modo tragico, di istinti, l'amore del nonno contro la cavalleria del nipote. Ecco, la cavalleria. Se invece di specchiarsi da uno scoglio nell'acqua assopita di Mergellina, Luigi fosse morto e si raccontasse a Dio, la parola "cavalleria" spiegherebbe tutto. Gesù, noi delle Fontanelle possiamo carpire qualsiasi cosa a chiunque, ma esattamente, in uno scontro regolare. Chi possiede teme, ha serrature, nascondigli, armi, custodi e mente fina. Ingannarlo, truffarlo, significa rompere una guardia e colpire con assoluta precisione. Ma se qualcuno vi si affida ciecamente, se non dubita, se non resiste! Gesù, a voi come potrei mentire? Sapete benissimo che non sarei rimasto un solo giorno con mio nonno, egli non mi piaceva e se ho vissuto con lui cinque anni, se non gli ho disubbidito mai, se ho perfino pianto mentre lo seppellivano, è stato esclusivamente per non dargliela vinta... Gesù, mi spiego? Per non dargliela vinta!

Uno "scugnizzo" effettivo, certo, innegabile, ha per l'appunto i connotati che Luigi seppe darsi con tanta fatica: non aspetta niente, usa i muri dei vicoli come ombrello, come guanciale e come fazzoletto, è tanto solo al mondo che il mondo termina dove arrivano le sue occhiate o le sue mani o la sua indifferenza. Il nonno se ne era ormai andato coi piedi altrui, Luigi rientrò furtivamente all'alba per pigliarsi qualche oggetto (aveva evitato con la fuga ogni cattivo incontro municipale) e conobbe così don Vincenzo Torrusio che già stava facendo piazza pulita. Lo sciacallo di questo nome, un giovinastro albino e miope, non si scompose. Disse che si indennizzava parzialmente di certo denaro dovutogli dalla buonanima; per te c'è l'orfanotrofio, disse, le guardie ti cercano e saranno di nuovo qui a momenti. «E per te c'è Poggioreale, attento» gridò il bambino ghermendo una lesina sul deschetto e slanciandosi. Don Vincenzo evitò l'urto con un impercettibile e grazioso movimento, come i toreri quando offrono spiragli alla belva, non più che una cruna per il micidiale filo delle corna; disarmò Luigi, ma poteva forse punirlo senza vederlo? S'incantò, l'animale. Si arrese melodrammaticamente, ossia rialzò il bambino e gli restituì l'arma dicendo: «Hai ragione, fa' tu». Che idea. S'intende che Luigi non gliela dette vinta né allora né poi. Vissero insieme per alcuni mesi, di "pizze" di castagne di lattuga di trippa: dormirono negli stessi androni dove il Torrusio giocava a carte con i pari suoi; infine don Vincenzo fu arrestato mentre educava alla cera di mezza candela rossa da presepe la serratura di un orefice (due tentativi di fabbricarne la chiave a memoria non gli erano riusciti) e finché non lo trasferirono nel carcere di Avellino Luigi seppe spesso mandargli in cella sigarette e arance, gli fece anche giungere la sua stretta e amara voce dalla strada. Queste che gli amici rivolgono ai carcerati sono voci inferme a cui si vedono le costole: uno sfiorire di suoni, un'agonia. Orecchi speciali avrebbero invece distinto, nella cantilena di Luigi, le insolite sfumature del dispetto, qualche repressa nota di trionfo: tanto vi dovevo, e in fede mi dico... una voce di contraente, un saluto delle armi.

Non finisce mai la storia dello "scugnizzo" Guarracino: io poi sto raccontandola senz'arte e senza piacere, scrivo questa volta come chi fuma al buio. Ora voglio raggiungere Luigi dove aspetta, sullo scoglio di Mergellina mentre la sera approda. Ragazzo, a che ti servono avidità e perfidia? Che tu abbia mangiato nei quattordici anni della tua vita non solo il frutto ma l'albero, dalle radici alle foglie l'intero albero del bene e del male, a che ti serve, ragazzo? Mille ti hanno sorriso, dopo don Salvatore Guarracino e dopo Vincenzo Torrusio, mille hai dovuto risparmiarne. Il barone dalla giacca spalancata, la signorina dalla borsetta aperta, gli inglesi dalle valige distratte, il nolano assonnato nell'atrio della stazione, tutti si sono fulmineamente accorti di volerti bene e ti hanno sfidato a misurarti con loro nell'amicizia. Non potevi esimerti. Prima di nascere ipocrita, o malvagio, o ladro, o matto, o comunque infelice, nascesti guerriero. Sei vivo sul tuo scoglio? Rassegnati. Sei morto? Dio ti ascolti e ti consoli. Frattanto la notte è venuta e Napoli piglia fuoco. Da via Partenope a Posillipo il mare divampa di luci riflesse, dolgono gli occhi ai pesci, un turista che percorre la litoranea in carrozza non vede i cenci che respirano sul marciapiedi ma scorge distintamente gli scheletri delle sirene che si rivoltano nelle loro tombe di sabbia. Voi dite a Napoli: «Quanto sei bella!», e Napoli è perduta.

Personaggi in busta chiusa

Un mio giovane amico di Napoli mi ha mandato per posta una irrisoria ma significativa quantità di intonaco della scuola dove frequentai le elementari. L'ha semplicemente triturato e versato in una busta, sulla quale ha scritto: «Frammenti di Scuola della Discesa Sanità. Da conservarsi in luogo asciutto, lontano dalle lacrime».

Buona idea. Ecco che questa busta contiene fra l'altro la storia di Nicola Giraci; ecco che una mia guancia ridiventa rosea e tenera per mettersi a bruciare di un suo schiaffo.

Nicolino era rosso di capelli, taciturno come un sasso, e inchiodato al proposito di non avvantaggiarsi minimamente di ciò che l'insegnante escogitava per istruirci. Detestava la cultura, come tutti gli egocentrici.

Alla fine del secondo trimestre io fui nominato capoclasse; Nicolino mi aspettò all'uscita e pacatamente mi avverti che stava dandomi uno schiaffo. Disse:

«Non sono in collera con te. Anzi. Ma ho deciso che quando fanno un capoclasse io lo picchio finché non si dimette».

Se ne andò serio e assorto, vagamente conscio di essere l'autorità che emana un decreto e la forza che si incarica di farlo rispettare. Insomma fin da allora questo fiammante individuo era depositario di un suo caratteristico concetto della giustizia; la fine del secondo trimestre scolastico coincide con la Primavera, ed ecco Nicolino Giraci che, spiacente di non aver potuto, in deroga, alla sua legge sui capoclasse, evitare di schiaffeggiarmi, se ne va tra festoni di biancheria distesa ad asciugare da finestra a finestra, carretti di ciliege e chiazze di sterilizzante sole sul sudicio basalto della Discesa Sanità, verso i fatti che sto per riferire.

Passano vent'anni e il mio Giraci si diverte nella sua bella casa ai Cristallini, e dove gli pare.

Il padre gli ha lasciato non so quante fruttuose botteghe; don Nicola le amministra gettandovi un'occhiata dalla soglia, ma se siete anche voi capaci di chiedere e di ottenere, mediante un distratto sguardo, che gerenti e commessi si tengano puntigliosamente lontani dall'idea di imbrogliare i conti, perché diavolo non lo fate? Così don Nicola baciava la mano di sua madre, una vecchia impassibile, densa, scintillante di gemme come un'icona, e se ne andava a divertirsi ai Camaldoli o a San Martino, a Coroglio o a Capri, dovunque pietre erbe scogli e acque benigne fossero disposti ad essere giovani con lui.

Il gaudente indigeno ha l'aria di limitarsi a mangiare a bere a ridere nei triclinii naturali di questo straordinario paese; ma può darsi che frattanto lo scopra e lo gusti come Goethe, senza la presunzione di raccontarlo; gli illustri visitatori di tutto il mondo ci perdonino di essere un po' contemplativi, ma sappiano che quando cominciamo ad abituarci alla città di Napoli è già venuto il nostro tempo di morire. Non dico per Nicola Giraci, il quale se la spassa non soltanto perché è giovane ma sovrattutto perché è facoltoso e superbo. Non gli mancano amici e donnine, ma don Nicola ha più l'aria di subirli che quella di desiderarli; anzi procede solo e scontroso verso il giorno in cui si spezza un finimento del suo calessino ed egli chiede per piacere un pezzetto di corda a una guantaia di Portici.

Lucia Cammarano compiva sedici anni quando si invaghì di don Nicola, il quale non l'aveva neppure guardata. Era industriosa e tenace; dopo qualche mese riuscì a trasferirsi col padre in un "basso" di via Cristallini, senz'altra speranza che quella di poter vedere Giraci tutti i giorni. Fu esaudita: don Nicola passava e ripassava ignorandola così sinceramente che il sangue di Lucia si inquinò. Gli sorse davanti una notte, mentre egli metteva a dormire il cavallino. Dalla lettiera e dalla mangiatoia si diffondeva un remoto odore di campagna; fu in questo ricordo di argini e di filari e di steccati che don Nicola la illuminò con la lanterna e la vide come sott'acqua. Non la consolò e non la sorresse.

«Datemi pace» supplicò Lucia Cammarano; e si sentiva in ginocchio su sterpi e sassi; ma egli la sospinse fuori dicendo:

«Non ho nessuna intenzione di accasarmi. Poi siete stata informata male: le mie botteghe sono soltanto dieci e due non rendono».

L'indomani Lucia Cammarano fu trovata morta, di veleno.

Quando gliene parlarono, don Nicola cenava allo «Scoglio di Frisio». Depose il tovagliolo e se ne andò; l'arancia che stava sbucciando quando a tavola fu pronunziato il nome di Lucia la tenne stretta nel pugno fino all'alba.

Rifletteva, e questo è tutto.

Avrebbe dovuto capire, quella notte, che Lucia gli parlava da una simile svolta?

Alle sette di mattina si proclamò innocente. Decise anche di soccorrere il padre di Lucia Cammarano e lo fece; costui era un dirupato vecchio che scuoteva sistematicamente il capo, come un plantigrado, in modo irritante e buffo. Si poteva anche pensare che senza rendersene conto negasse desolatamente l'innocenza di don Nicola. Inoltre, chiese ed ottenne che Giraci la conducesse a Portici. S'insinuò nella casa dove sua figlia era cresciuta, scorse un bambino che razzolava, una donna che sfaccendava tran-

quilla, un gatto al sole; e d'improvviso, con una bianca pigolante voce, si mise a gridare:
«Sì me l'immaginavo, qui nessuna disgrazia è successa».
Don Nicola istruì nuovamente il suo processo.
Il dibattito si protraeva in forme strane. Una notte, a Piazza dei Martiri, Giraci si adagiò in una carrozzella e per lunghe ore pretese che essa girasse intorno al monumento; teneva i polsi accostati, come nelle manette, e impercettibilmente gemeva.
Quella faccia di annegata nella luce della lanterna: ecco che il processo si mette male per don Nicola, ecco don Nicola che accarezza le ginocchia di sua madre e le manifesta l'intenzione di sposare una prostituta. Si trattava, salvando una sciagurata, di farsi restituire da Lucia Cammarano il sonno e la tranquillità, forse anche i Camaldoli e lo «Scoglio di Frisio».
La vecchia non disse di no: quell'elementare compromesso si insinuò nel suo discernimento e vi attecchì; del resto ho già detto che essa era astratta, simbolica e splendida come un'immagine sacra. Quando il figlio le consegnò la nuora, si limitò a passarle un dito sulla fronte, con un gesto che parve solenne ed era soltanto superiore e svagato.

Rigido esecutore della sua legge, don Nicola aveva agito senza riguardi verso se stesso.
Probabilmente Teresa non era né migliore né peggiore di qualsiasi altra donna della sua condizione; sulle prime, quando il visitatore le parlò di matrimonio, si mise a ridere.
Ma don Nicola ricomparve ogni giorno, soffiava il fumo delle sue sigarette verso lo stesso punto del soffitto, e ripeteva l'offerta. Infine Teresa lo credette innamorato, scoprì che il desiderio degli uomini può intraprendere il giro del mondo per restituire ciò che ha tolto.

Seguì i divampanti capelli di don Nicola, la sua fronte rappresa, i suoi massicci silenzi; la sera, nella casa nuziale odorosa di sgargiante mobilio, egli se l'adagiava su un braccio per lunghi minuti: poi d'improvviso accendeva la luce e la guardava come un febbricitante guarda il termometro tuttora caldo della sua ascella.

Così fu ben presto evidente che don Nicola si sentiva meglio.

Ritrovò gli amici, le mense riflesse nell'acqua affettuosa di Santa Lucia, il piacere del rispetto che il popolino tributava al suo denaro e alle sue orgogliose occhiate.

Della signora Giraci poco o niente si sapeva; quando non badava alla cassa di una delle dieci botteghe, officiava ai riti per la vestizione o per i pasti della suocera; impiegò quasi un anno a rendersi conto che il marito non l'amava, ma infine apprese che una ragazza era morta tragicamente ai Cristallini, e che don Nicola corrispondeva al vecchio Cammarano un assegno equivalente a ciò che può guadagnare una solerte guantaia.

Vi fu una improvvisa spiegazione fra i coniugi. Giraci ammise tutto. Disse che aveva sofferto come se fosse stato colpevole della morte di Lucia, e che questo poteva soltanto significare che non ne era innocente.

«Allora sposasti me, ma fu come se andasti a costituirti» osservò Teresa.

«Sì» rispose don Nicola. «Fu quasi un voto.»

Non c'era irritazione nella sua voce, vagliava attentissimo le ragioni della moglie, le collocava scrupolosamente nell'altro piatto della bilancia. Teresa gualciva il bracciuolo di una poltrona; si abbandonò a una stridula risata, disse:

«Se sono il tuo carcere, so come regolarmi».

Qualche tempo dopo, quando riguardosamente gli riferirono dove e con chi avevano visto sua moglie, don Nicola ripensò a queste parole.

Ma l'ardente aspettativa degli informatori fu delusa.

Ripiombato nelle ambasce, Giraci celebrò un terzo processo, che inconcepibilmente si concluse con l'assoluzione di Teresa. «Quel che è giusto è giusto. Sconta don Nicola, sconta» egli si disse.

Subiva così disciplinatamente la sua pena che chiunque, eccettuata Teresa, ossia una donna che lo amava, lo avrebbe considerato meritevole di un parziale condono. Invece il mondo non fa indulgente con lui. Acuminate arguzie fiorivano intorno alla sua disgrazia; gerenti e commessi delle sue botteghe cominciarono a derubarlo, e questo fatto assunse le proporzioni di una riscossa; anche la sua splendida mamma in quelle tristi giornate si spense, con una specie di regale sbadiglio.

Tutto qui? In verità rimane a Giraci la compagnia del vecchio Cammarano, il quale gli cammina accanto senza mai chiedergli verso quali amare bottiglie si dirigono, e che finirà per trasmettergli l'abitudine di scuotere sistematicamente il capo, come un plantigrado, in modo irritante e buffo.

In questa radura è stato condotto (un uomo come don Nicola) dalla dannata presunzione di vivere legiferando. Qui lo lasciamo, anche perché sulla base della medesima orgogliosa giustizia, da bambino egli mi dette un ceffone; ma non senza notare con quanto impegno, e per quanti anni, il destino allontanò da lui ogni più piccolo disappunto, ogni fertilizzante contrarietà, per riserbarlo a una sola grande e durevole sciagura. Scusate, ma io non voglio più saperne di lui. Può darsi che a un certo punto i coniugi Giraci, accorgendosi che la loro reciproca infelicità era abbastanza robusta, vi si addossarono con le mani in mano, per non cadere; o forse a una simile umana e desolata soluzione non pervennero mai. Io questi fatti senza epilogo li ho trovati nell'intonaco della mia prima scuola, inviatomi come sapete in busta chiusa, e che già mi porta verso memorie più serene, verso nuvole e vele.

I giocatori

Questo non significa nemmeno raccontare. Un vecchio e un bambino qui giocano a carte, si chiamano il conte Prospero B. e il piccolo Antonio Criscuolo di anni sette. Non voglio sopravalutare questo singolare e poetico fatto, che mi colpì nel 1920 a Napoli; siccome si usa accennare ai precedenti di ogni cosa, io pure li enunzio, ma per sommi capi; e anche, ai rapporti fra i due giocatori non dedico che poche righe essenziali: di modo che chi voglia un effettivo racconto deve una volta tanto immaginarselo.

Il piccolo Antonio Criscuolo fiorì nella portineria di un antico palazzo di via Tribunali, abitato dai conti B.; suo padre indossava una complicata livrea dalle dorature appassite. Per tre quarti del giorno il vedovo Criscuolo andava e veniva sulla soglia del vetusto edificio; d'estate mangiava foglie di lattuga che estraeva a una a una dalla profondità della livrea, spesso osservandole attentamente, come se le leggesse. Frattanto, nel mezzanino adibito ad abitazione del vedovo Criscuolo, il piccolo Antonio si divertiva probabilmente col padrone di casa.

Costui, il conte Prospero B., non può essere considerato un normale gentiluomo napoletano. Egli era in quell'epoca un lindo vecchio dalla candida barbetta a punta, e di irrisoria statura; nella sua fronte convessa si annidavano insopprimibili pazzie, la più adulta e attiva delle quali era indubbiamente il gioco. Il suo immenso patrimonio, a causa di ciò, non gli apparteneva. Scultoree disposizioni testamentarie del defunto borbonico genitore gliene inibivano perfino l'usufrutto. Dopo aver simulato di riconoscere la propria firma in quella imitata senza grazia dal figlio sull'ennesima cambiale, il defunto conte aveva provveduto a interdirlo proclamando l'inalienabilità dei suoi beni e trasferendone perfino i redditi alla eventuale moglie e ai probabili figli del conte Prospero. Fu un'idea. Sistemate così le sue faccende, il vecchio conte si accinse a morire tranquillo; fino all'ultimo momento, al figlio che sperava in un estremo tentativo di conciliazione, fece dire che era occupatissimo. Effettivamente la sua agonia fu laboriosa. Orfano, e potendo disporre soltanto di una modesta retta per le spese quotidiane, il conte Prospero se la prese con Dio e col diavolo ma dovette alla fine convincersi che una possibilità di eludere la legge non esisteva. I suoi colloqui con l'esecutore testamentario, il barone Z., un terribile vecchio illimitatamente dedito a San Gennaro e al senso del dovere, si svolgevano attraverso una solida porta: chiusa, culminando in atrocissime e plateali ingiurie. Una volta, sempre senza vedersi, gli interlocutori arrivarono a scambiarsi colpi di revolver, che fortunatamente mancarono i bersagli.

«Barone dannato, vi voglio sul terreno» gridò il conte Prospero, gettando contro la porta anche l'arma scarica.

«Un duello?» gridò dall'altra parte l'esecutore testamentario. «E non l'abbiamo già fatto adesso, animale?»

L'obiezione era consistente; nei giorni successivi il conte Prospero rifletté come seppe, e si persuase che il matrimonio gli avrebbe giovato. Scelse una borghesuccia, Elvira Cappiello, insignificante e spaurita; abbagliò i cinque o sei tangheri d'ambo i sessi che costituivano la famiglia di lei e se la fece condurre in meno di un mese all'addobbatissimo altare del Gesù Nuovo. Sul serico letto nuziale, quella sera stessa, il conte Prospero sparpagliò le banconote dell'usufrutto che il barone Z. aveva pur dovuto corrispondere alla sposa, si rotolò su di esse come un fauno sull'erba. «Ci siamo» diceva. La contessa allibì e tremò presso la grande specchiera, senza rendersi conto che in fatto di danaro una prolungata astinenza può condurre l'uomo a deplorevoli eccessi. Del resto all'alba, svegliatosi di soprassalto con l'idea che un matrimonio non consumato poteva essere cavillosamente sfruttato per impoverirlo una seconda volta, il conte Prospero ghermì la sposa, le asciugò le lacrime e con occhiate che la supplicavano di essere un'attenta testimone di quanto accadeva, coronò, come si dice, il suo sogno d'amore. L'indomani riprese il suo posto ai tavoli da gioco; la sua specifica infaticabile disdetta gli sedeva in grembo, non lo abbandonava un istante. Il reddito capitalizzato nei due anni precedenti, e del quale mediante quelle ingegnose nozze aveva potuto disporre, sfumò ben presto. La contessa acconsentì a recarsi dal barone Z. per una richiesta di fondi ma non gli parlò secondo le istruzioni ricevute. Anzi non gli parlò in nessun modo, poiché il vecchio spagnolesco gentiluomo, baciandole devotamente la punta delle dita, quando non balzava in piedi per misurare a passi concitati la stanza, le descrisse minutamente i fatti che essa si proponeva di riferirgli, al punto che la visitatrice si domandò arrossendo se il barone avrebbe anche accennato al momento in cui, svegliatosi di soprassalto mentre già il sole si affacciava nella camera nuziale, il conte Prospero si era messo in regola con la legge.

«Nell'interesse vostro, degli eventuali figli e del nome che ormai portate, lasciatelo senza un soldo» suggerì infine il barone, mentre la sua mano errava con distratta e tutoria dolcezza sul seno della visitatrice.

La contessa sentì esclusivamente che il consiglio era prezioso. Eliminò da sé, durante i successivi scontri col dissennato coniuge, ogni residuo della signorina Cappiello; o meglio ricorse proficuamente al suo passato solo quando si trattò, per tagliar corto, di cavarsi una scarpetta, di impugnarla e di far sanguinare le convessità frontali del conte Prospero. Così passarono gli anni, vennero i figli, venne la vecchiaia.

Ora come ora il conte Prospero, irreprensibile nei suoi abiti di buon taglio, soleva discendere lentamente lo scalone del suo palazzo, montare nella sua carrozza, insomma uscire alle undici del mattino come ogni altro nobiluomo del suo rango, ma diretto dove? Non erano trascorsi dieci minuti che egli rifaceva a piedi la strada percorsa in carrozza, sgusciava nel palazzo da una porticina laterale e raggiungeva il piccolo Antonio Criscuolo nel mezzanino adibito ad abitazione del portinaio. Seduti sul pavimento, in un riquadro di sole, il vecchio e il bambino giocavano a carte.

L'aspro eccitante odore delle sottostanti scuderie percorreva la stanza; fra i vasi di menta e di basilico, sull'esiguo davanzale della finestrella, si affacciava un gatto bianco; il conte Prospero tagliava il mazzo e diceva:

«Sta a voi, don Antonio. Scopa a sette. Gioco la mia tenuta di Sparanise contro l'equivalente in liquido secondo perizia».

«Forza, allora» diceva il bambino, strizzando l'occhio. «Vi voglio levare anche la camicia, eccellenza, eccomi qua.»

«Fatti e non parole, don Coso.»

Giocavano. Ogni carta sbattuta con forza sul pavimento sollevava una nuvoletta di polvere, il conte Prospero ridacchiava o gemeva secondo l'alterna fortuna, pativi o esultava per gli andirivieni della sorte come davanti a un autentico tappeto verde, forse vedeva le sue lussureggianti campagne di Sparanise dondolare dall'asse patrimoniale, simili a bolle di sapone nell'imminenza di staccarsi dalla cannuccia.

Il bambino, fedele alle istruzioni paterne, sosteneva con gravità la sua parte; dopo ore di gioco si trovava possessore di terreni, boschi e casali nella dorata Campania, che il conte Prospero non si curava neppure di descrivergli: qualche volta li riscattava gettandogli un ventino, prima di andarsene; più spesso, impersonando in lui tutte le contrarietà del gioco, gli assestava un ceffone, gli gettava addosso le carte, lo copriva di insulti. In tal caso il bambino rimaneva lungamente seduto sulle toppe dei suoi calzoni, senza altri movimenti che quelli di qualche soffocato singhiozzo: le carte da gioco sparse sulle sue gambette incrociate, lo smunto volto precocemente saggio gli conferivano un aspetto bizzarro e allegorico, di triste idoletto. Poi il gatto bianco saltava dal davanzale nella stanza e il suo grato colore asciugava le lacrime; un soffio di vento faceva frusciare gli stinti parati che sempre più si staccavano dalle pareti; la voce di don Cosimo Criscuolo, che dall'androne chiamava il figlio, saliva senza affrettarsi la scaletta, tutto era remoto e vago nel mondo del piccolo Antonio come se egli costeggiasse col passo dei sonnambuli quel tempo, invece di attraversarlo ridendo.

Non c'è altro. Questo non significa nemmeno raccontare, io sempre più ne convengo. Ve lo lascio così il piccolo Antonio, cosparso di logore carte da gioco e mentre il solerte colore di un gatto gli asciuga le lacrime. Ciascuno ne faccia ciò che vuole, tenendo presente che la via dei Tribunali è stretta, buia, sporca e sonora come il cavo di un vecchio mandolino: tutto vi diventa patetico se ci si lascia prendere.

Il "professore"

Don Ersilio Miccio vendeva saggezza. Se dico che la vendeva non soltanto escludo categoricamente che la regalasse, ma ho la testimonianza della sua stessa casa nella piazzetta Giganti ai Tribunali, un "basso" dei più gustosi, quasi commestibile oggi che la memoria me lo tende appunto come una "pizza" sulla pala del fornaio. Questa piazzetta è una bolla d'aria, un embolo nelle ramificatissime e strettissime vene di pietra che uniscono via Tribunale all'Anticaglia: una rissa, o una vincita al lotto, o una processione che vi si determinasse fulminerebbe il cuore di Napoli e addio. Piazzette simili esistono, in quel groviglio di alti e vecchi edifici, anche per offrire al sole qualche possibilità di atterraggio: così don Ersilio, quando non aveva fra le scarpe un rigagnoletto di pioggia, lo aveva di abbagliante pulviscolo; se acqua e luce commisti gli diventavano dorata fanghiglia sotto la sedia, ebbene, era marzo. Dunque don Ersilio viveva come un'erma sulla soglia; dietro di lui il suo "basso" era questo: uno stanzone senza finestre, circondato da scaffali vuoti, con nel mezzo un grosso tavolo nero che nascondeva una botola. Ufficio? Non si vedevano carte. Bottega? Non c'era merce. Numerosi quadretti sacri smentivano il vago aspetto di studio notarile che si sarebbe potuto attribuire al "basso" di don Ersilio; un cinto erniario, pendendo senza grazia dal formidabile gancio che avevi sorretto cavezze nei tempi vicereali in cui lo stanzone era una stalla di vescovo, infastidiva per suo conto le divine immagini. Teresa Miccio e i quattro giovani Miccio stavano sotto la botola, quando non si disperdevano per il mondo: il sotterraneo, ricco di una feritoia che succhiava aria di pozzo da qualche attigua tromba di scale, conteneva il fornello i piatti i cibi, nonché i materassi che a mezzanotte, non potendosi fino a quell'ora disturbare le meditazioni e i colloqui di don Ersilio, venivano issati in casa per dormirvi.

Legnoso, calvo, scheggiato, pelosissimo e senza età, don Ersilio rifletteva delegatovi da tutta Napoli. Se un'ombra si rompeva sulle sue ginocchia egli senza sollevare il capo domandava: «Per che motivo?». «Sfregio» poteva essere la risposta dell'eventuale don Mimì. Impassibile, don Ersilio accennava con l'indice e il medio alzati una specie di benedizione: ma interrogativa, che equivalesse a un «*Consummatum est*, questo sfregio?». «Prima ho voluto sentirvi» replicava di regola il cliente; don Ersilio diceva: «Dieci lire e venite dentro», si alzava solo dopo aver intascato il denaro, le sue ferme parole per chi tentasse di ridurgli l'onorario erano: «E quella è scienza. Buongiorno a voi, aspetto certi signori». Oppure, finanziariamente soddisfatto, don Ersilio faceva sedere l'uomo su uno spigolo del tavolo nero e meditando con estremo impegno passeggiava nello stanzone. Infine, discutevano. Don Ersilio: «Agireste anche se vi dimostrassi che non è il caso?». Don Mimì: «Sono a pregami: parole adulte». Don Ersilio: «Io ragiono, e poi sono padre di figli. Sulla coscienza vostra, lo sfregio non scherza. Voi sguarnite una faccia che vi è cara; chi sputa al cielo, in faccia gli torna». Don Mimì: «Credete di avermi allattato? Avanti». Don Ersilio: «Tanto per dirvi che più leggera è la mano più l'uomo è uomo. Basta il pensiero, mi spiego? Immaginate uno sfregio che vi taglia come... come una serenata vi sveglia. Rendo l'idea? Ora datemi la massima udienza perché si tratta della vostra responsabilità penale. La ragazza dice non so niente, è stato il diavolo... ma se pure essa non reclama, la legge si costituisce parte civile...». Don Mimì: «Chi sarebbe? Come, civile?». Don Ersilio: «Ciascuno. Quelli che passano. Io... o probabilmente voi stesso. Chi vi conosce e chi non vi ha mai visto... Napoli, il Regno, l'estero e tutto: sissignore, il codice!». Don Mimì: «E allora?». Don Ersilio: «Questo è il punto. Ci vuole l'evidenza che non fa premeditazione. Voi fingete di non vedere Nannina che arriva, state portando il rasoio ad affilare con allegria. Ma l'incontro vi strazia (guardate me), ognuno capisce che siete incapace di intendere e di volere (prego osservarmi per l'esempio pratico) e lo giurerebbe sulla croce. Con ciò: sei unici mesi di reclusione e vi passa la paura... ho parlato chiaro?».

Il consulto ora languiva ora bruciava, mentre il sole percorreva guardingo la piazzetta, o mentre un grigio vento si affannava a riunirvi due bucce di limone e uno straccio; se tonfi sordi e grida filtravano dalla botola, don Ersilio vi batteva imperiosamente col tacco per ottenere che la fame e ogni altra intemperanza dei figli non interrompessero i suoi responsi: flettendosi o irrigidendosi per simulare o aggressione o fuga o collera o rimorso, egli pareva una statua sulla tomba della propria famiglia, pieno di non so che tortuosa dignità e selvaggio amore. Il male e il bene dei napoletani e di Napoli, si diceva probabilmente don Ersilio, non dipendono da me; posso impedirli o suscitarli? No: e allora tanto vale che essi mi nutrano, che io ne viva.

Il gran saggio del rione San Lorenzo non veniva del resto interpellato esclusivamente da chi si fosse messo, o quasi, contro la legge: don Ersilio aveva appena fornito il preventivo (come rischi e castigo) di un furto con scasso, quando assorte beghine sopraggiungevano per udire il suo consiglio su una tovaglia d'altare; gli si rivolgevano mariti ingannati e benefattori che desideravano esprimersi mediante carità rare o inedite, gaudenti e infelici, ossessi e pavidi; don Ersilio insegnò le crisi epilettiche e i disturbi cardiaci di cui fecero tesoro, per l'esenzione dal servizio militare, nel 1916, i pusillanimi di quindici classi; ma sempre don Ersilio, il "professore", inventò certi sferzanti nomignoli per il riformato che piacquero alle donne e produssero innumerevoli volontari; sa Iddio se il sistema di svalutare un edificio determinandovi convegni di spettri, se i migliori trucchi per incatenare gente ai venditori ambulanti, se le decisioni testamentarie di qualche zio scemo non trovarono le loro gambe o le loro grucce nel singolare "basso" di piazza Giganti! Sentii dire, ma non ci credo, che per le torbide giornate del 1919 lo stesso prefetto avesse avuto un colloquio con il diabolico Miccio; la folla scardinava le saracinesche delle botteghe, esigendo ribassi del cinquanta per cento; don Ersilio disse al suo presunto autorevole interlocutore: «Perché, quanto fa la metà del doppio?» e ahimè i negozianti che ripresero immediatamente le vendite furono benedetti dal popolo trionfante e si arricchirono in pochi giorni.

Rividi il "professore" dopo molto tempo, non aveva né una ruga né un pelo né un'idea di meno. Stava dettando a un gruppo di sportivi qualche nuovo e micidiale insulto per l'arbitro di una imminente partita di calcio, sospettato di parzialità. «Arbitro, sei un ettaro di chiocciole» propose condannando col tono di voce elegiaco, signorile, chi fino a quell'istante non avesse saputo concepire, per volgarità o meschinità d'intelletto, un intero, vivo, incommensurabile e dopotutto gentile paesaggio di fronti scabre. «Arbitro, sei un orecchio di frate confessore» soggiunse don Ersilio sbirciandoci. Per qualche minuto non ci sentimmo respirare; un rovescio di pioggia frustò la soglia, destandone la polvere che vi divenne una corsa di perle nere; ah, i peccati, ah, le colpe, riflettemmo, come debbono aver imbrattato, dopo ore di confessionale, il paziente orecchio di un sacerdote man mano che egli li rimetteva e si sforzava di dimenticarli; non esiste fontana che possa restituire pulizia e innocenza a quell'orecchio, pensammo trasalendo, è solo la mano di Dio che lo rifà casto e bianco. «Inoltre chiamatelo arbitro e basta» concluse don Ersilio alzandosi, egli ben sapeva che anche nella retorica l'universo e l'atomo si equivalgono.

Gli sportivi uscirono con il loro sottile piacere, io aspettai che spiovesse. Tacere o parlare col "professore" era la stessa cosa, i suoi discorsi e i suoi silenzi avevano una straordinaria coerenza e precisione: li vedevo allineati ed esatti, divisi in ottave, tasti neri, e tasti d'avorio nel migliore ordine che il disordine abbia mai conseguito. Guardai interrogativamente la botola, egli si mise il dito sulle labbra e bisbigliò: «Zitto, potreste ricordarmi che al pianterreno non c'è più nessuno». Soggiunse: «Chi morì c'era abituato e va bene. Amelia scrive dal Brasile che sta sempre con lo stesso brasiliano. L'ultimo indirizzo di Carluccio l'ho perduto, come uomo ho settant'anni e sono vedovo di guerra. Adesso ditemi che cosa debbo fare per voi. Volete sposarvi con una cugina carnale? Volete comprare tutto per niente? Volete sopprimere o resuscitare un mio signore? Volete liberarvi di un padrone, di un servitore, di un coabitante?». Risposi: «Ci siamo, sì, sì, voglio proprio buttarlo fuori». «Chi è?» chiese don Ersilio, fissandomi. «Sono io, eccomi qua» replicai sorridendo in qualche modo: e ancora stiamo scrutandoci mentre la sera discende col paracadute in fiamme sulla piazzetta Giganti (aveva smesso di piovere, che bel tramonto), ancora soffro l'impulso di baciargli la mano e quello di prenderlo a calci, ancora gli dico: morirete don Ersilio? Ci sono un inferno e un paradiso per voi? Imparò da voi, Napoli, a dormire e a svegliarsi come se niente fosse accaduto o dovesse accadere? Siete salato e amaro se vi assaggio, o del tutto insipido? Perché usciste dalla norma a pigliar aria? Che senso ha questo vivere in concubinaggio con la vita? Rispondete o piango, don Ersilio: rispondete o non vi pago.

L'amore a Napoli

Un giorno la quattordicenne che ieri correva nel vicolo, rintronandolo e logorandolo coi maschi della sua età, si sveglia ragazza come un seme si sveglia pianta, ride e singhiozza contro il cuscino. Sua madre le parla all'orecchio affettando semplicità e naturalezza; le assegna metà del suo cassetto, le regala un suo scialle di seta e le adatta una sua camicetta quasi nuova; decreta, suscitando negli altri figli l'impressione di patire una suprema ingiustizia, che le si faccia bere un uovo fresco tutte le mattine; quando, nel primo sole, sulla soglia del "basso", comincia astrattamente a pettinarla (quel pettinare assorto e causale chic è piuttosto una ripetuta carezza), gli occhi della madre si inumidiscono e un sospiro le solleva il petto sfiorito: non palpita diversamente nella brezza, con la stessa misera gloria, il ciuffo d'erba sotto le loro sedie fra due selci.

Trascorre qualche tempo, la ragazza si fa gentile e tumida, delicata e consistentissima: è un accorrere, su di lei, di carne indocile e soave che a sua insaputa riprende l'antico complotto con i colori e con le stagioni; sì, la ragazza è ormai pronta per l'uso che la sorte vorrà farne, tutti gli uomini si accorgono che il ramo da cui dondola questo bel frutto s'incurva, intascano le mani brune e pelose, aggrottano la fronte e ciascuno a suo modo le fa sapere che avrebbe intenzione.

Può essere una "imbasciata"? Ai miei tempi usava. L'ambasciatrice era generalmente qualche donnone ansimante e madido, di una eloquenza avvolgente, retrattile, ondosa come il panno di un torero: tanto era encomiastica e madrigalesca la mezzana nel descrivere il suo patrocinato, quanto cupa e sinistra se doveva nominarne i probabili antagonisti: conosceva e sfruttava magistralmente tutte le indistinte voci che bisbigliano nell'animo e nel sangue di ogni ragazza: «È un capo giovane», un eccellente giovane, diceva trovando modo di evocare nello stesso istante, con la tenerezza e la malizia di cui si caricava il suo prensile sguardo, la sincerità, la rettitudine e perfino i prevedibili ardori coniugali dell'innamorato. «Cuore mio, dite di sì» concludeva l'ambasciatrice alzandosi, e la sua gonna immensa era come un sipario dietro il quale urlasse o ridesse l'avvenire; una parola, o anche un solo battito di ciglia, poi il dramma sarebbe cominciato con l'apparizione del protagonista scuro in volto, vagamente criminoso e vandalico come sempre sono nelle cose d'amore i maschi dei vicoli, furente d'aver dovuto farsi rappresentare, tremante di desiderio e d'ira come forse ogni uomo deve essere per piacere veramente alle donne.

Non di rado le ambasciatrici erano più di una; ne derivavano scontri senza esclusione di colpi, durissimi, in cui i patrocinati Carluccio, Raffaele, Gennarino, Michele, alternativamente fracassati dalle stroncature e ricomposti dalle apologie, finivano per ridursi, agli occhi della ragazza, in uno stato quasi liquido, di modo che essa, arrendendosi alla più astuta mezzana, beveva Carluccio o Michele in un bicchiere, ad occhi chiusi, per non pensarci più. Questo se il diavolo non interveniva sul più bello. Dico per la ragazza Cozzolino, stella del rione San Ferdinando, intorno alla quale si misuravano da un anno cinque provvedutissime ambasciatrici. «Un vero uomo ha quarant'anni o niente» stava dicendo la terza in sostegno di un maturo e dovizioso fornaio, quando la ragazza Cozzolino represse un gemito e vacillò. All'ambasciatrice bastò un'occhiata. «Anime del Purgatorio! Voi siete in questo stato da almeno tre mesi!» gridò schiaffeggiandosi. Era vero, si dovette sposare in fretta la ragazza all'oscuro responsabile del malestro: un *outsider*, un indipendente aveva una volta tanto trionfato di tutti gli spalleggiatissimi rivali: arrivò poi dai Cozzolino con una foglia di origano fra i denti e si sedette.

Più spesso l'amore, a Napoli, è tacito e fulmineo come uno scatto di coltello. Nel crepuscolo, quando i voli delle rondini diventano, contro i vecchi muri e il basalto, sassate che il vento sembra all'ultimo istante deviare, i giovani e le ragazze si guardano da "basso a basso" e da finestra a finestra. Gli occhi dei maschi, più che supplichevoli, sono minacciosi e come induriti da una visiera: questi giovani dei vicoli hanno l'orgoglio del loro sesso, lo sentono come una divisa, vogliono le ragazze come esaltanti medaglie da appuntare sul petto, talvolta preferiscono appunto conseguirle dopo aver arrischiato l'ospedale o il carcere. Questo è un impulso romantico e niente altro, come dirò per concludere; frattanto la ragazza oppone sguardo a sguardo, immobile sulla soglia del "basso" o alla finestra, fino al momento in cui – e sarà tarda sera – il giovane le fa un impercettibile cenno. Egli si avvia lentamente verso qualche vicina deserta piazzetta, se non è una rampa tatuata sulla collina, o un portichetto, o il cancello di un giardino; là si addossa al muro, fumando, e aspetta che la ragazza lo raggiunga. Si ghermiscono, in un silenzio di vetro; la ragazza graffia e bacia, fatidico e compassionevole il giovane se ne impadronisce, abolendo per lunghi minuti le stelle e ogni cosa, tranne forse i ciuffi camosi della parietaria che le sfiorano i capelli, quell'odore di tufo e di remota umidità del muro: a ciò dunque preludevano le lacrime e il riso che lei soffocò una mattina contro il guanciale? Si sposeranno, naturalmente; gli arguti santi locali convalideranno in chiesa il fatto compiuto; la gente chiuderà un occhio sui fiori d'arancio, forse.

Oppure, a trasformare la ragazza dei vicoli, poteva essere ai miei tempi un ratto. La mattina si trovavano lacrime in un fazzoletto e l'uscio socchiuso, padre e fratelli promettendo una strage si precipitavano sulle presunte tracce dei fuggitivi, l'intero rione si appassionava e spesso partecipava alla battuta. Qualche giorno dopo un trafelato intermediario, per solito vagamente giuridico, qualche faccendiere di municipio o di tribunale, arrivava a negoziare la resa degli amanti, dichiarando di rispondere con la propria vita dell'onore della ragazza, che il seduttore chiedeva soltanto di ripristinare impalmandola; veniva imbandita la tavola per rifocillare il messaggero; «Come sta Graziella?» chiedeva sommessamente la madre, mentre padre e fratelli tacevano permettendo infine alle loro mascelle di rilassarsi. Ricordo il ratto di Assunta Salerno, una bellezza dei Cristallini: era orfana e sola, l'intermediario non sapendo a chi rivolgersi trattò col parroco, il quale non gli offrì né cibi né vino.

E le gelosie, gli abbandoni, lo "sfregio"? Tutte le canzonette vi si ispiravano, ai miei tempi, perfino poeti come Di Giacomo e Russo li riferirono nelle loro dolci e concitate strofe: quella sottile riga di sangue sulla bianca guancia, lei che diceva: «Non lo so chi è stato» e mentalmente baciava la mano sacrilega: anche lo "sfregio" ci può apparire come una cara pazzia, quasi una rossa firma a una lettera d'amore, qualora si faccia qualche imparziale considerazione.

Voglio bene, perché ci son nato, al mondo dei vicoli e della povera gente del mio paese. Di tutti i suoi mali sono depositario e amico, ne parlo perché li conosco, ne parlo con la speranza di giustificarli, di dimostrare che prima di risolversi in colpe i mali di Napoli sono soltanto dolore.

Qui il castissimo cielo non è fratello di nessuno. Eccole dopo qualche anno di matrimonio le sposine dei vicoli, eccole fra i cenci della loro bellezza, intontite dalle avversità e dal bisogno, irriconoscibili, vecchie a vent'anni. Fatiche e figli le hanno svuotate; i loro sogni, se ne ebbero, volteggiano e cadono come ali secche di farfalle di muri polverosi quando una finestra s'apre. La loro casa è una unica stanza terrena, talvolta una coperta appesa a una corda la suddivide in due locali, una grondaia piange eternamente nel cortiletto. Il loro uomo si addormenta di colpo, coi pugni contratti, pensando all'irraggiungibile fortuna; dove è più l'elastico tragico passo con cui le precedeva verso un cancello fiorito o una rampa tatuata sulla collina? Come fu breve la loro stagione: c'è da meravigliarsi se una di queste vecchie di vent'anni si tocca una cicatrice sulla guancia e sospira? La sua bellezza valeva sangue e lacrime allora; questo fu il suo intenso e fuggitivo modo di essere preziosa. Il più conciso romanzo è un grido; d'istinto la gente dei vicoli drammatizza i suoi effimeri amori, ne fa il romanzo che può, li rende fulminei e dolorosi come uno scatto di coltello. Dagli abbaini i poeti tendono l'orecchio e scrutano, per narrare la storia di Assunta Spina e di Luciello Catena; fa freddo o caldo frattanto, piove o torna il sereno.

La morte a Napoli

Certo si può morire dovunque. Al mio paese, quando qualcuno decede, si verificano puntigliose gare di cordoglio, con svenimenti, crisi di sconforto e tentativi di suicidio dei consanguinei, peraltro sventati da agili sopravvenuti che riescono quasi sempre a impedire queste clamorose dimostrazioni di estrema solidarietà. Essi immobilizzano prodigiosamente, come si vede fare dai santi negli *ex voto*, i dissennati e madidi individui sull'ultimo centimetro del davanzale da cui stavano per spiccare il tragico salto; poi li rigettano nella piccola folla che assorda il cadavere, e della quale fa parte, dando prova di non meno fazioso strazio, anche qualche sconosciuto passante. Più tardi, alla famiglia spossata, gli amici recano cibi e vino. È anche questa una competizione, che nelle case visitate dalla sventura porta l'abbondanza; come ricordo d'aver mangiato il giorno della morte di mia nonna, io per esempio non mangerò mai più.

A don Peppino Finizio, calzolaio dell'Arenaccia, morì la moglie di parto. Il neonato, un maschio, sopravvisse. Per fronteggiare il dolore di don Peppino si dovettero mobilitare tutti gli uomini validi della zona. Arrivavano senza giacca, con la camicia gonfia di muscoli e la fronte aggrottata, come per una vertenza; i loro occhi scintillanti si impossessavano del vedovo, non lo abbandonavano più. Don Peppino dette del capo contro lo specchio dell'armadio, tentò di sventrarsi col trincetto, provò a strangolarsi con le proprie mani, riuscì ad accostarsi alle labbra bottiglie di petrolio e di soda caustica, si addentò e si percosse, incrinò i vetri e le anime coi suoi ululati; ma i suoi custodi intervennero sempre in tempo per salvarlo, determinando nella casa devastata una specie di corrida. Il vedovo agiva con la astuta efferatezza di una belva circuita: si fingeva esausto o svenuto, poi di colpo balzava in piedi, utilizzando frazioni di secondo per infierire nei modi più impensati su se stesso. Sa Iddio come poté a un certo punto spiazzare i suoi antagonisti e afferrare il bambino nella culla.

«Assassino ipocrita, tu per nove mesi mi hai fatto credere che era lei la madre che volevi!» gridò crollando sotto quanti gli si gettarono addosso, e mentre l'innocente veniva per puro miracolo recuperato illeso.

Tuttavia don Peppino Finizio si calmò tradizionalmente all'arrivo delle vivande. Suo cugino, il fornaio don Vincenzo Miletto, fu impareggiabile in questo. Come era stato il più solerte nell'impedire che il vedovo si massacrasse, così fu il più generoso nel rifocillarlo. Brodi e polli e pesci e intingoli sontuosi gremirono la mensa; don Peppino vi si accostò dapprima riluttante, come è di prammatica, poi animosamente; attraverso gli squisiti vapori che si elevavano dai piatti il suo sguardo non abbandonava però il cugino Miletto. Ripeto, fra i due uomini si era svolto un vero duello alla rovescia; e siccome il vedovo ne era uscito incolume, don Vincenzo, che invece sanguinava in più parti, se ne poté considerare il vincitore. Ma doveva pur risultare, a un certo punto, che gli avversari non si erano riconciliati. Quando don Peppino attirò a sé il decimo vassoio, aggredendone il contenuto con una voracità in ogni caso anormale, stoica, era ormai troppo tardi per intervenire. Il vedovo emise un trionfante gemito, si accasciò e dovette essere trasportato a letto. Solo allora don Vincenzo capì che l'altro si era servito delle innumeri regali vivande per effettuare il suo tragico proponimento; fu una colossale indigestione che tenne per una settimana don Peppino fra la vita e la morte, e che don Vincenzo, rivelatosi definitivamente il più meritevole di vincere la singolare e strenua lotta ingaggiata dal cugino, sottopose ai migliori medici napoletani dell'epoca, fino al giorno in cui il vedovo poté riaffacciarsi dal suo balconcino, fra i vasi di basilico e di menta, sul cencioso mondo dei vicoli che nuovamente gli piacque.

La morte, al mio paese, è napoletana: vi abita regolarmente, non viene né dagli abissi né dalle stelle. Ragazzi e adulti percorrono tutta la città per andare a vedere un morto; i parenti in lacrime li fanno entrare, urlano e gesticolano ma già pensano al momento in cui restituiranno la visita. Ogni uomo, a Napoli, dorme con sua moglie e con la morte; in nessun paese del mondo la morte è domestica e affabile come laggiù fra Vesuvio e mare. La spettacolosa angoscia a cui ogni morte dà luogo è un ingenuo trucco per illudere e per illudersi che la morte sia una rarità, per solennizzare in qualche modo il più comune e previsto degli avvenimenti locali. Le donne vestono il defunto con attenti e sicuri gesti, come se non avessero mai fatto altro; lo pettinano e lo agghindano come per la prima comunione; poi con le più persuasive cadenze del dialetto cominciano a piangerlo, è poco meno che una malinconica e familiare nenia per addormentare il morto.

Il due novembre i vicoli brulicano di bambini che sollecitano i passanti, in nome dei morti, a introdurre qualche spicciolo in certi loro bizzarri e funerei salvadanai di cartone fabbricati per la ricorrenza. Inutile dire che questo denaro non va poi speso in candele e fiori per i defunti, bensì in melagrane e dolci per gli stessi piccoli questuanti; e se finiamo per aderire ai loro perentori inviti è perché d'improvviso ci ricordiamo, trasalendo, che a Napoli muoiono troppi bambini. Quando muore un bambino i suoi parenti gettano, dietro il carro bianco che si allontana, manciate di confetti. Rimbalzano e rotolano sulla strada, questi confetti di qualità scadente, porosi e grigiastri: innumerevoli coetanei del defunto accorrono e si accapigliano per raccoglierli, lasciando lembi di camicia e di pelle nella zuffa; ridenti e furiosi non sentono la morte che li chiama e li conta come la chioccia fa con i pulcini, ma sono pieni della necessaria dimestichezza con lei.

Nel cimitero di Poggioreale vidi un bambino. Seppellivano suo padre, e qualora quel bambino fosse nato e cresciuto in un'altra città s'intende che i suoi parenti avrebbero dovuto lasciarlo a casa. Poteva avere otto anni ed era nero come la pece; immobile in prima fila, mentre la cassa veniva sotterrata, mangiava un biscotto impregnato di lacrime. A un certo punto, Dio sa come, una incauta farfalla fu investita da una palata di terra e scomparve nella fossa che i becchini andavano colmando. Il bambino toccò la gonna di sua madre e disse:

«Hai visto?».

«Sì» bisbigliò la donna, cessando per un attimo di piangere e accarezzando il figlio.

Tutto era così naturale, in quei volti e in quegli animi e in quelle parole come nelle nuvole bionde sulla collina, come nell'erba ravviata da impercettibili venti meridiani, come nei tavoli neri delle osterie che ai piedi di Poggioreale impazientemente aspettano gli orfani e le vedove; sì la morte è la più vera e la più antica cittadina di Napoli. Dice ogni momento: «Pagatemi il piacere di essere esistiti qui e non altrove». È una tassa di Dio, è presente nei sogni e nelle canzonette del popolo, può erroneamente sembrare che le si manchi di rispetto o che al contrario la si idolatrizzi, mentre i fondamentali rapporti dei napoletani con lei sono soltanto quelli di una sincera e civile parentela.

I "Quartieri"

I "Quartieri", a Napoli, sono tutti i vicoli che da Toledo si dirigono sgroppando verso la città alta. Vi formicolano i gatti e la gente; incalcolabile è il loro contenuto di festini nuziali, di malattie ereditarie, di ladri, di strozzini, di avvocati, di monache, di onesti artigiani, di case equivoche, di coltellate, di botteghini del lotto: Dio creò insomma i "Quartieri" per sentirvisi lodato e offeso il maggior numero di volte nel minore spazio possibile, e così facendo si legò le mani perché non di rado la sua collera, suscitata da qualche ignobile ruffiano, finiva per abbattersi erroneamente su un attiguo falegname o ciabattino, padre esemplare di cinque ragazze e organizzatore di pubbliche onoranze a San Vincenzo Ferreri.

Il sole stesso percorre i "Quartieri" come può, ignorando interi edifici e concentrandosi furiosamente su uno scalino per arrostirvi qualche nero mocciso che sembra esservi stato abbandonato, da anni; il sole dei "Quartieri" è al tempo stesso capriccioso e zelante, trasforma in fulgide mitre certe crepe di muro e lascia buie e fredde le finestre dei tisici. Se poi il corteo funebre di un tisico, avviatosi dai "Quartieri" al Camposanto incrocia un carretto di erbivendolo, i dolenti si sporgono dalle carrozze per acquistare un cespo di lattuga e irrorandolo di vere lacrime se lo mangiano al trotto lento dei cavalli sulla via di Poggioreale.

Ai miei tempi gli uomini dei "Quartieri" erano effettivamente uomini, come dimostra un episodio che spesso mi ritorna in mente quando vedo individui del mio sesso azzuffarsi e magari squartarsi, con tutto l'impegno occorrente ma senza metodo e senza distinzione; in una parola: senza stile. Tanto peggio se c'è di mezzo una donna, e del resto chi se ne intende giudichi.

Fu nei pressi del Teatro Nuovo: la tettoia dell'ingresso violentemente illuminata, i capannelli di spettatori curiosi delle donne che entravano, il fumo delle sigarette, i manifesti gibbosi per le intemperanze della colla e del vento di mare, l'odore di vecchio legno sfregato del botteghino, il riso negli occhi della gente che pregustava l'irresistibile recitazione della compagnia Di Napoli-Della Rossa, e lì per terra, proprio dirimpetto al teatro, la botteguccia portatile, il negozietto di vimini di don Gennarino Aprile. Ah vecchio Teatro Nuovo ti voglio bene, tu eri di tutta la gente come me, potendosi avere i tuoi biglietti a metà prezzo e perfino a rate. Vigeva, allora, una specie di bagarinaggio alla rovescia. Il botteghino usufruiva, per la normale vendita, di appena un terzo dei posti disponibili; tutti gli altri biglietti venivano acquistati, in blocco, per pochi decimi del loro valore, da animosi individui che ne effettuavano il collocamento nei più lontani rioni (sempre a un prezzo notevolmente più basso di quello ufficiale, e spesso col vantaggio di una lunga rateazione di pagamento) a operai e impiegatucci e sfaccendati e studenti, ciascuno dei quali, spaccato verticalmente a metà, avrebbe pertanto potuto fornire alle statistiche un "portoghese" e uno spettatore pagante.

Riassumendo in sé le caratteristiche di queste due categorie di amici del teatro, il pubblico del "Nuovo" era dunque dei più imparziali, indescrivibilmente sensibile alle comiche sollecitazioni degli attori e del repertorio, il quale si componeva di riduzioni dialettali di famosissime farse francesi. Puri di cuore e poveri di spirito, auguratevi con tutta l'anima che in paradiso si goda come godevano gli spettatori di Della Rossa e Di Napoli: nelle convulsioni del riso taluni riuscivano a mordere le proprie scarpe, altri, sfuggendo prodigiosamente alle estreme conseguenze dell'apoplessia, si avviticchiavano ai loro sconosciuti vicini di posto, non senza talvolta derubarli del portafogli; sul loggione la ragazzaglia letteralmente si capovolgeva, ritta sulle mani gemeva singhiozzava e ululava il suo divertimento; i carabinieri di guardia, fresche reclute di Casoria o di Benevento, stramazzavano fulminati dal riso e qualche colpo partiva dai loro pistoloni, rimanendo del tutto inavvertito se non raggiungeva uno spettatore o se lo freddava sull'istante; di una bella signora coricata nella "barcaccia" da uno sbellicante doppio senso di *Il controllore dei vagoni letto* vedemmo per lunghi minuti le vergogne.

Calato il sipario uscivamo barcollando; fuori la notte si era impadronita dei "Quartieri"; diradatisi i passanti la botteguccia portatile di don Gennarino Aprile spiccava con le sue tre lampade ad acetilene, con la sua pentola fumante, con la sua pila di piatti e di tazze contro l'escoriatissimo muro. Era un enorme cesto di vimini con tutto l'occorrente per allestire e spacciare al defluente pubblico del Teatro Nuovo i peoci al succo di limone, le alici fritte, ma specialmente il brodo di polipo. Le dimensioni di questo polipo erano tali che sempre mi ricordavano la piovra descritta da Hugo in uno dei suoi fragorosi romanzi; don Gennarino non si illudeva di cuocerlo effettivamente, né in tutto né in parte: egli vi dava per due soldi una tazzina di bollente brodo del mostro (un cui solo tentacolo era bastato per riempire la pentola), ravvivata da un pizzico di pepe rosso e da un dado di polipo che equivaleva a circa un quarto della più piccola ventosa. Dopo aver sorseggiato l'infernale liquido, ed averlo sentito esplodere nello stomaco, ci si avviava verso casa masticando il frammento di polipo. Per ore esso sopravviveva intatto a ogni sforzo mascellare, limitandosi ad emettere remoti e arguti odori marini che evocavano le miti acque di Santa Lucia, i repentini fremiti delle sabbie sommerse, le vele in deliquio sulla linea dell'orizzonte; andando a letto era opportuno sputare il pezzetto di polipo e non pensarci più, qualora non si volesse ricominciare a masticarlo l'indomani e per sempre. Desidero si sappia che il chewing-gum ha avuto un antenato al mio paese, presso il Teatro Nuovo; quanto a don Gennarino Aprile, nessun dubbio che egli, nonostante la sua meschina statura, fosse un uomo completo e preciso. Quella sera io mi sentii brutalmente spinto da parte; un giovane e massiccio energumeno si fece largo in tal modo fino al canestro e ai piatti, si qualificò con un pauroso nomignolo e dichiarò che don Gennarino conosceva le ragioni della sua visita. Don Gennarino, concluse, doveva semplicemente rispondere sì o no.

«Un momento e sono a voi» rispose don Gennarino, interrompendo la vendita e cominciando a raccogliere piatti e tazzine.

Il volto di sua moglie, Assunta Aprile, si era fatto di un neutro e ghiacciato bianco su cui la luce dell'acetilene sembrò rapprendersi; con le braccia alzate la donna si insinuò fra i due uomini, gridando; e fu possibile capire che il facinoroso sopravvenuto era un'autorità della malavita, deciso come tale a sostituire il canestro degli Aprile con un proprio canestro, annettendosi al tempo stesso la redditizia località. «È un abuso», «Il pane delle mie creature», «Non può finire così» gemeva donna Assunta alzando le braccia come per sollevare, appunto, i suoi figli verso gli impassibili santi. Ma tacque di colpo, atterrata da un fulmineo schiaffo del marito.

Senza aiutarla a rialzarsi don Gennarino le disse:
«Zitta tu, bagascia».
Si volse quindi all'altro.
«Tutto quello che la mia signora ha detto» dichiarò portandosi due dita al berretto nel pronunziare "la mia signora" «l'ha detto bene. Un momento e sono a voi.»
Era calmissimo, scandiva gesti e parole come su un ideale palcoscenico. Continuò a raccogliere piatti e tazzine, li sciacquava nel secchio e li riponeva nel canestro con movimenti studiati e armoniosi, non scevri di qualche leziosità, riassuntivi di tutto un cerimoniale della rissa, vagamente ieratici e fatali.
«Con vostro comodo. Resto in attesa» disse il suo temibile interlocutore, con pari tranquillità e distacco.
Egli aveva intinto nel brodo della pentola il suo bastone, giocherellava con un tentacolo del polipo.
Infine don Gennarino distese un panno sul canestro e fece un imperioso cenno a sua moglie. Donna Assunta era bianca e taceva. Sollevò il cesto, lo trasportò fino all'angolo della via, si addossò al muro e attese. Era notte alta, ormai. Intorno ai due uomini si fece uno spazio enorme. Don Gennarino sembrava raddoppiato di statura, fronteggiava comunque il suo avversario. Disse:
«Vi ascolto».
Il tono è ancora lievemente cerimonioso e diplomatico, ma si intuisce che nella mano di don Gennarino, come in quella del suo antagonista, è fiorita un'arma sicura. Chi agirà per primo? Io sono a due passi da Assunta Aprile e la osservo. Questa donna si è addossata al muro e umilmente aspetta; fra qualche minuto saprà se i suoi figli sono orfani o no, ora come ora il senso della disciplina coniugale è più forte di tutto in lei. Eventualmente depositerà nella portineria del carcere, per anni, sigarette e aranci da consegnarsi a don Gennarino, una vedovanza come un'altra. È

bruna e solida, il seno ancora compatto, largo e cavo il bacino sotto il logoro vestito, ha ventidue anni se li ha. Si pettinava in un balconcino dei "Quartieri" quando il suo attuale marito la scorse e fissandola si mandò indietro il cappello sulla nuca, soffiò in alto il fumo della sigaretta con un'assorta lentezza che tanto le piacque; l'estate successiva, a quindici anni, era già madre. Schiaffi e figli non le sarebbero mai mancati senza questo incidente; ma ecco che l'avvenire si è fatto improvvisamente così buio ed ostile. Molte donne dei "Quartieri", con l'illusione di poter appartenersi, preferiscono la prostituzione al matrimonio; io fissavo il grembo di Assunta Aprile, che tanto dolore e tanta miseria poteva ancora riprodurre in quei vicoli; da una nuvola si affacciò la luna, da un'altra cominciò dirottamente a piovere.

San Gennaro dei Poveri

Nell'Ospizio di San Gennaro dei Poveri, visitai il «Reparto celtico minorenni»; era da qualche mese finita l'ultima guerra. Dopo tanti bisbigli e cenni e smorfie (la vita nelle caverne, crescere e moltiplicarsi al buio, bere i sudori della roccia, mangiare sospiri e muffa, dire: «Vi piace il mio berretto da notte? È un'intera collina, è il Vomero, lo porto alla sgherra perché sono giovane e malandrino»), dopo tanto silenzio la città soffiava il suo dolore e il suo piacere in una gigantesca trombetta di Piedigrotta: chiunque non ridesse o non si lamentasse in pubblico, non fosse per esempio ricco o povero nel più esclamativo dei modi, come in un monumento alla fortuna o alla disdetta, si sentiva un disertore. Fu bisogno d'aria, ognuno esponeva al sole il proprio scheletro, come un cencio ad asciugare sulla corda: ossa bianche, linde per quanto sporche fossero, estratte finalmente dai guai e dall'orrore; Napoli era la Valle di Giosafat, i napoletani col loro corpo sul braccio come un soprabito esitavano a indossarlo, non arrossivano di mostrare le loro tibie e il loro costato, gli premeva soltanto di ricomparire dicendo: «Eccoci qua. Dateci i comandi. Buongiorno a voi». Ora queste cose sono abbastanza lontane e si dovrebbe riuscire a parlarne con giudizio; io poi se mi ricordo del «Reparto celtico minorenni», e se talvolta rivedo una per una le piccole ricoverate, è sovrattutto perché esse mi suggeriscono un pensiero col quale più sto e più mi accorgo che vi potrei trovare una plausibile spiegazione di me stesso. Erano una quindicina di ragazze venute a Napoli, fin dall'estremo sud, con i combattenti stranieri: San Gennaro dei Poveri le aveva dragate nel torrente della guerra, dette loro una remota corsia dell'ultimo piano, le medicine, il riposo, le campane, fogli e buste per scrivere ai parenti se ne avevano, il crocifisso d'ottone che dondola sul petto delle monache; Amelia B., la malata più giovane, aveva tredici anni.

Basta un'occhiata a San Gennaro dei Poveri per capire Napoli quanto è vecchia. Le pietre dell'intero rione Sanità sono stanche, non ne possono più. L'Ospizio resiste per non deludere don Pietro d'Aragona che lo fondò nel Seicento: è un edificio che mantiene la parola, non solo sta in piedi ma disgraziati conteneva allora e disgraziati riceve oggi, che puntualità. Una strada improvvisamente spopolata gira e sale per raggiungerlo; talvolta, d'estate, vi si fiuta l'odore di tufo e di santi delle vicine catacombe. C'è un lunghissimo cortile con archi e portici: la tramontana che vi si getta da Capodimonte striglia i vecchioni addormentati sulle panchine, qualcuno si rianima e pensa: "A quest'affronto del ricovero... io ero un primo avvocato... io qui non resto, io vi saluto e sono", ma un altro soffio di vento che arriva dal mare gli strappa di nuovo le forze per restituirlo alla pazienza e al sonno. Attraversando le corsie dei malati cronici osservai con piacere due squilibrati che giocavano a carte sulle bende di un terzo individuo affetto da chi sa quale infermità; un altro canuto deficiente mi salutò agitando una padella che poi nascose sotto il cuscino; non era una corsia, quella, bensì un'abitazione; tanto valeva impartire ai degenti lo stesso cognome e non pensarci più. Ma eccomi all'uscio su cui è scritto: «Reparto celtico minorenni», la chiave gira nella serratura, entriamo, guardiamo e non vediamo nessuno.

Le due file dei lettini impicciòliti dalla vastità della sala. Il soffitto alto e curvo che arrotonda i pensieri, li diluisce, li sfuma. Un nastro e una forcinella sul terzo comodino. Un gomitolo giallo su una sedia. Fasci di pulviscolo che si incrociano, quello scrosciare di atomi lucenti e morti che è forse una silenziosa risata del tempo. Ogni cosa là dentro mi parve esatta come se invece di vederla stessi leggendola in un malinconico libro; l'ora, i muri, il colore dell'aria, le vive voci che di colpo risuonarono sulla attigua terrazza, tutto fu subito un ricordo per me. "A capo e trattino" pensai quando la mia guida aprì i battenti accostati di una grande porta-finestra e disse venite, le ragazze sono qui.

Così assorte nei loro giuochi, erano, che per alcuni minuti non si accorsero di noi. Potei leggere dieci volte l'inaudita paginetta che me le descriveva; tornavo sulle parole, sulle virgole, Gesù, mi dicevo, Gesù ma è vero? Noi, nel Mezzogiorno, abbiamo giuochi puerilissimi, si battono le mani contro quelle di un compagno e si scandiscono bizzarre cantilene, le quali dicono che se piove mentre c'è il sole le vecchie si innamorano: s'innamorano nel tegame, aggiunge la nenia... l'importante sta nel non sbagliare, frattanto, la mano che deve ricevere il colpo. O invece seduti per terra si gioca d'abilità con levigati sassolini che bisogna far saltare e raccogliere in tre o quattro curiosi modi; oppure con uno spago, mediante continui passaggi e avvolgimenti fra le dita, si ottengono speciali intrecci detti per approssimazione d'immagine "la culla", "lo specchio", "il pesce"; o più semplicemente ci si rincorre strillando e ridendo, con un piacere di esistere che non conosce freno o rinvio. Questo, Gesù, questo facevano le minorenni del «Reparto celtico» sulla terrazza di San Gennaro dei Poveri; me ne ricorderò finché avrò memoria, ho aspettato tanto a parlarne e che cosa posso dire se non che si divertivano con tutto il loro sangue, come fu delle mie sorelle e di chiunque altra alla loro età?

«Piove ed esce il sole, le vecchie si innamorano... S'innamorano nel tegame...»: non meno astrusa della antica filastrocca era la scena a cui assistevo; non meno astruso mi divenne l'intero mondo in quei lunghi minuti. Conoscevo la storia di ogni ricoverata, ne identificai parecchie da ciò che mi avevano detto di loro. Tu, bionda, larga, piena di lentiggini sulla fronte, vedesti lo sbarco di Salerno: uno zampillo bianco era un proiettile caduto in mare, uno zampillo rosso era un proiettile esploso sulle barche o sulla scogliera; rituffavi la faccia nell'erba e piangevi, ora sei qui. Emma, e tu? Non hai una voce di queste parti; stavi a servizio presso una ricca famiglia di Lauria e andasti con i soldati pensando che in pochi giorni ti avrebbero riportata nel Friuli; non fu così, pazienza, errori di calcolo sono la guerra, la pace e forse anche le stelle. Maria, Olga, Concetta, voi venite dalle campagne calabresi, me ne accorgo dal vostro ridere conciso, dalle vostre mani buie che tendono sempre ad unirsi sul seno; siete un gruppetto isolato: durante gli svaghi e i discorsi e perfino nella sala medica mentre il dottore riempie la siringa, vi disponete senza volerlo come in un rozzo fregio. Tu, Luigia, sei di Benevento; Assunta è di Mercogliano; molte di voi non ebbero sotto gli occhi, prima di vedere tanta strada e tanta gente, che polvere e foglie e guizzi di lucertole sempre sullo stesso tratto di muro. San Gennaro dei Poveri vi ha dragate nel torrente della guerra ed ora eccovi qui, anime perdute.

Gesù, perdute? Si erano finalmente accorte di noi e ci guardavano. Fin dal giorno avanti avevo pensato: mi guarderanno; e anche prima, osservandole mentre si divertivano come alla loro età le mie sorelle, mi ero detto: gli occhi no, non potranno essere così puliti, così immuni. Giocate pure, bambine: per "lo specchio" o per "la culla" che gli intrecci di una cordicella simulano fra le vostre dita, per questo e per ogni vostro ingenuo passatempo, ciò che è stato è stato, pensavo: ma per i vostri occhi no. Ebbene le ricoverate mi guardarono, avvenne fra i miei pensieri e i loro un effettivo incontro, io sapevo che esse indovinavano il mio disagio, ma la luce dei loro sguardi restò nitida, continuò a dire che Amelia aveva tredici anni, due meno di Lucia e di Olga, e che nient'altro era vero.

Io ne presi buona nota, come uomo e non per il mestiere che faccio; ne fui anzi così persuaso da abbandonarmi a una bianca speranza, a una arbitraria ma suggestiva spiegazione della nostra vicenda umana. Forse come Emma e come Amelia, con la stessa innocenza dopo tante colpe, approderemo un giorno all'altra sponda. Che cosa sono i nostri pochi decenni rispetto alla vita eterna? Una primissima infanzia: Dio ci considererà bambini nonostante tutto, sulle sue terrazze canteremo la filastrocca secondo cui piove e spunta il sole e le vecchie si innamorano nel tegame; essa non è poi più insensata delle nostre azioni e dei nostri desideri quaggiù.

Giugno

Giugno, mi dài Napoli su un piattino come la comunione. Sono qui in ginocchio, veramente contrito nel sole di Milano che mi arroventa; dico *mea culpa* e dico non son degno; tu, giugno, pigli Napoli dal tuo calice d'oro e me l'accosti alle labbra; un campanello d'altare squilla. Penso queste cose mentre cammino in via Dante e improvvisamente mi aggredisce la sensazione di percorrere invece il Chiatamone: nel largo Cairoli troverò le trafelate palme di piana Vittoria che negano o annuiscono; ci credete, ieri ho proprio visto il mare, tutto il mare di Napoli pieno di spume e di reti l'ho visto nella vasca presso il Castello Sforzesco, ci stava giusto giusto.

In giugno Napoli si spalanca come una rosa nel bicchiere, non ha più muri o li ha solo per un altro minuto. Le case appartengono esclusivamente ai ragni e ai mandolini addormentati, nessuno cerchi il suo San Giuseppe nella campana di vetro sul comò, San Giuseppe è uscito. Lo spremilimone nel chiosco dell'acquaiolo non sta un momento zitto. A ogni tintinno i gatti immobili sulle grondaie abbassano gli orecchi, l'acido di quei suoni li raggiunge e li offende, spesso reagiscono con un buffo scatto. È un salto senza direzione, lo stesso irreprimibile sovvertito istinto che proprio in una notte di giugno assopì la più bella ragazza di Foria su un lettino d'erbe al Pascone, fra le braccia di un dannato gobbo che le aveva venduto quella mattina dodici spilli; passava con la sua cassetta e le disse ridendo: «Eccomi qua». Erano, curioso, spilli di sicurezza; la gobba di don Faustino aveva poi tali dimensioni che egli non mancava mai di dire, a chi la vedeva per la prima volta: «Faccio questo mestiere per contrappeso, se non portassi sul petto la bottega cascherei all'indietro». Quanto ai gatti che precipitano dai tetti illudendosi di graffiare un suono o un odore insultante, è così, forse, che giugno li seleziona: i migliori si rialzano leccandosi un filo di sangue sui baffi; i deboli si impietriscono mentre i loro sette spiriti balzano al cielo vibranti e ricci come code di lucertole.

Per i ragazzi dei vicoli giugno è il mese del carrettino. Non dovrei dire carrettino, si tratta di una tavoletta su quattro rotelle di legno duro, fisse le posteriori e obbedienti le altre ad un rudimentale sterzo comandato da due cordicelle che il guidatore impugna come redini. Andiamo, perché Dio situò qui tante salite e discese che suggeriscono l'idea di una città edificata in corsa da un ciclope zoppo? Il costruttore di ogni carrettino unge con sapone molle gli assi delle minuscole ruote, indossa due o tre suoi compagni, siede sulla tavoletta, si avvolge alle dita le cordicelle di guida e mentalmente conclude: "Rampa Brancaccio, fai tu". Dopo i primi dieci metri il carrettino è un proiettile che dove si ferma si ferma; vidi coi miei occhi un fornaio dell'Arco Mirelli estrarre dall'impastatrice due bambini seminudi che gli si torcevano in mano come anguille: le rotelle del veicolo giravano ancora sugli scaffali, un casto profumo di farina benediva quel disastro e le stesse bestemmie della vittima; noi del resto a Napoli qualsiasi sciagura la mangiamo così, col pane.

Oppure, in giugno, tutti sono sulle spiagge. Ecco un vecchietto che esce dall'acqua e si mette a scavare nella sabbia; per logori che siano, i suoi vestiti possono sempre adattarsi a qualcuno: egli perciò li ha sepolti prima di immergersi e ora è presumibile che la terra glieli restituisca. Ma no, gli stracci che affiorano non sono suoi. C'è stata un'infame sostituzione, l'epilogo di questo raro dramma del sottosuolo è che il vecchietto ricomincia filosoficamente a scavare in altri punti, vuol vedere se trova a sua volta da cambiarsi con un profitto. Buona fortuna, nonno, io so che qui il mare e l'intelligenza contengono la stessa quantità di sale, dico che riuscirai.

Ai miei primi tempi, il lido dei poveri era San Giovanni, donna Filomena Sgarro ci custodiva i panni per un soldo. Ne faceva regolarissimi mucchietti rifiutati al vento da appositi ciottoli. Non le accadeva mai di confondere, nel riconsegnare gli abiti, un ragazzo con un altro; però una volta si fece tardi, spuntò la luna e sotto l'ultimo sasso un paio di calzoncini e una maglietta aspettavano ancora. Gli urli della madre del bambino arrivarono verso mezzanotte, donna Filomena la illuse e la accarezzò per lunghe ore, fino a quando certi barcaiuoli sentirono a prua un urto leggero e dettero l'avviso. La madre non piangeva più; infine le lasciarono portar via il suo piccolo morto, s'era già avviata ma d'improvviso tornò indietro a prendere il sasso che aveva tenuti fermi sulla sabbia i calzoncini e la maglietta: donna Filomena le accennò di sì col capo, si volse dall'altra parte e fissò le acque che ricomparivano nella prima luce, quel mare liscio e duro dell'alba, proprio un mare da piantarvi e accendervi quattro candele.

Venite avanti, don Annunziato Scarlone, bagnino dei bagnini sul prezioso tratto di mare che va da Mergellina al Capo di Posillipo, cosa posso fare per voi, che volete da me? Don Annunziato era una celebrità balneare, un formidabile vecchio con troppi lunghi e secchi muscoli incartati nella pelle, il quale sonnecchiava da maggio a settembre sulla terrazza di uno stabilimento, pensando: "Sono l'eroe dei quarantanove salvataggi, tutti lo sanno o faranno presto a saperlo, io dunque debbo semplicemente starmene qui come un santo fragli *ex voto*, non muovo un dito se non capitano bufere e pericolanti che mi valgano". Sedeva sulla stuoia e taceva, sorvegliando quel mare pieno di ruderi e di remoti peccati, le bionde sabbie del fondo che attraverso il cristallo dell'acqua sono tutte da leggere in greco e in latino come pagine di antichi messali; quando il cielo si rannuvolava e improvvise ondate si alzavano, simili a file di gabbiani che spiccassero il volo, e qualche barchetta sorpresa al largo dal malumore degli elementi non ce la faceva a risalire i liquidi fossi che la circondavano, allora don Annunziato osservava brevemente la scena, un sorriso sprezzante gli assottigliava le labbra, l'intera sua faccia delusa esclamava: «Questo è tutto? San Gennaro, e voi non avevate niente di meglio per il mio cinquantesimo salvataggio? Sia detto senza offesa, io non mi degno». Don Annunziato voltava insomma le spalle al mare e faceva ai suoi giovani nipoti l'autorevole cenno che essi, fremendo dell'inaudita speranza di non deluderlo, aspettavano per tuffarsi; un attimo dopo erano in acqua, recidevano o sellavano e montavano i flutti, ghermivano i naufraghi e li riportavano a riva fra gli applausi, ma per sentirsi ripetere, dai freddi occhi di don Annunziato, l'inevitabile: «Non mi siete piaciuti». Voi, don Annunziato, eravate dunque la statua del vostro valore e della vostra ambizione; al mare, da molti anni, voi gli consentivate appena, quando sulla spiaggia vi piaceva riverniciare un canotto o stendere un canapo, di inginocchiarsi e di baciarvi i piedi. Venne solo nell'agosto del 1924 la tempesta che vi meritava. Il volo nero e cieco delle nubi articolate dai fulmini, simili ad ali di immensi pipistrelli. Le acque impazzite, gli imbuti dei vortici che dicevano alla pioggia: ce ne sta ancora, ce ne sta sempre. L'orizzonte frantumato. L'angoscia della terra che sembrava ritrarsi. Il vento che passava come un rastrello sulle grida di quelle anime perdute a cento metri dalla riva. Fu l'uragano per voi, don Annunziato. Immobilizzaste, con un gesto regale, i vostri atterriti epigoni. Vi faceste il segno della croce e vi tuffaste. Che volete da me, ora, a tanta distanza di tempo e di luogo? Debbo pur dire che affogaste dopo alcune bracciate, per mancanza di esercizio. I vostri stessi nipoti, riponendovi più tardi nella bara, piangevano e ridevano. All'Autore del nostro paese, don Annunziato, non è gradita la superbia: se Napoli pensa dieci volte al giorno "come sono bella", Egli le manda un terremoto o un'epidemia, così ha fatto sempre e avrà le sue ragioni.

Giugno, qui a Milano, mi dà Napoli su un piattino come la comunione. Scrivo e la carta è, mettiamo, bianca come la riviera di Chiaia. Non posso respingere le parole Scudillo, Miradois, Arenella, Villanova, Cariati dalla mia vecchia penna. Trovo nella Galleria di Milano colori e momenti che non si sono mai mossi dalla Galleria di Napoli. Rivolgo improvvisamente il discorso in dialetto napoletano a settentrionali di molto riguardo, imbarazzandoli e (spero) commovendoli un poco. C'è un nobile palazzo di via Borgonuovo, dal cui ombroso cortile esce l'odore del vicoletto Cagnazzi fra i giardini di Capodimonte e io coi libri di scuola sotto il braccio aspetto che mi raggiunga la signorina Carmela Rezzullo di anni quindici, anzi uno schiaffo di suo padre. Ho la testa piena, mentre il telefono dell'ufficio avverte che mi chiamano da Torino o mentre piglio un taxi in viale Monza, di ciò che si vede dal Bertolini in giugno, quel fluido continuo discendere delle case e della gente al mare, quel modo sospeso, pensile, astratto, da acrobazia sul filo, con cui a Napoli esistono le cose e si determinano i fatti. Viene giugno e caccia tutti all'aperto, anche San

Giuseppe è uscito, siede con noi sul marciapiede o sulla stanga di un carretto di cocomeri o su una ringhiera o su niente; giugno offre al piacere e al dolore, alla vita e alla morte le migliori occasioni per scegliere i loro napoletani. Giugno fugge e domani sarà tutto deciso, domani sarà luglio, il mese delle mosche e del sonno.

Il "guappo"

Ai miei tempi nei vicoli di Napoli fiorivano i "guappi". Esistono, nella città vecchia, corrosi palazzetti che potrebbero vantarsi di aver ospitato giureconsulti e poeti di grido, se le lapidi che ne davano notizia non fossero diventate illeggibili, o, trafugate nottetempo, non sorreggessero ormai, in qualche non lontana cucinetta, il fornello a gas di un ingegnoso artigiano (ricordo di aver letto almeno una volta, proprio sotto il tegame in cui bisbigliava il ragù di un calzolaio che soleva invitarmi a pranzo la domenica, nobili parole latine in memoria di Bernardo Tasso); e allo stesso modo fra cento mansueti e anonimi "bassi" ce n'era sempre uno illustre, aulico, leggendario, abitato insomma dal "guappo" rionale, e riverito pertanto dal popolino non meno che le immagini dei santi nelle apposite cappellette murali, alla confluenza di due viuzze o nelle assorte piazzette.

Il termine "guappo" può avere l'origine che vuole ma in realtà riassume, o meglio riassumeva allora, un singolare e complesso modo di vivere.

Il "guappo" era un criminale e non lo era. Più che mettersi fuori dalla legge egli le opponeva una sua legge. Era, a suo modo, cavalleresco e talvolta eroico. A suo modo si rendeva utile alla sua città e temeva Iddio. Avrebbe digiunato, e perfino lavorato piuttosto che macchiarsi di un furto o di una rapina; tuttavia i colpevoli di questi reati dovevano assicurarsi con decime e tributi la sua tolleranza. Locali pubblici di ogni genere lo stipendiavano semplicemente perché la sua tutela distogliesse dagli impianti, dall'arredo e dalle persone qualsiasi disgrazia; non c'era nessun Fra' Cristoforo del commercio lecito o illecito che osasse contrapporglisi gridando: «La vostra protezione?!». Che ci si creda o no, il "guappo" era esente perfino, in tram, dall'obbligo di munirsi del biglietto. «Servo vostro, don Carmine» gli diceva il fattorino ed egli passava oltre imbronciato, fra i timidi sguardi dei viaggiatori comuni.

La grandezza del "guappo" era determinata dai fatti di sangue e in cui egli aveva avuto la parte principale, ma anche più dalla sua condotta, dal suo stile negli scontri. I "guappi" massicci e feroci, di poco cervello e di forza taurina, piacevano forse meno dei "guappi" aristocratici, flessuosi e scattanti come "bandoleri", ben vestiti e ben rasi, iniqui talora al punto da nascondere nel fazzoletto del taschino una lametta di rasoio che fulmineamente trasformava in uno "sfregio" il pacato gesto di asciugarsi le labbra, e peraltro capaci di iniziare la discussione, il "dichiaramento", in un approssimativo italiano piuttosto che in dialetto, osservando un'altera ma cortese procedura, compiacendosi di protrarre con atroce diplomazia i preliminari della selvaggia azione. La quarta pagina dei giornali era sovente un involontario inno alle gesta di questi maestri della rissa, che avevano nei cronisti locali i loro infaticabili aedi. Ricordo i vecchi ritagli che mi mostrò Sgambati, un mio compagno di scuola; dicevano: «Solo contro un rione – Espugna Borgo Loreto – Sette feriti, quattro contusi, gravi danni a un fabbricato»: ed era padre del mio condiscepolo questo eroe che prima di abbattere i suoi antagonisti toccava con la punta del bastone (d'altra arma non si serviva, sull'esempio dell'antico famosissimo Salvatore De Crescenzo) le fronti che un successivo colpo avrebbe incrinate; oppure don Ciccio Sgambati tirava misericordiosamente alle ginocchia, conseguendo la sudditanza dell'avversario col rito della genuflessione e illuminandosi perciò, nella fantasia popolare, di un mistico splendore, di una suadente liturgia.

Giovinetto, don Ciccio era stato guardiano di capre sullo Scudillo; là aveva imparato a maneggiare pertiche e randelli con una destrezza da giocoliere, tutta una turbinosa scherma principalmente costituita di scientifici mulinelli che lo proteggevano come uno steccato, dal quale scoccava infine l'infallibile colpo che appiattiva sui muretti qualche lucertola o sfrondava a volo una farfalla. Poi il pastorello cominciò a lavorare sull'uomo e venne la fortuna, il rione Stella fu suo. Quando lo conobbi era attempato e onnipotente don Ciccio. Deteneva il privilegio di ungere nuovi cavalieri della malavita e quello di presiedere il comitato per le onoranze a San Pasquale; inaugurava bettole e caffè; dirimeva vertenze; fissava il prezzo di certe derrate; puniva e premiava. Non di rado la porticina del suo "basso" si chiudeva precipitosamente su un pianto di donna; era una sedotta. Don Ciccio si faceva raccontare la storia dal principio, annotava mentalmente il nome e l'indirizzo del seduttore, annuiva con dolcezza se la ragazza protestava la sua scarsa partecipazione al fatto: era un sentimentale che finiva per unire le sue lacrime a quelle della postulante, generando in lei una vaga fiducia che i fatti però non tardavano a smentire.

«Posso pregarvi?» diceva l'indomani don Ciccio al giovane spergiuro. «Vengo per una figlia di mamma, come suo eventuale compare d'anello se mi accordate l'onore.»

«Comandatemi» rispondeva l'interpellato adocchiando il fatidico bastone del visitatore, virtuosamente deposto sulla soglia in un raggio di sole che ne rivelava ogni ruga; poi a don Ciccio non rimaneva che fissare la data delle nozze e dirigersi col suo passo sentenzioso verso altri torti da raddrizzare, qualora non si trattasse invece di aggiudicare un facoltoso defunto alla sua ditta.

La fondamentale attività di don Ciccio era infatti quella di socio in un'impresa di pompe funebri. Tutte le ditte specializzate in questo pubblico servizio disponevano, allora, di un noto "guappo". Il riserbo e la discrezione con cui si esala l'ultimo respiro non potevano mai, a Napoli, impedire che una piccola folla di aspiranti ad effettuare il trasporto funebre si radunasse nel cortile o gremisse le scale. «Vi siete incomodati per niente» diceva don Ciccio arrivando, e per un attimo fissava i concorrenti. Col suo torace enorme, le braccia tozze, la clava fra le ginocchia come Ercole, egli diffondeva non so che gloria fisica, ma sovrattutto la sensazione che non avesse mentito. Così il morto finiva per appartenere al più vivo; la sera don Ciccio insinuava nuove banconote dietro il quadretto sacro, si sedeva col fiasco in grembo sulla soglia del "basso" e ricevendo gli omaggi degli ultimi passanti, o della guardia notturna, fantasticava. Fu quello il periodo del suo massimo splendore. Pensate: per intercessione del piccolo Sgambati recuperò l'orologio del nostro insegnante. Mani più leggere del vento avevano involato l'oggetto mentre il caro vecchio percorreva, leggendo il giornale, la solita strada per recarsi a scuola. Don Ciccio si fece riferire minutamente l'itinerario e quant'altro l'insegnante ricordava di quella mattina; poi lo condusse in varie case e retrobotteghe, dove a un suo altezzoso ordine decine di orologi venivano premurosamente allineati sui tavoli. Ce n'erano di preziosissimi, forse il nostro maestro fu anche tentato di sbagliarsi ma era povero e sfortunato appunto perché, intenerendosi di tutto, aveva pietà anche di se stesso. L'orologio fu alfine riconosciuto fra una accozzaglia di altri oggetti che una vecchia rovesciò da un sacchetto sulla coperta del letto; col disappunto di chi non ha potuto agire a colpo sicuro don Ciccio redarguì il maestro, esclamando:

«Dovevate dirmelo che foste derubato sul marciapiede sinistro di via Foria e non sul destro!».

Era un'altra giurisdizione; confuso e trionfante il maestro dimenticò di rivelare che tra gli oggetti mostrati dalla vecchia figurava anche la sua penna stilografica, della cui sparizione non si era accorto; uscirono nel sole.

Il declino del "guappo" era immancabile e triste, qualche volta buffo. "Guappi" che erano rimasti illesi in tragici conflitti, "guappi" che erano sopravvissuti a laparatomie, perivano in un banale investimento ciclistico, o venivano spodestati, come accadde a don Ciccio, da imberbi giovinetti. Il detronizzatore dello Sgambati fu uno studente universitario dei più sprovveduti; non sapeva come pagarsi la pensione e le dispense, sentì parlare degli strani redditi dei "guappi" visitò una mattina il mercato rionale di frutta taglieggiato da don Ciccio. Con le sue più linde maniere l'esile goliardo chiese al "guappo" che gli cedesse la metà dei profitti: respinto e deriso, schiaffeggiò positivamente don Ciccio. Fu uno spettacolo. Il favoloso bastone fece del suo meglio, lacerò l'aria col fior fiore dei suoi cerchi e delle sue spirali, si librò e discese con inaudita veemenza, fu uno e centomila, ma in nessun modo gli riuscì di imbattersi nell'agilissimo incorporeo studente. Infine don Ciccio giacque svenuto sulle selci, per effetto di un davidico peso di bilancia, con cui l'accorto avversario lo aveva colpito alla fronte. Ligio alle regole del giuoco discusse e ratificò un accordo, si adattò a un amaro vassallaggio; lo studente divenne poi un grande avvocato penale e i più noti "guappi", pur ritenendo che avesse sbagliato strada, gli affidarono la loro difesa in clamorosi processi.

Don Ciccio invecchiò e decadde rapidamente. Lo si cominciò perfino a deridere, perché fra l'altro era balbuziente; in tram gli fecero pagare il biglietto. Sui "guappi" del suo stampo sempre più prevalevano quelli eleganti e smilzi, che all'antiquato randello sostituivano il revolver, alla deliberata e rischiosa azione l'intrigo. Rivedo il decaduto don Ciccio. Sedeva su una panchina di pietra nel vicoletto di Port'Alba in cui si era esiliato: col rosario fra le dita e col pensiero, è possibile, ai remoti prati dello Scudillo, quando il suo mirifico bastone sfrondava farfalle; a poco a poco si assopiva, gli stava intorno, non meno vecchia e forse non meno malinconica, la mia pazza la mia mitologica la mia cara città.

Don Vito

Un altro del mio rione Stella era il barbiere don Vito Scarano. Dico barbiere per il tempo in cui lo fu, un paio di anni; bisogna tener conto che nella mia lacera convulsa città tutti i mestieri conducono alla miseria e al dolore, perché chi oggi è operaio del gas domani sarà ebanista o fornaio, e insomma il popolano del rione Stella si volta e rivolta, sui mestieri come su un letto di chiodi, avendo semplicemente cura, frattanto, di utilizzare le parti non trafitte per mettere al mondo innumerevoli bambini che ereditino la sua versatilità.

Vale la pena di osservare che il sole abbonda e persiste proprio dove si ha più ragione di maledirlo? Non ci penso nemmeno; quanto a don Vito Scarano, egli se ne stava seduto sulla soglia della sua bottega in via Nuova Capodimonte, con un corroso mandolino sulle ginocchia; ogni tanto una foglia di platano gli si posava sui neri frenetici capelli e lui con graziosa pazienza ce la lasciava; al di là della tenda di cannucce uno almeno dei suoi sette figli orinava nella bottiglia della lozione, mentre carta di manifesti strappati dai muri veniva bruciata sotto una pentola per cucinare gli spaghetti all'olio e all'aglio, senza i quali la speranza che i clienti non apparsi la mattina possano sopravvenire nel pomeriggio è praticamente inutilizzabile per un barbiere.

A don Vito nasceva un figlio all'anno, con meticolosa

puntualità; si somigliavano tutti, lo stesso volto camuso e la stessa tragica capigliatura. Generato un maschio, don Vito gli cuciva addosso una figurina del Sacro Cuore, a cui era molto devoto, e si metteva a generare la femmina per una successiva figurina; ma ormai, nell'epoca di cui parlo, si era giunti a questo in casa Scarano: che il primogenito di don Vito fu sorpreso da una vicina mentre masticava e ingeriva una copia del più diffuso quotidiano locale, indirizzata in abbonamento a non so quale benestante di via Nuova Capodimonte. Costui avrebbe creduto a un banale disguido se l'infernale donnetta non avesse affollato, con la sua clamorosa pietà, strada e finestre. Fu allora che don Vito depose il mandolino, si levò il camice, si pettinò, ingiunse alla moglie e ai figli di non muoversi, odorò la bottiglia della lozione, tamburellò col dito sugli specchi polverosi, singhiozzò e rise, suggerì insomma con la più varia e terrificante simbologia che stava per fare qualche cosa. Uscì infatti e non rientrò più; l'indomani uno sconosciuto, presentatosi alla signora Scarano come il nuovo proprietario della botteguccia, regolarmente acquistata per cinquecento lire, ne scacciò tutti e vi si installò.

Soccorrevoli vicini ospitarono gli Scarano nei cinque giorni dell'assenza e della follia di don Vito; infine fui io a scovarlo in una taverna della Pignasecca. Con i resti delle cinquecento lire mangiava e beveva illimitatamente, offriva da mangiare e da bere a tutti. Ecco, don Vito conteneva un uomo felice che ben presto gli sarebbe sfuggito; era brillo, ma non fino al punto da fraintendere un discorso serio. Gli domandai se ricordava, dei suoi figli, almeno quelli bisestili; rispose che aveva loro inviato, quella sera, sei piedi di porco e un fiasco di vino. Quando ci vuole ci vuole, disse.

Condivise la mia opinione sul fatto che, dissoltasi la bottega, non gli rimaneva, come si dice, né cielo da vedere né terra da camminare.

«Anzi vorrei esserne sicuro» disse, e gettò sul tavolo le ultime cinque lire per convertirle in vino.

Abbozzando un suo passabile ritratto, gli feci osservare che per due anni si era privato di tutto, senza altra consolazione che quella di veder piovere o ritornare il sereno nel cavo del suo mandolino, aspettando ogni sera una barba da radere come si aspetta un verdetto in Corte d'Assise; voi don Vito, gli dissi, vi siete in un certo senso immolato per lunghissimi mesi a quella stessa bottega che avete poi sperperata in pochi giorni, senza riflettere che cinquecento lire vi avrebbero se non altro dato il tempo di trovare una nuova e più redditizia occupazione.

«Questo, permettetemi, non capita mai» disse don Vito.
Io dissi:
«Perché escluderlo?».

Egli scosse il capo, trasse di tasca una spiegazzata figurina e mi suggerì di girare la domanda al Sacro Cuore.

«Due anni barbiere» disse «ed è stata dura fin dal primo giorno. Ho avuto pazienza. Ma quando viene il momento l'uomo deve agire. Riconosco che il tempo per trovare altro lavoro non c'è. Sono sulla paglia fin da stasera, d'accordo?, e questo è il punto. Il Sacro Cuore è dunque costretto ad occuparsi immediatamente di me.»

Strizzò l'occhio, bevve, acconsentì a seguirmi; ce ne andammo e il bel cielo locale era sul suo capo, come su quello di chiunque non avesse preferito romperselo contro i muri, promettentissimo e feroce.

Porta Capuana

Don Peppino Cammarota, "pazzariello" del quartiere Vicaria nella nostra pazza città di Napoli, vi dispiace che io rievochi qui la vostra follia? Probabilmente voi non siete pieno di terriccio di Poggioreale come io, quassù, di memorie del vostro tempo; vi rivedo tra la folla estatica, nel vostro policromo costume di gran ciambellano dei vicoli, mentre il vostro dorato bastone si innalza e volteggia, ricadendo a intervalli sempre più lunghi fra le vostre magiche dita, e strepitano i primitivi strumenti dei vostri bandisti; dietro di voi, come dipinta su un fondale, palpitando nei vapori diffusi dalle immense teglie delle friggitorie, sta verde e accigliata Porta Capuana.

Che a nessuno venga in mente di dedicarsi alla professione di "pazzariello" se non ha un'anima di tanti colori quanti ne ostentava il vestito indossato da don Peppino. Si trattava di una livrea arlecchinesca, tutta alamari e galloni e fregi, in cui predominavano forse il giallo e il violaceo, qualora non fossero il turchese e il granata, poiché la tradizione esigeva sovrattutto, in quell'abito, sperpero e demenza di tinte. Il "pazzariello" era uno strano miscuglio di banditore e di giullare, il quale vi faceva ridere prima e dopo di avervi informati che in via Tribunali apriva i suoi battenti una nuova panetteria, o che alla bottegaia donna Assunta Chierchia era mancato un fermaglio d'oro per il recupero del quale essa non avrebbe esitato a pagare un considerevole premio: il "pazzariello" diceva dopotutto la verità scherzando, istruiva divertendo, era interessante e persuasivo al punto che non ci si doveva sorprendere se le donnette che più si sbellicavano per le sue facezie se ne tornassero poi a vegliare e a lamentare il morto dal quale suoni e voci le avevano irresistibilmente strappate.

L'orchestra che eseguiva il commento musicale ai bandi di don Peppino Cammarota era quanto mai eterogenea, si componeva di strenui pifferi e di strumenti che o si chiamano per onomatopeia "putipù" e "triccaballacche", o con una felice immagine vengono definiti "scetavaiasse" e cioè ritenuti idonei a svegliare domestiche di infimo grado e perciò di sonno durissimo; fanno da bassi i "putipù" e consistono in una asticciuola le cui vibrazioni, ottenute per frizione del pugno e ripercosse da un pentolino di terracotta coperto di pelle di tamburo, producono una specie di reiterato, profondo, grave e religioso sberleffo che esilara e rattrista come ogni essenziale connotato di Napoli, come il dramma stesso dei coniugi Cammarota, tanto discusso a suo tempo fra il Reclusorio e il Duomo.

Don Peppino nacque "pazzariello" come si nasce gobbi o re. Fu sgargiante, clamoroso e icastico fin da quando, a soli diciassette anni, esordiente appena nella sua professione, si presentò una domenica di luglio, indossando come qualsiasi altro giovinetto del Vico VI Duchesca esclusivamente pantaloni di tela di un dubbio bianco, all'uscio di certi signori. Fece tre passi nell'anticamera, indicò la piccola cameriera emiliana che serviva in quella casa di forestieri e disse: «Me la porto via perché è incinta». Nient'altro. Si sposarono pochi giorni dopo; come erano giovani; quando cessò di colpo la musica dei mandolini che fino a tarda notte avevano festeggiato l'avvenimento, il Vico VI

Duchesca si riempì di piccanti bisbigli, vibrò come un "putipù". Sono nove i vicoli della Duchesca, un grumo di straducce nere in cui sole e pioggia intercettati dalla selva dei muri non sempre arrivano a toccar terra: in quella penombra la signora Cammarota diventò bianca e soave come il grano che a Napoli si fa crescere nelle cantine per addobbarne gli altari nella Settimana Santa. Ma il suo "basso" fu il più pulito e il meglio arredato del rione, perché i guadagni di don Peppino Cammarota erano degni del suo eccezionale talento di "pazzariello". Egli riferì al mare e al cielo i fatti della Vicaria; divulgò specifici per il mal di denti e per i calli; sostenne candidati al Parlamento, stipò di nuovi avventori le botteghe di via Alessandro Poerio. La sua voce passava i muri dei casamenti, ne estraeva il brulicante contenuto come col coltello si aprono e si vuotano i frutti di mare; i vecchi i deficienti i paralitici guardavano dai balconcini il "pazzariello" che flettendosi e piroettando inviava fino a loro il suo istoriato bastone, avendo l'aria di dimenticarlo e raccogliendolo invece con tanta destrezza da suscitare l'impressione che un filo invisibile glielo legasse al polso: questo era un caritatevole messaggio che don Peppino inviava a quegli infelici, mentre diceva, brandendo con l'altra mano uno spumoso fiasco di vino:

«Uno è il Signore Iddio e uno è il ristorante di Salvatore Manzella al Largo Santa Sofia, dirimpetto alla casa del pozzo! Dico bene? Pozzo storico, pozzo signore, riverito da inglesi e scienziati, essendo che negli antichi tempi don Alfonso D'Aragona (dateci i comandi, Maestà!) vi si prese un passaggio per espugnare Napoli di notte! Don Alfonso stimatissimo, domando e dico se era il caso! Faccio osservare a Vostra Maestà che il ristorante di don Salvatore Manzella al Largo Santa Sofia è stato fondato in data odierna... solo oggi voi potete trovare da don Salvatore colazioni alla forchetta e vini sceltissimi come andiamo a dimostrare! Puro Avellino e puro Vesuvio... popolo della Vicaria, onorateci! L'assaggio è gratuito, essendo impazzita l'azienda... prego a voi... bevete e moltiplicatevi!».

Il fiasco passava di bocca in bocca, sempre più rannuvolato e fervido; le dissonanze degli strumenti, sui quali ciascun musicante si spossava inturgidendo muscoli e vene, incrinavano il cielo; la fortuna del ristorante Manzella era fatta e, a tarda sera, il "pazzariello" si spogliava, contento e rauco, della sua squillante livrea. Ma nessun grand'uomo è tale per il suo domestico, figuriamoci per sua moglie. Da quanto tempo la signora Cammarota aveva cominciato a disprezzare la professione del marito? Ogni volta che una bella donna vi guarda, qualcosa ha in lei principio o fine. Qui agivano differenze di sangue, di paesaggio che col sangue circola in noi. Don Peppino era la Duchesca, Castelcapuano dai viceré all'ultimo pezzente, Napoli dove un rasoio e un mandolino danno per risultato un barbiere, come un gomitolo di spago e il bisogno producono un pescatore; don Peppino era, può darsi, insensato come l'immaginazione, rispecchiava meglio di ogni altro il destino della sua città che spesso non ha pane per chi non riesce a spendere come moneta legale l'oro del sole. Laura Cammarota veniva da un paese fluviale e nebbioso, limitato da ciminiere; là un'idea è già un fatto, come un tonfo nell'acqua del Po è una pietra rotolata dall'argine o è l'immergersi di una draga. Laura non si abituò a Peppino, confusamente il suo sangue le rappresentava una lucida bicicletta appoggiata a un muro di cinta, una tuta odorosa di macchine che premendo sul suo petto faceva frusciare nel taschino la busta-paga. Disprezzò il marito e lo asservì perché era imprevedibile, taciturna e rara; una notte sciogliendosi da un suo abbraccio scoppiò crudelmente a ridere, aveva pensato che su quelle segrete carezze potesse d'improvviso abbattersi il frastuono dei "triccaballacche" e degli "scetavaiasse". Per la prima volta, quella notte, don Peppino osò domandarsi se poteva contare sulla fedeltà della moglie. Una mattina raccomandò alla sua orchestra di non interrompersi e tornò indietro. La colse sul fatto. Fu un colpo duro: don Peppino Cammarota, senza neppure avere il tempo di separarsi dal suo buffo costume e dagli obblighi che gliene derivavano, insanì come tutti ricordano.

"Pazzariello" del quartiere Vicaria, oggi il terriccio di Poggioreale è leggero e tepido su di voi, ne siete pieno come io, quassù, di memorie del vostro tempo. Eccomi, appunto, in un bell'impiccio per causa vostra. Il mio mestiere è quello di scrivere con arguzia; non meno che sulla vostra feluca tintinnano sonagli sul mio berretto. Ma qualche volta, nei lavori di penna, il ritegno è tutto. E come marito ingannato voi vi comportaste con inaudita teatralità. Ciò che voi faceste o sta in Shakespeare o è opportuno non parlarne in pubblico. Nella migliore delle ipotesi Shakespeare si farebbe bello del vostro dolore; quanto a me, nel vostro dramma non vedo che pericoli, per qualsiasi scrittore della mia taglia. Allora mi limito a riferire i fatti come avrebbero potuto apparire o apparvero nella cronaca del *Roma*, l'indomani di quel giorno.

Il Cammarota – scrivo – *afferrò la moglie seminuda e la trascinò fuori. La folla addensatasi intorno alla rudimentale orchestra del "pazzariello" si aprì, assistette muta e sgomenta alla insolita scena. Il Cammarota, aitante, bruno, sui trentacinque anni, aveva completamente perduto il dominio di sé. Egli annunziò al popolo l'inaugurazione di una nuova casa equivoca, dando il proprio indirizzo! Proclamò, in modo che nessun dubbio potesse più sussistere, il suo infortunio coniugale testé scoperto... scosse la donna e la sollevò gridando: «Onorateci! L'assaggio è gratuito essendo impazzita l'azienda!»... e solo a questo punto alcuni volonterosi trovano il coraggio di interporsi. Il Cammarota, svincolato-*

si, si mise a correre verso Porta Capuana con l'intenzione di gettarsi contro qualche veicolo; ma fu raggiunto ed è stato ricoverato al manicomio di Aversa.

Così va bene, credo. Addio don Peppino, io ora mi incanto nel ricordo di Porta Capuana. È verde e accigliata nel cuore della città; intorno a lei "pazzarielli" o comuni passanti non sono mai di oggi, subito li copre la polvere del tempo, sembrano trasferirsi in un'antica stampa. Porta Capuana fu fatta costruire da Ferrante d'Aragona nel 1484; chi sa se il disgraziato don Peppino Cammarota sapeva che le due torri laterali si chiamano Honore e Virtù.

Il numero vincente

Debbo mostrarvi don Ciro Mancuso sulla soglia della sua casa, in via Fonseca, mentre dice a un conoscente:
«Mi sono rimasti il venticinque e il settanta. In confidenza, li volevo tenere per me. Ma se li gradite, servo vostro».

Così parlando egli strizza l'occhio; tutta la sua vecchia faccia si mette in movimento per esprimere il trionfo dei numeri citati, anzi per descriverli mentre percorrono in berlina di gala via Fonseca e l'intero quartiere, affacciandosi ogni tanto agli sportelli per ringraziare e per dire: «Mancuso... don Ciro Mancuso sapeva».

Viveva di riffe, questo don Ciro; ricavava discreti guadagni da certe sue piccolo lotterie popolari che mettevano in palio un oggetto, o un animale, o una nuvola. Esagero?

Eppure il desiderio di acciuffare un premio strappandolo a ottantanove individui non meno infervorati dello stesso virile proposito era così comune in quell'epoca a Napoli che se don Ciro mai imperniò con successo una riffa su qualche bella nuvola del mese di maggio, esitante fra la possibilità di ormeggiarsi ai pini della città alta e quella di riprendere la via del mare, fu soltanto perché inspiegabilmente non gliene venne l'idea.

Spuntava il sole del lunedì quando il vecchio Mancuso si sedeva alla esigua scrivania che era anche la sua tavola da pranzo, e diceva a sua figlia:

«Bianchina, i moduli».

Erano nitidi fogli a stampa, con una riga accanto a ciascun numero dall'uno al novanta, sulla quale ogni concorrente scriveva il proprio nome; il premio sarebbe toccato a chi avesse imbroccato il primo estratto sulla ruota di Napoli nel successivo sabato.

«Non ci può essere imbroglio. Aggiudica lo Stato» soleva dire don Ciro, col tono di chi segnala, più che la propria innata correttezza, un vero suo tratto di memorabile generosità.

Era un dannato spettinatissimo e sinuoso vedovo sulla sessantina, al quale non si conoscevano giacche. Portava, su certi logori calzoni mai stirati – cosparsi di enfiagioni, contusi – vivacissime bretelle, che d'estate trattenevano una parte della camicia gonfia di scirocco, e sulle quali, d'inverno, infilava il pastrano.

All'alba del lunedì don Ciro pigliava dunque un modulo, e sotto il titolo «Oggetto sorteggiato» scriveva faticosamente: «Sveglia sistema americano otto giorni di carica», oppure: «Quadro d'autore raffigurante Otello»; poi riempiva a matita, con nomi illeggibili, le righe corrispondenti ad almeno settanta numeri. La sua ventennale esperienza lo avvertiva che una riffa deserta non eccita nei giocatori il senso dell'antagonismo, anzi li immobilizza esitanti e pavidi sulla soglia del rischio. Essi hanno bisogno di sentirsi dire: «Che aspettate? Sono gli ultimi numeri»; e suppongo che all'alba del lunedì, paonazzo per lo sforzo di scrivere nomi fittizi sul suo modulo, don Ciro (che poi li avrebbe man mano cancellati per sostituirli con nomi autentici) pensasse che in fin dei conti il Signore, ammonendo che gli ultimi saranno i primi, avesse previsto il suo caso.

Frattanto l'enorme giovane sole impiccoliva e saliva, finché don Ciro era pronto. Si metteva una matita sull'orecchio, accarezzava, in tasca, il pezzetto di gomma per cancellare, si assestava le bretelle e cominciava le visite alla clientela.

Erano guantai, orefici, calzolai, tartarugai, falegnami, i più pittoreschi e solerti esemplari dell'artigianato napoletano, che ha sempre l'aria di improvvisare e che tuttavia mortifica quando vuole gli elaborati indici della produzione razionale, indipendentemente dal fatto di questi sorridenti operai, arguti ciuffi di peli che, attraverso le camicie socchiuse sul petto fulvi e neri e grigi sembrano ammiccare, mentre da ogni angolo dei piccoli laboratori, in cui il sole rattoppa ingegnosamente le lacerature del pavimento e delle pareti, si chiede a don Ciro:

«Ancora una sveglia?».

«Questo è un affronto» replica l'imperturbabile vecchio, agitando il suo modulo come un vessillo.

Che cosa, effettivamente, non aveva sorteggiato don Ciro? Orologi, dipinti, stoffe, liquori, prosciutti, penne stilografiche, macchine per cucire, vasche da bagno, stufe, una volta perfino due comodini spaiati, ma col loro contenuto in regola, e materassi e tappeti, e fucili e cani. Comprava alle aste pubbliche, per sorteggiarli, i più disparati oggetti; in mancanza d'altro, oppure quando non aveva denaro per gli acquisti, sacrificava un mobile della sua casa. Un sabato, a tarda sera, picchiò all'uscio del vincitore di un suo armadio, dicendo:

«In un cassetto trovasi erroneamente la camicia da notte di mia figlia, che vi prego di restituirmi perché estranea alla riffa».

Appunto. Due cose don Ciro aveva sempre escluse da ogni possibilità di sorteggio: le nuvole e Bianchina. Questa era una piccola illuminante bionda sui vent'anni, piena di bisbigli, docile ai sottili influssi delle stagioni, che le gonne meridionali raccolgono e solcano come vele, curiosa di furtivi abbracci notturni presso i cancelli dei giardini che si alternano fra i vecchi edifici, nei vicoli.

«Mi fai morire» diceva baciando i suoi giovani complici e passando la mano sui loro volti, con la ingenua presunzione di decongestionarli; ma era sempre viva abbastanza per salvarsi gemendo che suo padre doveva essersi svegliato, e per ritornare a distendersi, più vergine che mai, nel lettuccio contiguo a quello del vecchio, tendendo l'orecchio al pettegolezzo di sensazioni che si diffondeva dal suo bel corpo soffice.

Quanti erano stati i suoi giovani complici: novanta, forse?

La spuntò don Leopoldo Manfredini; costui fu il solo che riuscì a farle varcare la soglia della sua casa, dove la Salita San Raffaele fa un gomito e c'è una fontanella pubblica. Bianchina vi si recava di giorno; girava l'angolo e si dissolveva, qualche famelico gatto che l'aveva pedinata per un breve tratto si fermava perplesso a interrogare le pietre.

Don Leopoldo, che esplicava con profitto le mansioni di guida turistica, incantò Bianchina parlandole del suo amore come avrebbe parlato, ai forestieri, del Palazzo donn'Anna, o delle Stufe di Nerone a Bacoli. Con lo stesso caldo e assorto tono di voce con cui diceva: «Qui Virgilio possedette terreni e case; qui scrisse l'elogio funebre di Marcello, nipote di Augusto, e dalla madre inconsolabile fu compensato con dieci sesterzi per ciascun verso...», don Leopoldo seppe descrivere a Bianchina il suo amore, esaltandone i fervidi miti e le suggestive architetture, finché la bella figlia di don Ciro, nel momento stesso in cui sospirava: «Mi fai morire», si accorse di soggiacere sul serio a un celestiale trapasso e avvertì nel riso della fontanella pubblica, che si districava dalle tendine per raggiungerla, una interruzione di attimi e di secoli.

«Sei mia al di là di ogni volgare pregiudizio» le disse poi don Leopoldo, iniziando con qualche astuzia un adeguato imbonimento del fatto compiuto, che egli prevedeva, o almeno si augurava, immune da complicazioni matrimoniali.

Ora si consideri fino a che punto questo giovane sbagliava i suoi calcoli, e cioè si tenga d'occhio donna Carmela Abbate, una qualsiasi massiccia popolana che avendo tenuto a battesimo Bianchina si ritenne più volte investita del diritto di seguirla fino al miracoloso gomito della Salita San Raffaele. La straripante donnetta sapeva interrogare le pietre meglio di qualsiasi gatto; trotterellò verso via Fonseca e riferì a don Ciro ogni cosa, principiando dai novanta giovani complici (ma in coscienza donna Carmela ammise che il numero era approssimativo) per arrivare alla sbaragliante guida turistica Manfredini.

Questo avvenne in un tardo pomeriggio di sabato, ed era anzi la vigilia di Pasqua.

Don Ciro aveva imperniato la sua settimanale riffa su un magnifico agnello nero di eccezionale vivacità, che a regolari intervalli, mentre la delatrice parlava, gli batteva il muso contro i ginocchi. In quel momento si udì lo scalpiccìo del ragazzetto scalzo che dal più prossimo botteghino del lotto gli portava il primo estratto.

«Proprio il novanta, che era in ritardo da quarantanove settimane» disse tranquillamente don Ciro, allargando sulla scrivanietta lo spiegazzato foglio della riffa.

Ma non poté impedirsi di trasalire, leggendo, sulla riga che corrispondeva al numero estratto, per l'appunto quel nome. «Manfredini Leopoldo» c'era scritto, e don Ciro si riassestò le bretelle dicendo:

«Destino. E allora non siete stata precisa, donna Carmela, mi consta che erano ottantanove».

Armeggiò misteriosamente nel fondo della stanza, poi riapparve stringendo in una mano il guinzaglio dell'agnello, nell'altra una valigia.

«Acqua in bocca» disse, allontanandosi, alla donna.

Con una spallata spalancò l'uscio malfermo di don Leopoldo. Sporse il suo volto aguzzo, sul quale non appariva ombra di contrarietà, nella camera da letto, e disse:

«Con buona salute».

«Per cento anni» aggiunse, assumendo un atteggiamento di paziente attesa.

Don Leopoldo si ricompose e si alzò come poté. Era pallido, ma non gli mancarono le parole.

«Dove volete arrivare?» borbottò.

«Ho saputo che vi sposate. Sinceri auguri» disse sorridendo seraficamente don Ciro.

«E allora carte in tavola. Mi dispiace di parlare così a un padre, ma io non sono l'unico fidanzato di Bianchina» disse don Leopoldo con dolente garbo, come se mostrasse a un attento gruppo di turisti il monumento della sua integrità.

«Papà non credergli, io sono entrata qui come un giglio» singhiozzò la ragazza.

Don Ciro le ingiunse con un gesto di tacere, e sempre più cerimonioso dichiarò:

«Vedete voi stesso come stanno le cose. Uno o novanta voi siete il numero vincente, qui c'è stata regolare aggiudicazione. Allora, don Leopoldo, che decidete?».

«Vi siete introdotto abusivamente in casa mia, uscite subito» strillò il giovane Manfredini.

Don Ciro non si mosse, o meglio si scostò leggermente per mostrare lo scopo legittimo della sua visita. Disse:

«Con buona salute. Avete vinto anche l'agnello di Pasqua, sempre col numero novanta. Ora come ora, fate attenzione. Qualora vogliate costringermi, si capisce».

Aprì la valigia e ne trasse un ritratto di sua moglie, che appoggiò alla parete. Con sontuosi gesti da illusionista fece anche apparire un vasetto di fiori finti, lo collocò davanti all'immagine; infine si rialzò lentamente, e don Leopoldo poté vedere, tra la camicia e una diramazione delle prestigiose bretelle del vecchio, un arcaico pistolone da antiquario, una decrepita arma sulla quale don Ciro doveva aver più volte inutilmente tentato di fomentare una riffa.

La scena non mancava di una sua singolare, buffa e paurosa regia.

Don Ciro allontanò da sé l'agnello nero, che gli brucava i calzoni, e indicandolo con una ferocia che i suoi scoppiettanti occhi smentivano, disse:

«Guardatelo meglio: è un lupo».

Che momenti. Don Ciro esagera, ma forse ne vale la pena perché il suo futuro genero è un pusillanime. Una volta, alla Solfatara di Pozzuoli, per sottrarsi a un improvviso insignificante sbuffo di vapore, stramazzò travolgendo un turista.

Ecco, don Leopoldo abbraccia Bianchina, gemendo che si sposa per costrizione e domandandosi se potranno essere felici.

Don Ciro filosoficamente dichiara che la felicità, dopotutto, non è che un dolore gradevole. Egli si congeda per diffondere ovunque la buona notizia.

«Ma l'agnello è *nostro* papà» osserva giudiziosamente Bianchina, trattenendo l'animale in casa Manfredini. Don Ciro deprica ed ammira questo impulsivo gesto dell'aggiudicata figliuola.

Fuori, si accosta alla fontanella e ingordamente beve. Nel trascolorante cielo pasquale le rondini si incrociano così fitte e rapide che sembrano nevicare.

Il documento

La mattina del 15 ottobre 1920, don Gennaro il "paglietta" sputò su un documento. Si trattava del suo "stato di famiglia" e fu sulla Salita di Santa Teresa, sotto una bieca nuvolaglia che soffiava. Grigio, allampanato, obliquo, don Gennaro sputava sul documento e ogni tanto si fermava per borbottare:

«Sissignori, è così».

Le foglie secche lo pedinavano.

"Paglietta", a Napoli, sta per avvocatuccio; ma don Gennaro era un semplice faccendiere, di quelli che procacciano certificati, curano pratiche fiscali, o nella peggiore delle ipotesi rispondono in sede legale dell'identità di individui mai visti prima.

Nel rione Stella si nasce o si muore, ci si sposa o si apre bottega; e per tutto questo occorrono documenti, a don Gennaro il "paglietta" bisogna ricorrere. «Datemi il morto così com'è, appena pronto, e io ve lo sotterro con tutte le regole» soleva dire don Gennaro; e si capisce che il rione Stella glielo dava ancora caldo.

A cinquant'anni don Gennaro il "paglietta" era grigio, allampanato, obliquo e rigonfio di certificati; si annunziava da lontano con un fruscìo di carte, odorava di sportelli. Viveva in un "basso" di via Materdei, con una moglie di vent'anni più giovane di lui. Alludo a donna Carmela la rossa. Si erano conosciuti nello stanzone dell'Ufficio Anagrafe; lei doveva richiedere un certificato di cittadinanza, ne aveva assolutamente bisogno per l'indomani.

«Con permesso? Faccio io» le disse don Gennaro.

Sgusciò oltre gli invarcabili tramezzi che separavano il pubblico dagli impiegati; di lì a poco ritornò, annunziando con un fatuo sorriso che era in possesso del documento; nel mese successivo si sposarono.

Donna Carmela gli dette due figlie che non gli somigliavano, Mariuccia e Assuntina. Faceva la sarta, quando non impigriva al sole di via Materdei; era sempre calda di desideri e di segreti, come un cuscino. Asservì il marito fin dal primo giorno, gli conferì il privilegio di cucinare, di mettere a letto le bambine, di rassettare la casa.

D'estate, marito e moglie sedevano sulla soglia del "basso" fino a mezzanotte; donna Carmela fiutava assorta un rametto di menta (pareva che interrogasse le foglie, come se contenessero fatti) e diceva:

«Dovresti andare in America e diventare un signore».

Don Gennaro partì, nel settembre del 1912. Rimpatriò dopo quindici mesi, lacero e famelico. Parlò del progresso, e soprattutto dei bar automatici; disse che laggiù i certificati di cittadinanza o di nascita si potevano ottenere appunto come i panini ripieni o le frittelle, introducendo una moneta nell'apposita fessura di una macchina. Non tutti ritennero che questa versione dello smacco di don Gennaro il "paglietta" fosse credibile; comunque egli nidificò nuovamente negli uffici pubblici napoletani, ricominciò a sfaccendare nel "basso" di via Materdei, sotto gli occhi azzurri donna Carmela la rossa, pieni di arguto disprezzo.

Donna Carmela fioriva: era bianca e turgida, suscitava eccitanti ricordi di feste popolari, con audaci carezze fra i banchi del torrone e i palchi delle orchestrine e i carretti di fichi d'India: era evocativa di semplici, notturne e gioconde baldorie, come la fiamma dell'acetilene.

D'estate, la notte, quando anche gli uomini come don Gennaro, inimmaginabili eroi di qualsiasi passione carnale, perdono il sonno, nella stamberga di via Materdei si diffondeva un concitato bisbiglio. D'improvviso la porta si spalancava e don Gennaro veniva scaraventato fuori. Allora si sedeva sullo scalino, accendeva mezzo sigaro e sommessamente gemeva e imprecava, segnalando ai più autorevoli santi il suo vilipeso diritto. Dai sovrastanti balconi, quando la voce di queste notturne espulsioni cominciò a diffondersi, i conoscenti lo deridevano. Gli dicevano di non perdersi d'animo; «Forse con una buona raccomandazione...» gli dicevano.

Così dieci anni cominciarono a passare e passarono, finché la mattina del 14 ottobre 1923 donna Carmela smise improvvisamente di pettinarsi davanti allo specchio, si assicurò con un'occhiata circolare che Mariuccia e Assuntina erano fuori, e tranquillamente disse al marito:

«Ti ricordi l'anno che andasti in America? Un mese prima che tu tornassi ebbi una bambina. Si chiama Luisella».

«Non è mia!» strillò don Gennaro il "paglietta", addossandosi al muro.

«Chi dice il contrario?» rispose donna Carmela, come avrebbe risposto con un saluto a un saluto.

«Madonna santa» smaniò don Gennaro. «Ma io agisco! La legge è legge. Io ricorro... io questa Luisella la disconosco e basta!»

Donna Carmela si era alzata. Appariva inconcepibilmente commossa e grata. Abbracciò il marito e disse:

«Bravo. È la grazia che ho chiesto a San Vincenzo. Devi disconoscere Luisella, subito devi farlo per carità».

Poi don Gennaro dovette allungarsi sul letto; donna

Carmela gli applicava pezzuole bagnate sulla fronte e pacatamente riferiva i fatti.

I vicini non avevano sospettato di nulla. Donna Carmela si era tempestivamente recata a Salerno, presso una zia; poi aveva dato a balia Luisella ed era tornata a impigrire al sole di via Materdei.

Regolarmente notificata, la bambina figurò legittima. L'autentico padre, un operaio dell'arsenale, pagava la balia; ma un tragico infortunio sul lavoro sopravvenne a eliminarlo. Furono tempi duri, per donna Carmela. Non era facile vuotare le tasche del rimpatriato don Gennaro, per il semplice fatto che erano quasi sempre vuote: e da Salerno giungevano lettere perentorie. Ma San Vincenzo mandò a donna Carmela i coniugi Aiello. Borghesi ricchi, senza figli: abitavano in una villetta a Capodimonte ed ebbero bisogno, per più di un mese, di una sarta a giornata. Donna Carmela cuciva a macchina e raccontava alla signora Aiello complicate storie di via Materdei; dalle finestre aperte sul giardino entravano farfalle, suggerendo fortunati pensieri.

«Sempre così sola, signora Aiello, una creatura di Dio dovreste prendere per questa bella casa» cominciò a dire sospirando donna Carmela.

Aveva una voce toccante, dal suo volto e dal suo corpo sani e compatti si sprigionava una elementare suggestione; insomma donna Carmela era convincente come un albero carico di frutti, o come una mammella gonfia di latte: persuadeva perché era terrestre e semplice. La sua stessa astuzia era impercettibile e naturale, come la salute. Oppure la signora Aiello, sterile inquieta lunatica, fu incantata sovrattutto dall'equilibrio, dalla pace di donna feconda e appagata che scorgeva in donna Carmela? Accadde comunque che i coniugi Aiello accolsero Luisella credendola derivata dal giovanile errore di un'amica della sarta a giornata.

«Prendete una creatura e ne salvate due» disse misteriosamente donna Carmela.

Trascorsero quasi otto anni, prima che si decidesse a rivelare come stavano in realtà le cose; ma l'affetto che la bambina aveva ormai ispirato ai coniugi Aiello era definitivo, soverchiava la paura delle conseguenze legali. Fu chiesto il parere di un avvocato. Costui raccomandò l'unica soluzione possibile: che don Gennaro chiedesse alla Giustizia, provando la sua assenza nel periodo utile, il disconoscimento della paternità di Luisella. Ottenutolo, i coniugi Aiello avrebbero potuto procedere alla legale adozione della bambina. Si trattava di confessare ogni cosa a don Gennaro, nel modo più adatto a ottenere in primo luogo che non strozzasse la moglie e successivamente che rinunziasse a Luisella. L'avvocato chiese notizie sull'età e sull'aspetto fisico di don Gennaro; avutele, propose la sua mediazione. Ma donna Carmela alzò una mano.

«Grazie, faccio io» dichiarò fermamente.

I tre la guardavano.

«Scusate una domanda, volete bene a Luisella?» disse la signora Aiello.

Donna Carmela rispose:

«Perché le voglio bene ve la do, signora mia».

Aggiunse, come a caso, che dovevano farle visita, un giorno o l'altro, nel suo "basso" di via Materdei. Uscì senza affrettarsi; attraversando il giardino si fermò un istante per cogliere foglie di menta.

Don Gennaro il "paglietta" percorreva lentamente la Salita di Santa Teresa, e come ho detto si fermava ogni tanto per sputare sul documento.

Bieche nuvole soffiavano su di lui; alle foglie secche che lo pedinavano si erano aggiunti alcuni sfaccendati. Quando se ne vide intorno un buon numero, don Gennaro cominciò a gesticolare e a strillare. Se ben ricordo, diceva:

«In nome di Dio, fate un semplice calcolo. Sono conosciuto in questo rione, sì o no? A una media di dieci "stati di famiglia" al giorno, quanti ne ho richiesti, in undici anni, per gli altri? Trentamila e più... quarantamila se non vi dispiace!».

Una piccola folla si andava radunando, dispostissima a decidere se don Gennaro il "paglietta" avesse torto o ragione su qualsiasi argomento. La fronte cinerea di don Gennaro gocciolava di acre sudore.

«Quarantamila "stati di famiglia" per quarantamila estranei... Ma il mio, questo, quando mai ho pensato a richiederlo? Già è risaputo: nella casa del fabbro lo spiedo di legno. Non so se mi spiego. Siviero Gennaro, fu Alfredo e fu Maria Tabacchini: "stato di famiglia" con tassa di urgenza. Mi mancava maniera? Con le mie relazioni! Ogni giorno, per un anno di seguito, potevo avere l'occorrente certificato!»

Don Gennaro barcollò e fu sorretto. Gli impedivano di accasciarsi e lo lasciavano sfogare. Si accalcavano intorno a lui col respiro sospeso; la strada diventò così, oltre la folla, deserta per un lungo tratto, percorsa soltanto da mulinelli di foglie e di cartaccia.

«Figli: Siviero Maria, Siviero Assunta, Siviero Luisa!» scandiva don Gennaro. «Naturalmente così stanno le cose... così c'è scritto e così è! Donna Carmela mia, sapete leggere? Qui tutto è in regola. Siviero Luisa me l'avete data? E io me la tengo. Siviero con Siviero e Aiello con Aiello, ecco la mia risposta.»

Fu in questo momento, se non un attimo prima o dopo, che la folla si schiuse come un sipario per mostrare donna

Carmela. Era pallida e taceva. Don Gennaro attingeva il parossismo della sua crisi; vide la moglie e gridò:

«Non andai in America! Sempre fra queste pietre sono rimasto! Sei tu pure Siviero... non vergognarti del sangue tuo! Ascoltami bene, Carmela, ti dico che il certificato non si tocca!».

I singhiozzi scrollavano don Gennaro il "paglietta" e non si poteva sfuggire alla buffa impressione che fosse invece il vento a investirlo da ogni lato. Donna Carmela lo prese per mano e si avviarono. Dalle nuvole larghe gocce precipitarono, e c'era nell'aria pungente un presagio di melagrane, di mazzi di sorbe ai balconi, di fuochi di Sant'Antonio, insomma di inverno napoletano, che accompagnava don Gennaro e sua moglie verso una conclusione qualunque. Io non so dirvi quale – e me ne dispiace per Luisella Siviero che vedrei volentieri, dopotutto, allogarsi e fiorire nel "basso" di via Materdei – perché proprio in quel giorni cambiai casa, dal rione Stella andai a stabilirmi a Mergellina.

Il miracolo

In un qualsiasi vicoletto della vecchia Napoli, non lontano dal mare, si consumava la chiesetta di don Bernardo, dedicata a Sant'Anna.

Ai tempi dello sventurato Re Ferrandino essa era stata una cappella gentilizia, nello stesso palazzotto che adesso, dopo un lungo incessante declino, ospitava non so quante famiglie di povera gente.

Perciò questa chiesetta non aveva facciata, né campane, né altri mistici connotati che ne dessero notizia; si componeva di un nudo stanzone (la cui porta era nel cortile), di un esiguo altare con l'antica statuetta di Sant'Anna sbocciante da un piedistallo di legno nero, e del ciabattino don Bernardo Scuteri.

L'unico rito che si svolgesse nella singolare chiesetta era, una volta al mese, per disposizione testamentaria di un defunto commerciante del rione, la messa; e don Bernardo la serviva, compunto in volto e vagamente melenso, come una figura di *ex voto*.

Nella chiesetta egli trascorreva del resto gran parte della sua giornata, benché avesse moglie e figli; si possono facilmente ricostruire l'epoca e i fatti che gli appartennero, immaginandoselo mentre colloca il suo deschetto in un angolo del nudo stanzone, apre servendosi di uno spegnitoio le cinque alte finestrelle, indirizza una rapida genuflessione a Sant'Anna, impugna una scarpa e inizia tranquillamente il suo lavoro. A una certa ora del giorno il sole disegna turbinosi piani inclinati dalle finestrelle a lui, oppure un vento marino che odora di pesce circonda il suo deschetto, va e viene rotondo e molle come se ancora conservasse la forma di tutte le vele che prima di approdare ha gonfiate; e vale la pena di osservare che non di rado don Bernardo, se gli sfugge di mano il barattolo della colla, piglia e pronunzia fra i denti una brutta parola?

Egli è uno sgraziato cisposo quarantacinquenne di infima statura, quasi un nano; l'istintivo bisogno di riprodursi in dimensioni normali gli ha fatto sposare una sterminata angolosa paziente femmina, che si è affrettata a mettere al mondo cinque figlioletti di inaudita vitalità, scroscianti dalle innumerevoli spaccature delle vesti logore, i quali se osano mostrarsi sulla soglia della chiesetta, in cui don Bernardo si affatica al deschetto o parla con Sant'Anna, si prendono inevitabilmente una scarpa in faccia.

Ma in che consistevano i discorsi di don Bernardo alla statuetta di Sant'Anna? Egli più che altro la trovava insocievole e negligente. Perché aveva permesso che i fedeli la dimenticassero? Senza don Bernardo, che la domenica sfacchinava con lo straccio e con la segatura, in un mese le ragnatele avrebbero sommerso tutto. Questo è un mondo in cui un'immagine sacra non può starsene con le mani in mano, pensava don Bernardo. «Vi mancano forse i mezzi di farvi conoscere e rispettare?» egli diceva spesso all'antica statuetta, torcendosi le mani. Una volta sentì dire che non essendosi accostata la montagna a Maometto, Maometto era andato alla montagna. «Questi son santi» borbottò inginocchiandosi davanti all'apatica effigie, e si capisce che parlava da ignorante della sua stessa profonda atavica fede. Nel gran silenzio di certi pomeriggi d'estate balzava improvvisamente in piedi, strisciava verso le tre misere decrepite file di panche in cui si sentivano rodere i tarli, e con la presunzione di estrometterli assestava fulminei colpi sul legno sordo e triste.

Da tempo immemorabile voleva bene a quella Sant'Anna e si affannava ad esaltarla fra la gente. Fino a pochi anni prima, per il ventisei di luglio, quasi estorcendo piccole somme ai conoscenti e ai passanti era sempre riuscito a improvvisarle una festa. Allora cinque o sei archi di lumini a olio decoravano il vicoletto; sul tradizionale palco della musica cantavano fino all'alba certe obese e ipocritamente riluttanti personalità rionali che la folla strappava dai loro balconcini ingombri di cocomeri, di scodelle, di fiaschi; allora l'antica statuetta della santa ritrovava i suoi originari colori in una selva di candele.

Ma anche questi annuali fasti si resero impossibili, e don Bernardo soffriva. Visitava, nelle grandi chiese di Napoli, gli altari dedicati a Sant'Anna; sbirciava gli splendidi tabernacoli, gli innumerevoli gioielli offerti in dono, i fedeli bisbiglianti a capo basso, le mani che allungavano oboli e tutto questo inesprimibilmente gli doleva, lo riempiva di una amara inconcepibile gelosia. Fu così che don Bernardo perdette la testa. La notte, scalzo e seminudo, quest'omiciattolo che distava dal cielo, in linea retta, più di qualsiasi altro, abbandonò il suo giaciglio per trasferirsi con certi suoi attrezzi nella chiesetta ed applicare al piedistallo della santa non so che ingegnoso dispositivo.

In considerazione della sua miseria spirituale, e della confusa passione che lo brucia, siate indulgente con lui, Signore. Accadde insomma che una mattina qualsiasi, mentre due o tre insolite visitatrici s'indugiavano presso l'altare, una specie di gemito si diffuse dal piedistallo e la statuetta volse lentamente il dorso alle beghine.

Quando tutto il vicolo irruppe nella chiesetta, Sant'Anna aveva ripreso la sua posizione normale; ma di lì a poco il prodigio si ripeté e centinaia di occhi videro. Lacrime e panico lo interpretarono nell'unico senso possibile: che la santa si risentisse dell'abbandono in cui da anni l'avevano lasciata.

L'indomani l'intero rione era impraticabile; la folla vi dilagò con massiccia lentezza, come lava.

Uomini e donne, oberati di colpe, sentendosi oscuramente responsabili dei più remoti ed imprecisi peccati, come sempre ci accade quando il sovrannaturale ci sfiora, sfilavano pallidi e muti fra le vecchie pietre. Un pianto di bambino, una nuvola scura, il più semplice e identificabile rumore assumevano infausti significati, annunziavano terribili imminenze.

Inoltre il popolino agiva.

Il deschetto di don Bernardo fu espulso in pezzi dal luogo sacro. Lo stanzone si illuminò di drappi, di fiori, di ceri; un compatto fumo d'incenso stagnò nel cortile.

L'indomani la forza pubblica disciplinò l'afflusso di gente, e verso sera lo impedì del tutto. Si prevedeva un sopraluogo del Vescovo; giustamente le alte gerarchie ecclesiastiche diffidano dei prodigi, che non di rado consistono in giustificabili fenomeni di suggestione collettiva.

Quella notte, don Bernardo scivolò nella chiesetta e vi si rinchiuse. Caliamoci con funi e con fiaccole nell'animo di questo soave mentecatto. Egli ritiene semplicemente di non aver fatto neppure la millesima parte di ciò che la sua santa potrebbe fare se una inspiegabile modestia, o divino pudore della propria grandezza, non glielo impedisse. Egli dunque non ha coscienza del sacrilegio commesso, e se si propone di farne sparire le tracce è soltanto perché desidera che il simulacro conservi la riconquistata devozione popolare. Altro non c'è da scorgere nell'animo di don Bernardo, se si eccettua l'ansia di far presto. Ma un terribile fatto si produce in questo istante e manda don Bernardo in prigione.

L'ineffabile ciabattino rispondeva singhiozzando alle domande del commissario; nel corridoio piangevano sua moglie e i suoi figli. Per quanto ne so, don Bernardo, i cui radi capelli, drizzatisi come aculei, di poco superavano l'altezza della legale scrivania, così si espresse:

«Sì, per i fatti di ieri sono colpevole. Ma stanotte assolutamente c'è stato miracolo, eccellenza! Entrando io avevo chiuso la porta a tre mandate, e poi la tentai col piede e mi misi la chiave in tasca. Avevo appena finito il mio lavoro quando sentii un passo leggero. La porta era spalancata e sulla soglia vidi una signora d'età, con gli occhi d'argento. Pareva una monaca. Non una parola, sorella, io ora vi spiegherò tutto, dissi. Ma ella strillò tre volte e in un minuto la chiesa fu piena di gente che mi accusava. Io semplicemente domandai: avete visto una signora con la faccia di marmo? Nessuno l'aveva vista, eccellenza, e faccio giuramento che la porta era chiusa a tre mandate. Ditemi se non è un miracolo, guardate le mie mani come tremano. Voi mi insegnate, si tratta della santa delle sante. L'ho supplicata per vent'anni, ecco che mi ha finalmente esaudito».

Atterrito e giubilante, don Bernardo strizza l'occhio, conclude:

«Forse anche un po' per puntiglio, eccellenza. Ma che momenti. Una signora entra dalla porta chiusa ed io bacio la terra davanti a lei».

Il commissario scuote il capo e si domanda che cosa farà di questo patetico animale. Come impostore egli non ha agito per lucro; quando, richiamata dal falso miracolo, mezza Napoli accorse, don Bernardo vendette tutte le scarpe che gli avevano date da riparare, per comprar fiori e candele. Non si può escludere che non abbia tentato di vendere, allo stesso scopo, i suoi cinque figli che ora mugolano nel corridoio. Perciò verrà rilasciato; quanto al secondo e autentico miracolo, egli ne sarà per molti anni la vivente testimonianza, ritenuta valida da chiunque, non escluso chi scrive.

Bambino, frequentai la chiesetta di cui ho parlato, coi suoi scanni e i suoi parati nuovi nuovi. In un angolo c'era sempre don Bernardo, e la sua irrisoria statura lo faceva sembrare doppiamente inginocchiato. Non distoglieva lo sguardo dalla santa; il suo volto esprimeva, così come lo ricordo, appunto questo fatto: che non da una meditata osservanza religiosa, ma da un semplice e sanguigno amore talvolta fioriscono i veri miracoli.

C'è mestiere e mestiere

Nell'aprile del 1920 don Raffaele Caserta era vetturino. Aveva trasportato una coppia di forestieri al Vomero; l'uomo poteva anche essere un avvocato di Piacenza, ma in viaggio di nozze. Entrarono in un palazzo di via Aniello Falcone; al distratto «Volete aspettarci qui per una mezz'ora? Poi dobbiamo andare alla Riviera di Chiaia» che l'uomo di legge, o chi era, gli rivolse mentre con carezzevoli dita aiutava la sposa a trasferirsi sul marciapiede, don Raffaele rispose: «Sì; eccellenza» e discese di serpa. Venti minuti dopo, ricomparendo improvvisamente, il forestiero lo sorprese nell'atto di aiutare la tariffa, per non dire la natura. Don Raffaele si era semplicemente seduto sul marciapiede, aveva inserito un rudimentale cricco sotto l'asse del veicolo, in modo che la ruota alla quale era applicato l'ingranaggio del tassametro non toccasse terra, e con assorti gesti della mano la faceva girare. Frattanto guardava le nuvole e licenziava arguti sbuffi di fumo di uno smozzicato mezzo sigaro: trasalì quando si vide scoperto, ma dichiarò che agiva nel comune interesse. Disse che nell'imminenza del lungo "viaggio" dal Vomero a Chiaia aveva voluto assicurarsi che non esistessero impedimenti alla corsa del veicolo. Concluse con un conciliante «Che magnifica giornata, signor conte» che esasperò il forestiero, la cui determinazione di riferire a Piacenza, o dove fosse, come aveva smascherato e punito un imbroglione nel sud era ormai irrevocabile. Arrivò una guardia, la quale purtroppo identificò in don Raffaele un recidivo dei soccorsi al tassametro: e nonostante gli infaticabili appelli alla clemenza, con cui la gente di via Aiello Falcone, spalleggiata dal misericordioso sole primaverile, partecipò al dibattito, quella sera stessa don Raffaele non era più vetturino.

Si capisce che cavallo e carrozza non gli appartenevano; egli restituì ogni cosa all'imprenditore, baciò l'animale dietro un orecchio, annusò per l'ultima volta l'aspro odore di stalla che si raggrumava nel cortile, e lentamente si avviò verso casa, a Port'Alba. Non vi trovò sua moglie, e ne approfittò per riflettere.

Don Raffaele era operoso: perduto un impiego ne escogitava subito un altro. Disseppellì dalla cassapanca un rotolo di carta da disegno e qualche tubetto di colori; da un pezzo di legno ottenne, lavorando di coltello, corte asticciuole; infine cavò di tasca mezza criniera del cavallo che poc'anzi aveva baciato dietro l'orecchio (si può supporre che mentalmente lo ringraziasse, frattanto, di avergli suggerito l'idea di una così promettente industria) e fabbricati in tal modo i pennelli, si mise a schizzare quadretti votivi.

Le navate delle chiese, a Napoli, brulicano di queste ingenue pitture, che raffigurano disgrazie miracolosamente impedite dall'intervento di un santo. Vi si scorgono muratori che precipitano da altissime impalcature, o meccanici che stanno per essere deglutiti da complicati ingranaggi, o bambini caduti nell'acqua bollente: in un angolo del quadretto San Gennaro (o San Vincenzo), seduto su una nuvola, informa gli intenditori che la tragica conclusione del fatto è peraltro mancata. Insomma don Raffaele metteva mano al secondo dipinto, imperniato su un morso di cane idrofobo, quando rientrò donna Assunta e disse:

«Raffaele lo so già, sei di nuovo disoccupato».

Egli interruppe il suo sforzo artistico per guardarla come la guardava sempre, di sotto in su, con estatica soggezione, con occhi da *ex voto* per l'appunto, in cui una maldestra pennellata blu esprimeva la gratitudine e la meraviglia del miracolato.

Assunta Cùtolo era troppo bella per chiunque; fu proprio sovrannaturale che la sposasse questo catastrofico don Raffaele, del quale si deve dire che nel periodo in cui essa lo conobbe era acquaiuolo ambulante, passava rorido e scalzo nei vicoli di Montecalvario, modulando un richiamo evocativamente riassuntivo dei pezzi di ghiaccio nel secchio di legno stillante, della sudata anfora di creta e dei turgidi limoni, sotto un sole d'agosto che velava gli occhi delle donne come velava i bicchieri.

Egli indossava una maglietta bianca da marinaio e certi logori calzoni rimboccati fino al ginocchio; aveva una sigaretta sull'orecchio e le porse il bicchiere colmo come si porgono i vaglia, con una riguardosa solennità che la fece ridere: insomma si sposarono tre mesi dopo, quando don Raffaele fu assunto come guardia notturna in una fabbrica di cappelli.

I Caserta vi trascorsero la loro luna di miele, fino alla mattina in cui furono sorpresi addormentati come sassi su un passabile giaciglio del miglior feltro, e ragionevolmente espulsi. Del resto la casetta nuziale li aspettava a Port'Alba: vi fiorì una appagatissima signora Caserta che di colpo, da un momento all'altro, sembrò aver perduto la memoria del secchio di legno stillante, dell'acre gocciolìo del limone nel bicchiere opaco, delle vellose gambe imperlate di spruzzi, di tutto ciò che un giorno, con la stessa subitaneità, aveva cantato nel suo sangue. Donna Assunta trascorreva le giornate al balconcino, con un gatto in grembo; la sera il focolare era freddo, ma sempre nuovi monili di perle false, e nastri, e pettini di strassi scintillavano sulla bella moglie scontrosa e taciturna di don Raffaele, che lo guardava come un ospite e diceva:

«Conducimi in pizzeria».

Nella saletta della famosa pizzeria di Port'Alba la luce elettrica ferveva sulla scollatura di donna Assunta; dai tavoli vicini, occhi di sconosciuti dichiaravano che donna Assunta era bella, la percorrevano senza riguardo per l'arruffato don Raffaele, del quale essa era munita come di un oggetto, non più importante, per il momento, della borsetta posata accanto a lei sulla sedia. Uscendo, passavano nel riverbero del forno; in quel rapido fulgore di brace, in quel commovente odore di pane, don Raffaele la desiderava con le lacrime agli occhi, collocava in lei, senza saperlo, sua madre e la sua prima comunione.

Perciò non esistevano fatiche alle quali don Raffaele non sapesse adeguarsi per lei: parlo degli anni in cui egli fu ammaestratore di cani e di uccelli, insegnò a suonare la chitarra in sette lezioni, si improvvisò arrotino, pescivendolo e investigatore, quando non si offriva per riparare orologi e ombrelli, o per vestire e fotografare i morti.

Come vetturino don Raffaele non ebbe fortuna, ma nella produzione e nel collocamento di quadretti votivi superò se stesso. Riteneva che la gratitudine di coloro che erano debitori della salute o della vita all'intervento di un santo si dovesse opportunamente stimolare. Di solito sono gli imprenditori di pompe funebri, che senza parere sorvegliano il corso delle malattie di cui hanno notizia; ma don Raffaele seppe essere altrettanto giudizioso e informato. Quando un imprenditore di pompe funebri usciva deluso dalla casa di un malato grave che era stato dichiarato fuori pericolo, don Raffaele vi entrava sorridendo, fra mistico e spavaldo. È agevole supporre che fra il pittore di *ex voto* e gli imprenditori di pompe funebri esistesse un segreto accordo, poiché un cliente perduto per gli uni era indubbiamente prezioso per l'altro.

Don Raffaele si insinuava tra i familiari affranti dalle veglie, brandiva il quadretto adatto e li esortava a non essere ingrati.

«Che ne sappiamo se è stato San Pasquale, invece di San Gennaro?» poteva darsi che gli obiettassero; ma egli si limitava a rispondere ieraticamente che passando di là per caso, mentre spolverava quel quadretto e non un altro, aveva sentito l'inspiegabile bisogno di entrare. Allora le donne si abbracciavano piangendo e l'acquisto veniva deciso.

D'altronde, don Raffaele riusciva a collocare *ex voto* anche presso famiglie del tutto esenti da malattie e disgrazie. Una volta, in un vicolo di Porta Nolana, un'esitante donnetta gli disse:

«Mio marito è proprio fabbricante di fuochi pirotecnici, come nel vostro quadro; ma non gli è mai scoppiato un mortaretto in mano».

Don Raffaele la esortò a munirsi egualmente dell'*ex voto*, espresse l'opinione che a un taumaturgo dovesse riuscire assai più facile scongiurare le vaghe possibilità di una disgrazia che le estreme conseguenze di essa: lasciò supporre che l'acquisto di quel quadretto impegnasse in un certo senso San Gennaro.

Vi chiedo indulgenza per questo scarno e logoro faccendiere, non meno devoto di chiunque ai santi del mio paese, nei quali tanta parte rimane della loro lontana originaria umanità, e che perciò gli perdonavano, forse.

O meglio nella stessa casa di don Raffaele entrò la disgrazia; se non erro egli ne fu certo in una notte di febbraio, furono rabbiosi scrosci di pioggia a svegliarlo.

Oppure aprì gli occhi perché d'improvviso, nel vasto letto d'ottone, non si sentì più accanto donna Assunta. Quando si affacciò sul pianerottolo vide un'ombra dileguarsi per la scaletta; prese la moglie per mano e rientrò.

La sveglia, sul comodino, segnava le tre.

Debbo imparzialmente riferire che fino all'alba don Raffaele, seduto sul letto, singhiozzò senza ritegno. Donna Assunta non aveva detto, e non disse, né sì né no; aspettava tranquillamente, difesa dalla sua soverchiante bellezza.

Infine don Raffaele si alzò e si vestì. Riempiva una valigia degli abiti e dei falsi gioielli della moglie; frattanto le parlava come da un fossato.

«Questo è l'unico mestiere per il quale non mi sento disposizione» diceva.

Poi divenne lezioso. Le si inchinava, faceva gesti da maestro di cerimonie, con passi di ballerino andava e veniva dall'armadio alla valigia, sventolando le accese camicette di donna Assunta. Diceva:

«Chi è stato arrotino e pescivendolo? Chi ha vestito i morti e spogliato i vivi? Ma c'è mestiere e mestiere, signora mia».

Si assestò la valigia sulle spalle e andò a cercare un'autopubblica; quando donna Assunta vi si fu allogata col suo regale corruccio, egli disse all'autista: «Dove la signora desidera» e rientrò mormorando altre desolate gentilezze.

In casa, il dolore gli mise i pennelli in mano. A questo volevo arrivare: al quadretto votivo che don Raffaele dipinse non appena cominciò a sentirsi vedovo ed orfano di donna Assunta, non appena le pareti cominciarono a dissolversi, lasciandolo solo al centro del mondo con i pennelli in mano. Se ne parlò per anni da Port'Alba a Capodimonte, di questo inconcepibile *ex voto* che rappresentava San Vincenzo nell'atto di sviare dal capo di don Raffaele, sotto una dirotta pioggia di febbraio, un clamoroso paio di corna. Istupidito dalle sue sofferenze, don Raffaele si inginocchiò ai piedi del parroco, gemendo.

«È un miracolo come un altro, padre, perché non posso renderne pubbliche grazie?»

Finì per appendere il quadretto a una parete della sua stanza, e vi accendeva il lumino. Invecchiando, sempre più si intontiva. Rammento di averlo veduto spesso, a tarda sera, nella pizzeria di Port'Alba. Si sedeva al tavolo più vicino al forno; e da quel fulgore di brace, da quel commovente odore di pane i ricordi della giovinezza gli arrivavano a folate, come da un incensiere.

A Montevergine

Il Santuario di Montevergine sorge sul monte Partenio nella feracissima Irpinia, sta come un'arca sul mare dei castagneti e delle selve che gli ribolle intorno. Forse l'antica Madonna a cui è dedicato scosta ogni tanto da sé, come un'indocile onda di capelli, quella vegetazione irrompente: poi composta e soave ricomincia a specchiarsi nel suo Bambino, mentre i domenicani del convento vanno e vengono sulle bianche terrazze per escogitare la formula di una nuovi preghiera o di un nuovo liquore. La Madonna di Montevergine, detta «Mamma schiavona» perché si tratta di un'immagine bizantina delle più olivastre, è veneratissima a Napoli; un suo quadretto sorveglia ogni letto matrimoniale. Essa ebbe il sopravvento perfino in una zuffa al vico Carminiello, quando un suo irriducibile sostenitore si misurò con un animoso devoto della Madonna di Pompei, fratturandogli tre costole: il dissidio fra i due uomini si acuiva da anni: «Per le note ragioni» disse semplicemente don Pasquale Angarella e colpì.

L'antivigilia di Pentecoste e in settembre i napoletani del mio tempo andavano in pellegrinaggio a Montevergine. Quelle erano le olimpiadi dello sfoggio. Poveri e ricchi ostentavano per l'occasione facce vestiti e sentimenti di gala, ciascuno ideava un proprio meraviglioso ritratto a cui si manteneva fedele su tutto il percorso. Ricordo certe bottegaie del centro, vaste solenni e sfarzose come cattedrali: col filo di perle che a multipli giri pesava sul loro petto avrebbero potuto sbarrare via Caracciolo, le orecchie sanguinavano straziate dai massicci pendagli, le dita allargate e rigide per lo spessore degli anelli splendevano come borchie sugli orli delle carrozze, i riflessi di brillanti guizzavano, nella corsa, sulle groppe dei cavalli. Ah, i veicoli che trasportavano i napoletani a Montevergine; calessi, vittorie, landò, giardiniere, tiri a quattro e tiri a sei, carri e carrette, birocci, diligenze perfino; e non sono sicuro che qualche audace non viaggiasse su una sola e spoglia ruota semovente, come la Fortuna. Un odore di cuoio pregiato riempiva i cortili ed eccitava gli animi; sacchetti di biada e carrube, fruste, morsi, paraocchi si vedevano sulle soglie, vigilati da truci ragazzi che ogni tanto passavano un panno di lana sulle cinghie e sulle catenelle per eliminarne un impercettibile punto opaco, o sonnecchiando pregustavano la polvere e il vento della via provinciale. I cavalli agghindati come spose si voltavano a sbirciare il fasto del veicolo, tutto cuscini e merletti; don Luigino Gargiulo impartiva agli animali una esperta carezza e diceva agli amici: «Li ho presi morelli anche quest'anno. Bianchi e grigi i cavalli non servono a niente perché non vi risalta la schiuma. Quanto alla vettura, mi appello a voi. È o non è una bomboniera?».

Don Luigino era "squarcione", ossia vanitoso e smargiasso, quanto era guantaio in via Guantai: da più generazioni e senza rimedio. Suo nonno era morto allo «Scoglio di Frisio» in una gara a chi mangiava più spaghetti; suo padre aveva dilapidato una fortuna in quindici giorni di baldoria a Capri, fra signoroni che però avevano fatto pervenire il loro biglietto da visita quando egli si era impiccato nel retrobottega; dovunque ci fosse da agire in modo stentoreo e superlativo, più o meglio degli altri, l'ultimo dei Gargiulo si faceva largo tra la folla e agiva. Il pellegrinaggio a Montevergine era la sua grande giornata. I veicoli si adunavano per la partenza al Ponte di Casanova, tra siepi di gente che applaudiva senza riserve mentali, come se i vari sontuosi Gargiulo trionfassero in rappresentanza di ognuno. Solerti emissari di don Luigino diffondevano notizie sconvolgenti; che il manico della sua frusta era d'oro zecchino, che autentiche piume di struzzo adornavano le fronti dei cavalli, che i sonagli erano di puro argento. Come per convalidare tutto questo, don Luigino, frenando con una sola mano l'impeto dei cavalli, gettava con l'altra, ai due lati della carrozza, manciate di confetti o di garofani o di spiccioli. Una piramide di scugnizzi attorcigliati come mazzi di anguille si formava istantaneamente nei punti in cui cadevano il denaro o i dolciumi. Lasciata la città, don Luigino liberava da appositi cesti uno stormo di colombi viaggiatori, che si precipitavano verso il rione San Giuseppe per rassicurarlo sulla sorte del suo grande figlio; frattanto i "cafoni" lo guardavano dal ciglio della strada, lasciando che le mosche entrassero nelle loro bocche spalancate. Nelle soste a Cimitile e a Mercogliano don Luigino Gargiulo dava altri saggi della sua munificenza, devolvendo mance principesche ai camerieri dei ristoranti in cui si degnava di assaggiare un boccone di magro (la tradizione commina gravi e immediate sanzioni divine a chi mangia carne o grassi prima di salire al santuario), o rompendo piatti e bicchieri al solo scopo di pagarli, o adottando un orfano come fece nel 1919.

Si iniziava l'ascensione nella notte del sabato per arrivare in vetta col primo sole. Sulle rampe della montagna i pellegrini di lusso come il guantaio Gargiulo si confondevano con la povera gente, dovevano spesso cedere il passo a cortei di infelici che sollevavano come stendardi i loro malati incurabili e procedevano incitandoli con furibonde preghiere. I cavalli si impennavano fiutando quei cenci e quel dolore. «Mamma schiavona, perdono e pietà» gridavano certe donnette, vecchie come i sassi, sfregiate dai riverberi delle torce, inferocite dagli aspri aromi della boscaglia, correndo verso la Madonna come per linciarla. L'ultimo e più ripido tratto simulava, con dodici cappellette equidistanti, le stazioni del Calvario; malati e dolenti lo percorrevano strisciando sulle ginocchia; la ghiaia si arrossava di sangue e di sole, era l'alba ormai. Sul piazzale foglie e fili d'incenso fuggivano nel vento: i mazzi di noccioline infilate trepidavano sulle bancarelle, frammenti di ostia staccatisi dalle stecche di torrone si impigliavano nei capelli delle donne, gli esili getti di una fontana si spezzavano e si riannodavano continuamente, don Luigino Gargiulo appressatosi alla cappella delle elemosine ritrovava se stesso per gettare al di là dell'inferriata, sul pavimento cosparso di monete, il suo più bell'anello.

Qui ebbe inizio la sua rivalità con il grossista di pellami don Eugenio Caputo; e fu quando costui, rendendosi conto dello stupore suscitato nella folla dal gesto del Gargiulo, strappò alla signora Caputo una stupenda collana e le fece seguire la stessa strada dell'anello. «Complimenti» disse acre don Luigino. «Non c'è di che» rispose don Eugenio; le dita della signora Caputo, strette su una sbarra dell'inferriata, si erano fatte bianche come la tonaca del frate che, da poca distanza e senza levare gli occhi da un suo libriccino, nulla aveva perduto della scena. A Nola, sulla via del ritorno, i due "squarcioni" mangiarono nella stessa trattoria. Il fior fiore della "squarcioneria" gremiva il locale; ma, come in tutti i drammi, uno solo poteva essere il protagonista. Don Luigino lasciò che don Eugenio chiedesse, per sé e per la sua piccola corte, i cibi più insigni: poi chiamò il cameriere e gli espresse svogliatamente il desiderio di un semplice panino imbottito. Possibile? Sì, confermò don Luigino, voglio quell'uccelletto fra due crostini. Additò con suprema degnazione una gabbia sospesa al muro; corrugò le sopracciglia e attese. In un sepolcrale silenzio il proprietario della trattoria sopravvenne e disse:

«Ma è un uccello cantatore, eccellenza».

«Non metto in dubbio. Conto a parte per la voce: mille lire» ribatté con leggiadra pazienza don Luigino.

Sospirò e aggiunse:

«Gli eravate affezionato? Vi capisco. Diciamo altre mille lire per il sentimento, e vi raccomando la cottura».

Con duemila lire allora si comprava un palazzo. Don Luigino mangiò senza distogliere gli occhi dalla gabbietta vuota, il suo volto esprimeva un'irritante malinconia, era perfino bello in quel momento. Tutta Napoli, l'indomani, avrebbe discusso il suo gesto; ma con che risultato? Lo "squarcione", come ogni mito, incanta per il suo mistero; lo si ammira, non lo si interpreta. Senza volerlo, soggiogato forse, don Eugenio Caputo cedette il passo, sulla soglia, al trionfante antagonista. Ma si riprese nella "arretenata" al Ponte della Maddalena, sorpassando di poco don Luigino nella frenetica galoppata per il rituale premio alla carrozza più veloce. Si sa come vanno a finire queste cose. Qualcuno disse che don Eugenio aveva tagliato la strada a don Luigino; i cavalli sudavano sangue e schiuma; un isterico grido femminile impaurì i due uomini e li rese feroci. Non occorrono particolari; si aspetta un'autoambulanza che raccolga don Luigino e questo è tutto. Suona mezzanotte; la città in festa sembra consumarsi nella luce delle lampade e degli astri; i gitanti di Montevergine concludono la giornata sorbendo "spumoni" da Targiani o al Gambrinus. È destino, sotto questo cielo, che i piaceri si scontino duramente; ormai anche gli ultimi traballanti carretti sono rientrati, il solo don Luigino Gargiulo è fermo al Ponte della Maddalena: "squarcione" in vita e in morte egli oggi ha deciso di pagare per tutti.

Lo sberleffo

A Napoli vige il "pernacchio". Questa è una parola del dialetto, un termine onomatopeico dopotutto e vagamente guerriero, che fa pensare all'urto di una sciabola su un gambale. In realtà il "pernacchio" non è che un congruo sberleffo, ottenuto mediante specialissimi accostamenti delle labbra alle dita o al palmo o al dorso della mano, con emissione di fiato che ha varia forza e varia durata, secondo i propositi dell'esecutore. Chiedo scusa. Non converrebbe parlare del "pernacchio" se esso cominciasse e finisse nella sua innegabile trivialità; se non fosse, come credo, redimibile e trascendente. Il celebre virtuoso di sberleffi don Pasquale Esposito, notissimo fabbricante di fruste per cavalli nel rione Pendino, riuscì infatti, mancandogli la forza di modulare l'ultimo e il migliore dei suoi "pernacchi", a raffigurarlo: si può dire che egli lo rappresentò graficamente, si può senz'altro dire che lo scrisse.

Ritengo che per sapere che cosa è un vero sberleffo, uno sberleffo aulico e tuttavia moderno, personalissimo, innovatore e al tempo stesso rispettoso della tradizione, bisogna aver conosciuto don Pasquale Esposito. Era un uomo immenso, alto e adiposo al punto che qualcuno disse di lui: «Si circonda da ogni lato». Era sferico e taciturno; muto, letteralmente muto per chi non sapesse leggere nelle luci e nelle ombre del suo volto di eunuco, largo e sidereo come la luna. Don Pasquale non capiva che bisogno ci fosse di ricorrere alla parola quando con impercettibili movimenti, con avarissime contrazioni della faccia, e con sberleffi, si poteva dir tutto. Io gli debbo, Dio mi perdoni, la mia non poca scienza in fatto di sberleffi. Da lui appresi che c'è sberleffo e sberleffo. Per esempio il "pernacchio" non è la "pernacchia". Il primo può essere forte o debole, lungo o corto, massiccio o sdutto, aquilino o camuso: ma è sempre maschio, ma è costruttivo e solerte, ma insomma lavora. La seconda è molle e pigra; tumida, bianca, sdraiata, è come un'odalisca sui tappeti: femmina, basti dire, uno sberleffo che don Pasquale usava solo nei casi irrilevanti, per esempio in risposta a un'intimazione di pagamento dell'affitto, se non delle imposte, o quando un cliente gli faceva notare che il manico di una frusta non era sufficientemente tornito, e a lui mancava l'animo di rispondere con un brusco: «Non so che farci».

Don Pasquale Esposito era "figlio della Madonna", nel senso che della sua nascita non si sapeva nulla: aveva pochi giorni quando una sconosciuta lo depose sulla "ruota" del convento dell'Annunziata, tirò il cordone del campanello e con un fruscìo di gonne e di pianto scomparve. A dieci anni fu richiesto da una ricca signora, che credette di identificare in lui il figlio illegittimo dal quale si era divisa proprio nel giorno in cui le monache avevano raccolto il futuro fabbricante di fruste; per qualche tempo costui visse negli agi, assaporando rari cibi e rari affetti; poi successive indagini stabilirono che la donna si era sbagliata di bambino, il trovatello riguadagnò l'ospizio e di là rivolse alla sorte, non ne dubito, il suo primo memorabile sberleffo. Diventato uomo, l'Esposito dovette convincersi che non usufruiva di nessuna speciale attitudine; quanto alla fortuna, che generalmente surroga l'ingegno, s'era già visto. Fu un pessimo barbiere, inabile nel radere guance e incapace di suonare strumenti a corda; una botteguccia di legna e carbone gli prese fuoco in piena estate, quando cioè non era neppure il caso di utilizzarne un po' di brace per riscaldarsi; nel «gioco delle tre carte», col quale, come gestore, ci si può sempre rifare, donne e bambini lo imbrogliarono perché era di mano pesante; come vetturino si affezionò al cavallo e per non svegliarlo rifiutava i rari ingaggi che capitavano dopo lunghe ore di posteggio; infine, a trent'anni, fu sommerso dall'adipe benché si nutrisse quasi esclusivamente di foglie di lattuga, e fingendo di fabbricare fruste (al solo scopo di salvare le apparenze, o perché si sapesse dove trovarlo) visse dei suoi impareggiabili sberleffi.

Individui di riguardo, talvolta anche rinomatissimi "guappi" si affacciavano nella bottega per dirgli:

«Veniamo a prendervi alle cinque in punto, c'è il discorso politico al Rione Amedeo».

Oppure:

«Possiamo contare su di voi, don Pasquale, per la lirica al Mercadante?».

Lo portavano sul luogo in carrozza, preservandolo da ogni scossa, come si porta uno Stradivario nella custodia. Un sostenitore di Porzio nelle elezioni di quegli anni, avendo uno sberleffo di don Pasquale ridotto al silenzio il candidato avverso (la cui fazione fu la prima ad applaudire cavallerescamente colui che esprimeva con tanto vigore e con tanta virtù il suo dissenso), gli si inginocchiò davanti e gli baciò le mani. Ah gli sberleffi di don Pasquale Esposito, la loro gamma infinita, il loro registro e le loro modulazioni. Egli aveva lo sberleffo totale, di petto, squassante, che lacerava l'aria avventandosi sulla terra e sul mare; ma aveva altresì lo sberleffo sottile e variegato, di testa, lo sberleffo a proposito del quale si potrebbe scrivere, come per il canto dell'usignuolo: «Era un tema di tre note...» e continuare per due pagine; inoltre aveva lo sberleffo affermativo e quello negativo, lo sberleffo tragico e quello comico; aveva lo sberleffo eseguito con le sole labbra, più interiore e più lirico, remoto e denso, che liberava come un fluido la sua carica di emotività e di inespresso; aveva lo sberleffo che dichiara e lo sberleffo che allude; aveva lo sberleffo che enunzia per sommi capi e quello che minuziosamente racconta; aveva sberleffi sostantivanti e sberleffi aggettivanti, aveva lo sberleffo come si ha il genio, senza limiti di volontà e di rappresentazione.

Sorprende che un uomo simile traesse guadagni da questo suo unico ed esemplare talento? Gli porgevano il compenso in busta, come si fa coi medici e con gli avvocati; quando passò a Labriola, dal rione Stella gli mandarono cacicavalli e galline. Don Pasquale Esposito continuava peraltro a fabbricare fruste nei ritagli di tempo, tacendo puntigliosamente, come se gli spessi tappeti di segatura della sua bottega avessero propaggini nella sua anima oziosa: era contento del suo stato? Godeva o soffriva i suoi magistrali sberleffi? Si voleva bene o si aveva in uggia don Pasquale? La verità è che egli, barricato nel suo grasso, chiuso nei suoi pesanti silenzi, piangeva e chiamava la madre. Quest'uomo sterminato, dagli incalcolabili volumi, pieno di meandri come un antico edificio, non era mai cresciuto: la sua sostanza, il suo nucleo rimanevano puerili, non più concreti di quando lo avevano deposto in fasce sulla "ruota" dell'Ospizio. «Mamma» invocava don Pasquale come i bambini di un anno. Se la raffigurava piccola e nera, stranamente piatta, come in un dipinto: confluivano in lei, agli occhi di don Pasquale, tutte le figure delle Madonne riverite a Napoli, da quella del Carmelo a quella di Pompei; la notte, quando il sonno infine lo rintracciava, egli aveva appena collocato in una cornice sacra, fra cuori d'argento, l'immagine della sua presunta madre. Don Pasquale la cercò finché visse; per decenni attese un'impossibile rivelazione dalla Superiora dell'Annunziata, si rivolse perfino a un avvocato. Costui effettuò indagini e pubblicò appelli: fu una pratica onerosa, che assorbì la maggior parte del denaro con cui gli intenditori degli eccellenti sberleffi di don Pasquale lo ringraziavano di esistere. Deduciamone che alla base di ogni vera arte sta sempre il dolore; molti si domandarono che cosa fervesse, d'amaro e d'ineffabile, negli sberleffi di don Pasquale Esposito: ed era il pianto di un bimbo in una culla inerte, mancante delle dita che, muovendola, vi conciliano il sonno e la fatica di crescere.

Don Pasquale toccava i quarant'anni quando il grasso gli arrivò, come si dice, al cuore. Fu messo a letto; e solo allora parve che Dio si ricordasse di lui. Giunse trafelato il legale, con la grande notizia (risoltasi poi ancora una volta in un errore) che una probabilissima madre di don Pasquale era stata scoperta a Ferrara. La donna già viaggiava per Napoli; forse quella sera stessa il moribondo avrebbe potuto vederla. «Arriverò a stasera, dottore?» domandarono gli occhi annebbiati di don Pasquale. Ma qualsiasi risposta si rese superflua: in quel preciso momento cominciò l'agonia, il grasso correva ormai verso l'infantile, irrisorio cuore del nostro virtuoso di sberleffi.

Non fu una cosa lunga; comunque vale la pena di accennare agli estremi istanti di don Pasquale. Ritenendo che non sarebbe stato facile captare un battito cardiaco, o del polso, in quella montagna di adipe, il sanitario che doveva constatare la morte accostò alla bocca dell'agonizzante uno specchietto. Ciò coincise col definitivo alito di don Pasquale, che appannò vagamente, in modo stranissimo, il cristallo. Erano piccoli cerchi opachi, intersecati da linee e da punti, sfumanti e arcani; erano segni non casuali, erano i simboli di un messaggio, le parti di un ideogramma. Questa fu l'opinione degli astanti, cabalisti di fede: che taciturno come sempre, e più ancora impedito dai sintomi della morte, don Pasquale si fosse avvalso dell'ultimo respiro per "scrivere" sullo specchietto un formidabile, supremo "pernacchio" alla vita che lo abbandonava. E così la penso anch'io, veramente.

La mostra

Natale, a Napoli, è la più lunga festa dell'anno: comincia fin dagli ultimi giorni di novembre, forse col primo sbattere di un'imposta aggredita dal vento di terra, quando alla madida luna delle notti di scirocco subentra improvvisamente quel gelo pulito e fermo, di cristallo, che denuda gli astri e le montagne, non senza far dire al fruttivendolo don Aniello Scala: «Ci siamo, Concerta, prepara i lumi e il *braciere*». Come è precisa e sincera Napoli in quella atmosfera da presepe, come è naturale, come è nel giusto punto tra felicità e mestizia. Il netto rilievo degli edifici che rotolano in disordine dalle colline determinando tali alterazioni di prospettiva che una villetta sembra portare sulle spalle un palazzo. Il sonno dei giardini, fra muro e muro; l'acqua nelle vasche lucida e innocente come la sclerotica dei neonati. Le rampe i *gradoni* i fondaci che si delineano minuziosamente, spigolo per spigolo, come un lavoro di intagli appena smerigliato.

Si ha, davanti a tutto questo, l'incerto stato d'animo e la vaga ansia di chi, chiamato al telefono da una città lontanissima, aspetta di conoscere una notizia che potrà rallegrarlo o affliggerlo; invece è soltanto cominciato Natale, nient'altro può verificarsi, il fatto nuovo consiste per don Aniello Scala nell'allestire (previa lucidatura dei lumi e del *braciere*) la mostra natalizia della sua frutta; allo stesso modo che per qualsiasi altro abitante del vicolo l'appassionante interrogativo è: come se la caverà quest'insigne fruttivendolo?

Sono tentato di credere che il mio don Aniello ci pensasse per tutto l'anno alla sua mostra. Rannuvolatosi e spentosi l'oro di ottobre, la ruga che incrinava la sua altissima fronte si approfondiva, scacciandone i grigi capelli; oserei dire che sanguinava, forse non era che la cicatrice della precedente mostra natalizia, quella ruga; Don Aniello impigriva sulla soglia della vecchiaia e della morte, vi si era seduto e vi prendeva il fresco, cioè non saprei in quale altro modo informarvi che era tisìco fin da quando, trent'anni prima, lo avevano dispensato dal servizio militare: per impedire che le ferree dita del morbo lo strozzassero nel sonno, egli soleva alzarsi alle tre del mattino e passeggiare canticchiando nel vicolo finché il sole spuntava per rassicurarlo. Nel 1912 don Aniello aveva anche agonizzato; arrivarono i Sacramenti, al suono del campanello d'argento che faceva stramazzare in ginocchio le beghine come davanti alla mannaia; ma egli dichiarò che non c'era fretta e chiese fagiolini al pomodoro: una minestra fuori stagione, una voglia. Qualche mese dopo sposò la giovane Concetta Abbate; insieme si recarono dal celebre tisiologo Cardarelli, che interessatosi al fenomeno definì irrisoria la superficie tuttora efficiente dell'unico polmone sul quale potesse contare don Aniello. «Sarà piccolo, ma è faticatore» osservò l'indomito fruttivendolo, accettando quella diagnosi come un elogio e senza chiedere altro alla scienza. Il tempo ricominciò a passare, la stagione delle mele rosse apoplettiche, da lucidarsi con la manica, dietro quella dei fichi biondi striati di bianco, adulti e sensuali, da esporsi in simmetriche piramidi ed evocanti merende sull'erba dei Camaldoli, i cartocci di tumido prosciutto spalancati al sole. Col filo di respiro che Dio gli elargiva don Aniello baciava la sua bella moglie per curarsi l'insonnia e quando aveva finito usciva a canticchiare nel vicolo, pensando (ne son certo) alla mostra di Natale; d'altro non si compose quest'uomo se consideriamo che di anno in anno ben quattro creaturine gli morirono regolarmente nel mese delle albicocche e si vuole ammettere che la sua mostra natalizia di frutta non fu mai superata, per sontuosità e stile, in tutta Napoli.

Un architetto e un pittore affioravano dalle profondità di don Aniello mentre la signora Scala preparava i lumi e il *braciere*. Bisogna aver visto, a Napoli, una mostra natalizia di frutta. Non essendovi più limiti all'occupazione di suolo pubblico, la mostra esce dalla bottega e s'avvia. Dove finisce, finisce. Può essere un anfiteatro, coi suoi stalli di cachi di melagrane di arance, col suo podio di meloni di fichi d'India di ananas, col suo pulvinare di mandarini di sorbe di mele; oppure può essere un tempio, col suo altare maggiore di nespole e di pere, con le sue navate di castagne e di noci, con le sue colonne di fichi secchi e di uva, con i suoi *ex voto* di datteri e banane. La mostra natalizia di don Aniello era poco meno che un monumento alla frutta, e come tale costituiva il risultato di uno sforzo artistico e organizzativo. Per giorni e giorni don Aniello scaricava ceste colme nella bottega; poi vi si rinchiudeva per lavorare al nucleo essenziale dell'esposizione, le cui estreme propaggini si sarebbero infine diramate oltre la soglia nel vicolo; quanto faticasse il suo strenuo frammento di polmone soltanto il professor Cardarelli avrebbe potuto stabilirlo. Donna Concetta lo aiutava raccattando qualche mela caduta, o non lo aiutava affatto, come nessuno avrebbe potuto veramente aiutare Cellini mentre eseguiva il getto del *Perseo*. Essa aveva amato don Aniello, nessun dubbio su ciò. Non si può reggere al remoto rumore delle ossa di un tisico in un letto nuziale (sembra di sentir battere con le nocche al legno di una bara, non si può reggere) senza volergli bene. Quella sua irrevocabile volontà di vivere, una ostinazione più umana e maschia di ogni altra, piacque a donna Concetta e continuò a piacerle, fino al momento in cui il solito carro bianco si portò via il loro quarto bambino. Da allora commise stranezze: non volle saperne del lutto, ritagliò da un giornale la fotografia di un gatto soriano e la tenne per molto tempo sotto il cuscino, si levò l'anello nuziale e lo mise sotto la campana di vetro di Sant'Antonio, taceva e guardava il marito come per dirgli: «Avvertimi quando stai per parlare se non vuoi che io sobbalzi e gridi». Ma anche per l'ultima mostra di Natale che gli vide allestire gli preparò i lumi e il *braciere*. Perché, pronta che sia la mostra, bisogna vegliarla. Una mostra natalizia di frutta non è un lavoro che si possa disfare la sera e ricomporre la mattina. Addormentatosi il vicolo don Aniello mandava a letto la moglie, accendeva i lumi ad aœtilene, sceglieva, per collocarvi il *braciere*, un punto strategico dal quale fosse possibile tener d'occhio anche il più lontano cestello, e vegliava la sua creatura.

Conoscete le notti che, a Napoli, precedono Natale? Conoscete il *braciere*? Quell'aria chiara, autentica, giovane come Dio lasciò detto al vento di terra, o tramontana, che la rifacesse ogni tanto; gli spazi vuoti fra le stelle che si allargano per accogliere le eventuali preghiere dei vicoli, o per consentire il passaggio della cometa annunziatrice; e il *braciere* è uno scaldino d'ottone dall'orlo levigato e tenero per chi voglia poggiarvi i piedi, pieno di ammiccante cinigia, favorevolissimo ai pensieri. La sera del 19 dicembre 1920 don Aniello pensò che il freddo era pungente e che sua moglie si era forse scoperta nel sonno. Valeva la pena di salire a rimboccarle le coperte?

Non decise niente, si riconsegnò anzi ad un altro pensiero, quello dei figli perduti. Il *braciere* ha il calore lungo e dolce di una cara guancia, è proprio fatto perché padre e figli vi si sfiorino bisbigliando. "Quanti anni avrebbero ora i bambini?" pensò don Aniello; e d'improvviso, senza rimettersi le scarpe, si alzò. Nel vicolo c'era una luna abbagliante e muta; scalzo appunto come la luna e non meno diafano, il migliore dei fruttivendoli ritenne di poter momentaneamente lasciare incustodita la sua mostra natalizia, per assicurarsi che donna Concetta non si fosse scoperta. I suoi timori ebbero una clamorosa conferma. L'altro, chiunque fosse, si salvò riguadagnando dalla finestrella il cortile. Don Aniello, del resto, non si trattenne a lungo. Seduto sulla sponda del letto aspettava che gli tornassero le forze per andarsene.

«Perciò mettesti l'anello sotto la campana di vetro» disse. «Non aver paura, lo so anche che cosa ti manca e tu sai che lo so.»

Donna Concetta non poté impedirsi di rivolgergli uno sguardo interrogativo.

«Un bambino che resti, un vero bambino vivente» disse don Aniello.

Ridiscese. Niente di nuovo in bottega, oppure c'è qualcuno? Il passo di don Aniello fa impercettibilmente dondolare i festoni di uva, la sua allampanata figura intercetta per un attimo la luce che batte sugli impeccabili versanti di frutta. Qui una torre di mele cianotiche, là uno spalto di mele rugginose, del mesto colore che hanno in questo momento i pensieri di don Aniello Scala. Una magnifica esposizione natalizia, se ne parlerà a lungo. C'è anche una vaschetta costruita con noci di cocco; domani, prima di iniziare le vendite, essa avrebbe cominciato a funzionare, emettendo un esile ma effettivo zampillo. Senonché a un frammento di polmone non si può chiedere più di quello che può dare. Don Aniello ha appoggiato i piedi sul *braciere*. Si assopisce, o quel che è. Nelle magiche notti che a Napoli precedono Natale tutto è possibile: la parte migliore di don Aniello Scala sa dove deve andare e ci va; la sua memorabile esposizione di frutta esce interamente dalla bottega, lo segue.

Il cappone

Viene il quindici dicembre e don Antonio, l'avvocato Carraturo, pensa: "Purché siano capponi". Napoli da qualche settimana si è fatta di smalto; perfino i Gradoni di Chiaia, dove questo piccolo uomo di legge (un nano anche d'aspetto, non solo forense) ha studio e casa nello stesso bizzarro "quartino", sono lucidi assorti come in un medaglione, sembrano salire e scendere nella memoria invece che fra Chiaia e Santa Teresella degli Spagnoli. Il cielo, a cui i venti del nord conferiscono una limpida superbia, si è allontanato dalla città e finge di non conoscerla. Precipiterà sui tetti al primo soffio di scirocco e ai primi rivoli di pioggia versati con la guantiera: servo vostro, eccomi qua. La gente è d'improvviso raddoppiata nelle vie; fra poco le "bancarelle" scacceranno ogni veicolo da Toledo: a Natale, Dio si fa uomo proprio perché gli uomini, nobili o straccioni, si impadroniscano di Napoli eliminandone tutto quello che non è «pasta reale», zampogna, baccalà, bengala, capitone, presepio, cambiale, mandarino, speranza, pignoli, numero del lotto e cappone. L'avvocato don Antonio Carraturo vede dalla sua finestra al terzo piano i Gradoni di Chiaia affollarsi (chi scende e chi sale, un confuso altalenare di figure, sì no sì no, che accentua i suoi timori) e pensa: "I Toppo di Sparanise o i Chierchia di Nola si ricorderanno certamente di me anche quest'anno. Purché siano capponi...". Ecco il tempo in cui i piccoli avvocati e medici e ingegneri napoletani aspettano il regalo natalizio, l'omaggio, il "pensiero" dei clienti di campagna. Può essere la damigiana di vino torva e sfrangiata per il viaggio, o il provolone nella maglietta di giunco, o il canestro di uva tardiva, o la pettegola sacca di noci, o la flessuosa anfora di sottaceti; ma è più spesso il cappone: solo o accompagnato, grasso o magro, apocrifo o verace è quasi sempre il cappone. Il contadino arriva senza affrettarsi, come la mano di Dio; porta i capponi legati per le zampe o in un cesto coperto da una reticella di spago; dice: «Eccellenza, per cento anni» e guarda la polverosa scrivania piena di ragione e di torto, il telefono bisunto e muto, le pareti medicate con la gomma arabica, i grumi di inchiostro nell'immenso calamaio, il tappeto dagli indecifrabili disegni, ridotto a un velo, a un'anima di tappeto; il contadino teme e ammira queste cose indipendentemente dal loro stato: lasciatelo guardare e riflettere, sono impressioni che forse aggiungeranno fichi secchi e mazzi di sorbe ai capponi di un altro Natale, sono impressioni che un'accorta strategia può e deve ribadire prima che un soffio di vento entri dal vetro rotto della finestra e le smorzi. Nello studio e nella casa dell'avvocato Carraturo tutto è stato predisposto per ricevere almeno un cappone di Sparanise o di Noia. I figli minori, Aldo e Luigino, ai quali neppure una visita del presidente del Tribunale impedirebbe di gettarsi contro l'uscio chiedendo pane, sono per qualche giorno ospiti della nonna materna al Vomero. Ernesto, in vacanza dal ginnasio, geme nel corridoio. Non può muoversi; appena i capponi oltrepasseranno la soglia dovrà precipitarsi al più vicino telefono pubblico e chiamare chiamare lo studio Carraturo, in modo che l'avvocato conforti i presunti clienti esclamando: «Rigetto? Ma io vi comunico il pieno accoglimento del nostro ricorso!», o: «Credo che la nostra conclusionale abbia disorientato l'avversario. A cavilli vogliono fare? E noi ce li mangeremo vivi», per poi rivolgere ai capponi un celestiale sorriso dicendo: «Mio caro Chierchia, sono oberato... Come, non venite per la nostra insoluta questione con i Ribera? Gesù, voi avete voluto incomodarvi... Maria! Assunta! Portate il caffè a Chierchia». Allora la moglie e la figlia dell'avvocato entrano con la tazzina sul piatto dall'orlo qua e là dorato. Sogguardano i capponi che il nolano non si decide a porgere, ostentano disinvoltura e stile queste due donne con troppa cipria sul viso e con troppa ansia in cuore. Anime del Purgatorio... c'è dunque la carne per le feste; c'è il supremo brodo che sembra cosparso di sterline, e che esposto al freddo notturno sul davanzale diventerà gelatina; c'è il grasso balsamico, gentile, che accompagna nel ragù i petti dalle fibre delicate, bianche, lunghe come la pace; e infine c'è un cappone da mandare al forno, l'ultimo dei quattro: sarà pieno di quante uova si potranno avere a credito dal salumaio, avrà intorno un paesaggetto di patate, il suo odore busserà a tutte le porte del casamento, dicendo: «L'avvocato Carraturo... sì, lui... anche nel presente e difficilissimo Natale i Carraturo sono all'altezza».

La verità, invece, è che questo infimo legale non si eleverebbe di un millimetro neppure se gli mettessero il Vesuvio, sotto i piedi. I palazzetti di Chiaia, di Montecalvario, di Stella, di Vicaria sono gremiti di professionisti come l'avvocato Carraturo, i quali o non trovano chi dia loro occasione di presentare una parcella o non riescono a farsela pagare; Napoli ha più patrocinatori che litiganti, più medici che malati, più ingegneri che mattoni, più santi che preghiere; quasi sempre, nel mio straordinario paese, la laurea è un momento di calma fra due sicurissime e interminabili risse col bisogno, con la sfortuna, con l'indifferenza o con la pietà della gente. Don Antonio Carraturo non voleva pietà quando riempì come settimo e penultimo figlio la culla dell'infaticabile ragioniere che lo produsse; la pietà propria ed altrui eluse al liceo e all'Università; successivamente, accorgendosi che i suoi futuri suoceri non sapevano da che parte comincia un vero signore, egli annunziò che di qualsiasi dote o corredo per Maria non sapeva che farsene: gli credettero, finalmente, sulla parola. Ora come ora né la moglie, né la primogenita Assunta, né il sedicenne Ernesto, né i piccoli Aldo e Luigino sanno che l'orgoglio dell'avvocato Carraturo, invecchiando, ha perduto molti denti. Don Antonio, all'insaputa di tutti, non di rado transige: in agosto offrì il suo lavoro anonimo a un collega esordiente ma protetto, in novembre ha accettato per quattro soldi, ed esigendo l'onorario anticipato, una meschinissima causa di pretura che ancora gli duole. Nei pressi del Tribunale, l'avvocato è spesso atteso dagli strozzini, i grossi e crudeli padrigni la cui ombra scende su ogni strenuo sorriso come uno spegnitoio e ai quali egli dice con assottigliatissima voce: «Io per il momento vi prego di moderare i termini... provvederò... provvederò entro le ventiquattro ore». Sono giorni in cui le tasse scolastiche di Ernesto, o le spese per il fidanzamento di Assunta, o l'affitto di casa, o la semplice necessità di non rientrare senza mezzo chilo di alici nella borsa, sostituiscono il cielo sul capo e la terra sotto i buchi delle scarpe. Non si è mai abbastanza distesi e addormentati nel letto, poi, da non sentirsi sulla pelle i rammendi e le toppe delle coltri; la più importante lampadina elettrica, quella che illumina ogni sera le mani di Assunta nelle mani del suo eventuale marito, rabbrividisce e si fulmina; il rubinetto dell'acqua deve essere bendato con qualche straccetto, ha una fistola; i parati ridono; due gatti sono stati finora uccisi dai topi in cucina; il pavimento del corridoio s'incurva, sembra aspettare una decisione tellurica, un terremoto che o lo raddrizzi o lo spezzi; ieri don Antonio vide l'ultimo ciuffetto di crini staccarsi dal suo pennello per la barba, e si insaponò con le dita; canticchiò come al solito: «Ditelo voi a questa vostra amica – che ho perduto sonno e fantasia... Le voglio bene, le voglio bene assai»; frattanto il pennello vuoto pareva un moncherino, sanguinò forse nel ricordo del "necessaire" di cui aveva fatto parte, regalo per una spettacolosa assoluzione conseguita intorno al 1928; era l'alba e i Gradoni di Chiaia incominciarono a ronzare.

I capponi di Chierchia significano la tranquillità per le feste; se poi arrivassero anche i Toppo di Sparanise, nonno e nipote, quattro braccia infilate in quattro manichi di ceste... si andrebbe a metà gennaio. Chierchia si congeda, ne tintinnano i mobili, don Antonio aspetta che sia rientrato Ernesto e poi ha una specie di allegro singulto, un riso nervoso che eccita l'intera famiglia. Si passa all'azione. Bisogna improvvisare, sul balconcino, un pollaio; c'è inoltre il problema della crusca e del granturco per nutrire i capponi, essi hanno fame, già i loro becchi tentano i bottoni sulla giacca dell'avvocato che sta osservandoli da conoscitore. Egli li soppesa, gode il velluto delle piume la cui originaria fierezza si è come addolcita per una crisi spirituale, per una conversione; la forza è diventata grazia, in questi polli; don Antonio intuisce la loro carne rosea o cuprea di odalische e la adorerebbe, può darsi: se ne sente (capponi vi voglio bene, vi voglio bene assai) indegno e premiato. Le ore passano. I Carraturo sono oppressi da una piacevole stanchezza; la signora Maria confida a un'amica, per telefono, che i preparativi natalizi la affaticano; la signorina Assunta quasi rifiuta le mani del fidanzato, gli dice: «Figurati, hanno già cominciato a portare i capponi» e lo manda via; la famiglia va a letto presto, effettivamente spossata da una certezza; il solo don Antonio indugia fra lo studio e la cucina. Non può restituirsi ai suoi reali o illusori processetti (da causa nasce causa); il tramestìo che ode ogni tanto sul balconcino gli piace, lo intenerisce, lo impegna. Schiude le imposte, si appressa in punta di piedi allo squintematissimo baule che, protetto da giornali e paglia, ha accolto i capponi. Li ascolta, li spia.

Sui sottostanti "gradoni" la luna sembra voler scendere a Chiaia piuttosto che salire a Santa Teresella degli Spagnoli. Napoli è di smalto. Se si diffondesse un vero silenzio l'avvocato Carraturo sentirebbe, nell'aria fredda e chiara, fremere il vicino mare come lo spumante nel ghiaccio del secchiello. Su quanti balconcini della città i piccoli avvocati, i piccoli ingegneri, i piccoli medici vivono questo momento? Don Antonio stende una mano, passa impercettibilmente l'indice su una cresta mozza. Non vuol dire, non si sa mai: un autentico cappone deve aver perso tutto, perfino il ricordo o la speranza di ciò che poteva essere e non è stato; solo così sarà in regola con il mondo e con se stesso, con la propria vita e con la propria morte. Ai tempi dell'Università, qualcuno (e non il primo venuto) disse a don Antonio: «Carraturo, c'è in voi qualcosa dell'indimenticabile Carlo Fiorante... la passione e l'ironia di cui siete capace...»; e adesso? D'improvviso, è mezzanotte, il cappone che ha rimosso questi pensieri nell'avvocato si arruffa e canta. È un cappone incompleto o nostalgico o matto. Canta da gallo, a voce piena e forte; da altri balconcini innumerevoli falsi capponi sussultano e gli rispondono sì, avventiamoci tutti insieme sulla luna. «Carraturo, c'è in voi qualcosa dell'indimenticabile Carlo Fiorante...» si ripete l'avvocato e sospira. «Chicchirichì» fa il presunto cappone. «Chicchirichì» fa il vecchio cuore di don Antonio.

Il ragù

Da quanti secoli, ogni domenica, come la messa sugli altari, ricorre il ragù sulle mense napoletane? Fin dalle primissime ore del mattino un tenero vapore si congeda dai tegami di terracotta in cui diventa bionda la cipolla ed esala le sue nobili essenze il rametto di basilico appena colto dal vaso sul davanzale: tanto meglio se le aromatiche foglioline erano imperlate di rugiada; il cielo di Napoli presiede anche in altri modi alle sorti del ragù, perché il ragù non si cuoce ma si consegue, non è una salsa ma la storia e il romanzo e il poema di una salsa. Dal momento in cui il tegame viene deposto sul fornello e la cucchiaiata di strutto dubita si commuove e slitta cominciando a fondersi, fino al momento in cui il ragù è veramente pronto, tutto può succedere e può non succedere a danno o a vantaggio di questa laboriosissima salsa che impegna chi la prepara come un quadro impegna il pittore. In nessuna fase della sua cottura il ragù deve essere abbandonato a se stesso; come una musica interrotta e ripresa non è più una musica, così un ragù negletto cessa di essere un ragù e anzi perde ogni possibilità di diventarlo; la persona che per qualche minuto ha l'aria di non occuparsi del ragù a cui accudisce è solamente un virtuoso della sua arte; gli piace ostentare fiducia nei suoi eccezionali mezzi: finge, finge.

Ricordo don Ernesto Acampora, il commerciante don Ernesto Acampora, famoso nel rione Mercato e forse in tutta Napoli per i suoi eccelsi ragù. Ignorerà sempre che cosa sia un ragù d'autore chi non sedette una domenica al desco di don Ernesto. Due parole sull'uomo. Non aveva età e non aveva camicia; o almeno portava esclusivamente, sugli ondosi calzoni marinareschi, una maglietta di spago e uno scapolare dei santi Cosimo e Damiano, che oltre a contenere non so quale reliquia di questi patroni, gli serviva per riporvi residui di sigaretta; era commerciante nel senso che disponeva di un carrettino-bottega, adibito a ogni genere di merci o derrate, secondo il suo estro inesauribile e secondo le immutabili stagioni di Dio: oggi cocomeri o ulive o lupini o fichi d'India o pesce; domani aghi e nastri e rocchetti di filo e dozzinali specchietti e portafogli, quando non si trattava di piedi di porco bolliti o di trecce di zucchero filato o di castagne lesse; in mancanza di meglio don Ernesto Acampora, sempre servendosi del suo carrettino per installarvi gli attrezzi e il materiale indispensabili, affilava coltelli e riparava sedie e ombrelli. Questa sua allucinante attività gli conferiva una indubbia agiatezza e, suggerendogli di attardarsi nei più remoti vicoli della città, presso ogni portoncino o uscio di "basso", lo esponeva a tentazioni amorose che non mancarono di creargli precisi doveri. Don Ernesto Acampora non volle mai saperne di sposarsi. Ebbe, in vario modo, sette figliuoli. Impartì a ciascuno il proprio cognome (con una sola eccezione per Pasqualino, che purtroppo dovette essere attribuito, per intuibili motivi, a un emigrato in America) e appena furono in grado di muovere i primi passi se li portò a casa, dove li allevò imparzialmente la vecchia Acampora. Costei era così vecchia che ogni anno, in Duomo, assisteva come parente di San Gennaro al prodigio della liquefazione del sangue. Ciò la autorizzava, fra l'altro, a insultare il santo; brutta faccia, faccia gialla – poteva dirgli e gli diceva – lo fai questo miracolo? Coi nipoti fu altrettanto perentoria e umana: «cuore mio», «assassino» gridava inseguendoli; se riusciva a ghermirli li baciava e li mordeva su tutto il corpo. Erano due maschi e cinque femmine, ormai grandicelli quando conobbi don Ernesto. S'era fatta una relativa pace, in lui; da anni rincasava senza ulteriori bambini. Ispido e grigio, sfacchinava come sempre; ma la domenica era il suo giorno, il giorno del riposo, della famiglia e del ragù.

Alle sette di mattina ecco don Ernesto Acampora che sceglie il suo pezzo di carne dal macellaio. Sa tutto su questo pezzo di carne, lo identifica a colpo sicuro, come se lo avesse tenuto d'occhio fin da quando esso cominciò a crescere addosso alla bestia. Un pezzo di carne per il ragù non deve essere magro e non deve essere grasso; è indispensabile che abbia cessato di vivere da almeno quarantotto ore; bisogna assicurarsi che il taglio sia stato dolce, che abbia seguito e non contrariato il corso delle fibre o l'impercettibile diramarsi dei nervi. Bene. Don Ernesto ha il suo impeccabile pezzo di carne, scaccia tutti dalla cucina e inizia l'esecuzione del ragù. Non escludo che egli si sia fatto un furtivo segno di croce: libera dal male, Signore, questo ragù. È un lavoro degno di chiunque; Ferdinando di Borbone lo prediligeva, mani di re sono ora le mani di don Ernesto. Egli gradua il fuoco e sorveglia ogni cosa; sente gli umori che si sciolgono, l'acqua che abbandona in vapore la carne e quella che diluisce o assimila i grassi, confortandone il bruciore; sente l'arrosolatura; sente l'attimo in cui col cucchiaio di legno bisogna rivoltare il pezzo di carne, o, con la delicatezza di chi agisce in una viva e sensibile materia, spalmarvi il primo velo di conserva. Qui don Ernesto ha i gesti gravi e assorti di un officiante; egli non cuoce ma celebra il ragù. Uscendo dalla finestra, l'odore del ragù di don Ernesto incontra quello di altri innumerevoli ragù, purissimi o bastardi, se li annette o li abolisce; è un fatto che le narici degli angeli palpitano, il profumo di quel solo supremo ragù li ha raggiunti e persuasi. Ora, immessa la conserva di pomodoro a scientifici intervalli, l'ultima, lunghissima parola è al fuoco e al cucchiaio. Il ragù non bolle, pensa; bisogna soltanto rimuovere col cucchiaio i suoi pensieri più profondi, e aver cura che il fuoco sia lento, lento. Nulla induce alla riflessione come l'accudire a un insigne ragù; anzi poiché siamo a questo, su che cosa ormai medita un uomo come don Ernesto, senza età e senza camicia?

La bianca tovaglia della domenica fra il pane e il vino; lo squillo delle posate; la vecchia Acampora a capotavola con gli occhi fermi e polverosi di un idolo; i commensali nell'attimo di tenerezza che la zuppiera fumante suscita in chi la vede arrivare; il ragù, il rosso aromatico ragù che pulsa nei maccheroni come il sangue nelle arterie: tutto qui, forse? Le domeniche si succedono, incalzano, precipitano; mentre don Ernesto, o chiunque, rimuove il ragù nel tegame, trascorrono anni e anni. Per non dare una matrigna ai suoi sette figli, quest'uomo li privò di sette madri. Crebbero come piante selvatiche; San Gennaro, insensibile ai presunti vincoli di parentela con la vecchia Acampora, non impedì che Mariuccia e Teresa morissero di tisi, che Gaetano si desse alla malavita e ne ricavasse dieci anni di carcere, che Assunta seguisse a Genova un marinaio per poi ritrovare in una casa equivoca Luisella che era partita qualche mese prima con un sedicente tenore.

Restavano Anna, che era deficiente, e Pasqualino. Quest'ultimo aveva una cicatrice in mezzo alla fronte e gli occhi sfuggenti. Quando tornò dal servizio militare finse di non vedere le braccia tese di don Ernesto, gli disse:

«Dato che tu sei mio padre ma contemporaneamente stai in America come Scaiano e non come Acampora, potrei almeno sapere chi è mia madre?».

Don Ernesto rispose perplesso che non se ne ricordava; Pasqualino gli dette uno schiaffo, e fu doppiamente ingeneroso: perché il padre non aveva mentito e perché a modo suo gli voleva molto bene, come a modo suo lo aveva messo al mondo. Il giovane uscì e non fu più visto nel rione Mercato; ma vivo o morto che sia questo impulsivo Pasqualino, chi sa se la guancia di don Ernesto ha finito di bruciare. I vuoti intorno alla bianca tovaglia della domenica sono ora colmati da estranei; la vecchia Acampora, seduta al posto d'onore, sembra scavata nel tufo tanto è vecchia; Anna, la giovinetta idiota, ride stupidamente fissando la zuppiera: e là c'è il ragù.

Può darsi che a ciò pensasse l'ultimo don Ernesto ogni domenica, mentre preparava il suo celebre ragù. Si tratta, ripeto, di un lungo e difficile lavoro, che si esegue fantasticando. Il cucchiaio di legno rimuove nel tegame, con l'impareggiabile sugo, tempo e dolore. Ma il ragù non sarà meno buono per questo, aspettate a giudicarlo.

Gli spaghetti

Visitai e non visitai, in Liguria, un grande pastificio. Per qualche ora il mare mi aveva accompagnato da lontano e da vicino: in certi punti seguiva il treno come uno strascico; visto dai fianchi delle colline, all'uscita di ogni galleria, pareva fissato all'orizzonte e alla riva, senza una piega, con gli spilli. È un mare che amo perché viene da Napoli, ma quassù diventa signorile, perde il suo aspro odore di alghe, di viscidi cesti in cui troppi pesci si sono voltati e rivoltati per morire, di vele in cui ha troppo sudato lo scirocco: oso dire che in Liguria il mare è biondo mentre a Napoli è bruno, altro carattere, altri pensieri, altra forza. Ma sempre mare è, sempre luce consegna, sempre ci si sente, allontanandosene, come la giovinetta quando volta, dopo un'ultima occhiata, le spalle allo specchio e s'avvia. Dunque visitai e non visitai questo grande, grandissimo pastificio settentrionale. Vidi i bianchi edifici, le tettoie, le ciminiere, i cortili, i saloni pieni di operai, le macchine, anzi la macchina che le comprende tutte, la "continua" che riassume l'impastatrice e la gramola, la pressa e la trafila, e dalla quale gli spaghetti escono precisi e completi e ininterrotti come stampe dalla rotativa. Gli spaghetti. (Non so spiegarmi. Fui, di colpo, un veterano quando vede la bandiera.) Ne hanno fatta della strada, pensai, per trovare qui la loro apoteosi, il loro Pantheon. Non erano nel 1912 a Napoli con me? Avevo dieci anni e gli spaghetti stavano in pochi metri di terrazza, su pertiche, ad asciugarsi al sole. Parevano una pianta; nei vicini giardinetti le viti ne ripetevano il motivo; filare dorato aspettami, esco da un supremo pastificio ligure che tu hai scolorito e dissolto, mi voglio rompere il collo per raggiungerti.

Chi entra in Paradiso da una porta non è nato a Napoli, noi il nostro ingresso nel palazzo dei palazzi lo facciamo scostando delicatamente una tendina di spaghetti. Fummo allattati in fretta, mentre cuocevano gli spaghetti; subito le nostre mamme ci staccavano dal seno e ci mettevano in bocca un frammento di spaghetto; prima lo avevano deterso, con le loro labbra, dal ragù: altrimenti si erano limitate a baciarlo. Io pure, cosa lascio ai miei figli, se non gli spaghetti che ereditai? L'importante, dico, è che li adattiate sempre agli stati d'animo e alle circostanze. Non fate mai il passo più lungo della gamba. Spaghetti, sì, ma mettetevi una mano sul cuore: chi siete per volerli alla genovese, o alle vongole, o addirittura impallinati di salsiccia, o bluastri di olive di Gaeta e argentei di alici salate, o screziati di indissolubile "mozzarella" o (per amor del cielo!) al *gratin*? Gli spaghetti che vi lascio sono fulminei e prudenti, spicci e al tempo stesso riflessivi, una improvvisazione e una massima: sono il cibo ideale per chi ha sfacchinato dalla mattina alla sera e non ne può più; sono gli spaghetti all'aglio e all'olio. Chiunque, col cappello in testa e col soprabito sul braccio, miope o duro d'orecchio, contento o disperato, è in grado di prepararli. Mentre l'acqua bolle l'olio frigge intorno all'aglio, un riso crudele su cui dovete spargere misericordiose foglioline di prezzemolo; acconsentite a qualche impercettibile bruciatura di questa subitanea salsa, ne vale la pena perché il perentorio sapore che essa conferirà agli spaghetti assorbe ed elimina ben altre amarezze; chiodo scaccia chiodo, ricordatevene; don Emilio Barletta, fabbricante di trottole al Ponte di Tappia, l'aglio lo faceva diventare nero nel padellino, riusciva così a sopportare perfino le infedeltà di sua moglie, poté rassegnarvisi come a una tassa.

Figli miei, non mettetevi mai a piangere un morto (me per primo) senza spaghetti che puntellino l'ambascia di ognuno, senza un remoto odore di spaghetti che raggiunga e conforti la fiamma dei ceri. Non salse, non grassi: conditeli, per le veglie funebri, di sola ricotta. Al cenno della vecchia zia che appare sulla soglia, il congiunto anziano si asciuga gli occhi, esce impercettibilmente nel corridoio, sguscia in cucina. Sulla matassa degli spaghetti il castissimo triangolo di ricotta splende; l'uomo lo frantuma con la forchetta, tutto è bianco nel suo piatto e nel suo cuore, egli dice grazie, dice siano rinfrescate le anime del Purgatorio e poi sorridendo mangia, con le proprie lacrime, la campagna in cui crebbe il grano che fece gli spaghetti, il sole che li ristorò, la brezza che pettinandoli con dolce pazienza li scisse: mangia perfino, questo dannato don Carmine o don Vincenzo, il secchio nel quale lo scontrosissimo latte si rapprese per trasformarsi in ricotta: lo spettacolo della morte acuisce straordinariamente la nostra sensibilità, costui o pensa adesso che legno è una bara come legno è uno sgabello per mungere, o non ci penserà mai più. Intanto la vecchia ha riempito un secondo piatto; avanti, in ordine di importanza, un altro parente del povero don Peppino. Faccio il mio caso e insisto: per le morti e per le nascite vi prescrivo, figli miei, esclusivamente spaghetti; spaghetti mangiò mio padre nella grande cucina mentre io stavo per vedere la luce (si forbiva ogni tanto i baffi, ci ripensava, tendeva l'orecchio ed esclamava: «Ma insomma, a che punto siamo?»), spaghetti mangerete voi, uno dopo l'altro affinché io non noti le assenze e continui a gelare quieto tra fiori e candele. Siate forti, ragazzi; ossia cuoceteli con molta acqua gli spaghetti funebri, serviteli al dente, buon appetito.

La gente, a Napoli, suppone che gli spaghetti siano antichissimi, spera di averli inventati e si sbaglia. A chi potevano venire in mente se solo i re e la corte sapevano, svegliandosi, che verso l'una avrebbero mangiato? Così gli spaghetti ebbero origine in Sicilia, o in Sardegna, o nello Stato Pontificio. Frattanto i napoletani si nutrivano di verdura, "cime" di rape col pane: anch'io talora ne ho voglia e ne chiedo, deve essere qualche lontanissimo antenato che mi chiama per rimproverarmi. Ricordati, dice, che tre secoli fa gli spaghetti costituivano da noi un lusso inaudito, potevamo concederceli un paio di volte all'anno; ai primi sintomi di carestia se ne vietava la fabbricazione; un mesto proverbio ammoniva: state attenti, gli spaghetti rovinano le famiglie. Ciò mi fu rivelato dall'amico che mi fece visitare il grande pastificio ligure, conoscevano vita, morte e miracoli degli spaghetti in quella sontuosa università. (Vidi nei magazzini uno sterminato paesaggio di lunghi cartocci blu; rifugiarmi per sempre qui con una pentola e con le debite riserve di pomodoro in scatola, pensai, ah perché non decido di farmi, in odio al mondo, monaco di clausura degli spaghetti?) Al mio amico risposi arrossendo che se Napoli ebbe tardi gli spaghetti fu umiltà storica e non fu pigrizia; vinta la timidezza ci si misero poi d'impegno, io infatti nacqui nel tempo in cui da Capodimonte a Posillipo c'erano più spaghetti che malattie o cambiali. Rivedo le grosse bilance d'ottone, coi vasti piatti sostenuti da tre catenelle e per fulcro una discutibile sirena: invitavano a comprare quintali di spaghetti ma potevano pesarne anche pochi fili: erano sincere, amichevoli. Un piatto di bilancia scende col suo mazzo di spaghetti ed è passata un'età, forse la vita. Quanti ne occorrono per il vostro pasto? Noi eravamo una famiglia per "tre quarti" di spaghetti, settecentocinquanta grammi; l'espressione "tre quarti" dovrei farla scrivere sul mio stemma se lo avessi, ci classificava nelle botteghe e davanti a Dio; la sentimmo ripetere per anni fra la tavola e il fornello; spesso il cuore di mia madre non conteneva altro che quelle parole e un pugno di livido sale.

Sì, nel 1912 erano più panorami di Napoli gli spaghetti che il Vesuvio e il mare. L'avvocatuccio rincasava portandoli sotto il braccio, nel fascio di carta bollata; ogni vicolo pareva un refettorio, pieno di creature col piatto in grembo sulle soglie dei "bassi" nelle piazzette ai Ventaglieri, a Sant'Eligio, al Cavone, a Foria, ai Tribunali, a Port'Alba si vendevano spaghetti anche cotti, c'erano giganteschi fornelli all'aperto con pentole che avrebbero potuto contenere il Louvre; «un due!», «un tre!» gridavano i garzoni porgendo i piatti al cuoco e sottintendendo porzioni da due o da tre soldi: chi non poteva saziarsi di spaghetti ne inghiottiva il fumo e gli tornavano egualmente le forze; gli avventori mangiavano col piatto bollente in una mano e la forchetta di stagno nell'altra, addossati agli antichi muri e vedendo palpitare le ombre, al di là del fuoco e dei lumi, come una cara gonna in attesa. Che semplice luogo, che facile gente. Spaghetti o non spaghetti era il dilemma. Le innumerevoli alternative odierne ci straziano, invece, rendono fatale e certo l'errore. Bisogna riaccostarsi agli spaghetti con la pazienza e l'affetto di un tempo. Usciamo dalle astruse cattedrali delle aspirazioni moderne, piene di simboli e di minacce e di paura; restituiamoci senza problemi alla mite realtà degli spaghetti. Essi sono forse l'unica nostra domanda a cui Dio può rispondere ed ha sempre risposto; sì spaghetti, no spaghetti.

«Ne produciamo milleduecento quintali al giorno» disse il mio amico ligure.

Chi lo vide una volta

Non nego, nel mio paese vige la jettatura. Nulla avviene, a Napoli, senza motivo: se alle tre di notte qualcuno canta nel vicolo, è perché soffre d'insonnia o d'amore; se tra la folla un tizio dagli occhi sognanti vi si avvicina più che non occorra, ciò può soltanto significare che gli piace la vostra penna stilografica: ma qualora riesca a trafugarne soltanto il cappuccio (succede) ve lo restituirà dopo aver finto di raccattarlo sul marciapiede, perché non saprebbe cosa farsene e perché non è il caso di danneggiare voi quando non ne derivi profitto a lui; se qualche fosco e lacero mocciosо suppone di divertirsi otturando col palmo della mano una generosa fontana pubblica, in modo da spruzzare acqua fin sugli opposti muri, è perché tre passanti su cinque indossano vestiti nuovi; se i galli che appositi editti municipali interdiscono nell'abitato cominciano improvvisamente a strepitare dietro ogni persiana, questo accade perché il sole sta per irrompere sul suolo e sul mare di Napoli, la quale fu edificata nel punto in cui si trova, a così poca distanza dalle lave dai terremoti dalle pestilenze, semplicemente perché San Gennaro potesse proteggerla da tali sciagure, guadagnandosi una stima e una devozione che sopravviveranno ai suoi altari. Ma dove San Gennaro non riesce? Il muratore che precipita dall'impalcatura, e che una mano divina non immobilizza a pochi metri da terra? Il tram che deraglia per investire e sopprimere don Giovanni Cesarano che aveva appena collocato il tavolino imbandito sulla soglia del suo "basso", e che si accingeva, ritenendo di non essersi mai sentito così bene, a godersi mezzo chilo di spaghetti? Qui ha agito, non si può dubitarne, una diabolica misteriosissima entità, la quale si manifesta a Napoli più clamorosamente che altrove; essa ha i suoi inconsapevoli ma solerti depositarii, i suoi infaticabili impiegati: e uno di costoro fu ai miei tempi, nel rione Avvocata, il gasista don Nicola Angarella.

L'antefatto di un gasista jettatore è quello che è: lo rivela e lo forma, come alla base di un filosofo stanno necessariamente i suoi studi liceali. Non si può non riferire, dunque, che la madre dell'Angarella perdette la vita nell'ultimo e purtroppo riuscito sforzo per darlo alla luce. Al chirurgo che stava per praticarle il taglio cesareo sfuggì di mano il bisturi, producendogli un graffio a una caviglia; benché il ferro fosse sterile sopravvenne la cancrena, e trattandosi di un insigne professore la Facoltà prese il lutto. Il padre dell'Angarella fu avvertito, corse ai Pellegrini e vi si allogò a sua volta, essendosi scontrato, presso l'Ospedale, con un'automobile che ne usciva. Restò sciancato; da portalettere che era dovette farsi lustrascarpe in piazza Salvator Rosa. Pazienza. Il vecchio Angarella, chino sulla sua cassetta, sentiva il tempo arcuargli sempre più la schiena e vedeva le nuvole e perfino i tram riflettersi con piacere sulle lucidissime tomaie che le sue spazzole erano sul punto di licenziare: nulla di incombente (anzi dai giardinetti della piazza arrivavano benevoli sussurri di foglie), tuttavia il vecchio Angarella non si fidava del figlio. Ebbe conferma dei suoi sospetti una mattina che il ragazzo venne a dirgli di rientrare immediatamente, perché in casa si era rotto un tubo dell'acqua; di colpo sulla piazza si spalancò un immenso ombrello di caligine, un vento furioso ghermì la cassetta del vecchio Angarella, la roteò, e come una pietra da una fionda gliela gettò in faccia. Riportarono danni monumenti e case, alberi furono divelti, il solo orfanello restò illeso dove si trovava, pur sempre latore della notizia che in casa si era rotto un tubo dell'acqua. Donna Carmela, la zia che lo aveva allevato, trascurò per qualche tempo ogni difesa; ma quando vide i suoi tre figli ammalarsi, nello stesso giorno, di scarlattina, chiese ed ottenne che il nipote venisse accolto in un Ospizio. Qui i temibili influssi del ragazzo parvero attenuarsi, forse perché agendo su una collettività si suddividevano; spesso, durante le passeggiate domenicali in via Caracciolo o al Tondo di Capodimonte, quella lunga e malinconica fila di bambini indossanti lo stesso sgraziato vestito e nei cui occhi la stessa solitudine metteva un colore di acqua stagnante, d'improvviso trasaliva e si frantumava: il battistrada aveva messo un piede in fallo, tutti gli cadevano inspiegabilmente addosso come birilli, ma Nicolino Angarella rimaneva in piedi, fissando stupefatto il prete che li accompagnava e che, impacciato dalla tonaca e da un istintivo terrore, eri sempre l'ultimo a rialzarsi.

Acqua passata, questa, preliminari: don Nicola Angarella quando io lo conobbi tra irreparabilmente adulto, era ormai completo e famoso come jettatore. Lo si considerava gasista perché la Compagnia dei Gas gli corrispondevi regolarmente un salario e una divisa; ma le sue prestazioni non erano desiderate, per il semplice fatto che non si riuscì a dissociarle dalla sua presenza. Nei primi anni, quando il direttore della Compagnia era un tedesco, don Nicola fu utilizzato successivamente in molti reparti; ma cadde un fuochista nel forno D., scoppiò il serbatoio G., si spaccarono le condutture dell'Arenaccia, e il direttore in persona, occasionalmente salutato dal suo umile operaio mentre pranzava al «Giardino d'Italia», mancò poco che non si strozzasse col tovagliuolo, un lembo del quale si impigliò Dio sa come nel ventilatore. Adibito alla verifica degli impianti privati, don Nicola rese impopolare e nociva la Compagnia. Si noti, qui, che egli non era di aspetto sgradevole. Aveva occhi a mandorla, di un nero un po' torbido, polveroso come quello delle macchie d'inchiostro asciugate con la sabbia; il volto era mite e glabro, la persona smilza; sintomatici in lui non si potevano ritenere che lo sterno d'uccello e le braccia un po' corte. Ma il suo apparire, nelle case, faceva inarcare la schiena ai gatti e ululare d'angoscia i cani; i bambini gemevano e si gettavano deliberatamente dalla finestra o nell'acqua bollente; cornici si staccavano dai quadri e lampadari dai soffitti; don Nicola aveva appena detto a un argentiere di San Biagio dei Librai «C'è qualcosa che non mi piace nel giornale di oggi» quando scoppiò la guerra del 1915. Il direttore tedesco della Compagnia del Gas fece però in tempo a saltare sul treno diplomatico; fu sostituito da un ingegnere napoletano che dedicò tutta la sua attenzione al caso Angarella. Licenziare quell'uomo, che mai aveva demeritato come lavoratore, non si poteva, e sovrattutto non era prudente. Approfittarono di una sua lieve malattia per impartirgli sei mesi di convalescenza; infine gli dissero non senza riguardosi giri di parole che se ne stesse illimitatamente a casa, dove avrebbe ricevuto con regolarità salario e divisa. Mantennero la promessa; due volte don Nicola protestò dolcemente, e due volte gli obiettarono che non doveva preoccuparsi.

«Voi, caro Angarella» gli disse il capo del personale «dovete soltanto volerci bene.»

«Come sarebbe?» balbettò don Nicola; ma aveva capito, tanto vero che uscì a capo chino e non si fece più vivo.

La piazza Salvator Rosa, su cui dava il suo balconcino, era dolce a vedersi; dalle quattro strade che vi confluiscono, le luci del mare e quelle dei colli vi si incontrano e vi si attardano; ma in un punto, presso i giardinetti, don Nicola continuava a fissare, in una cinerea nube, la cassetta che aveva abbattuto il vecchio lustrascarpe: scorgeva le righe di sangue sulla logora sagoma di metallo infissa nel legno perché vi si poggi il piede, e pensava: «Fu come un calcio di Dio». Perché don Nicola sapeva, ormai. Non gli era più possibile ignorare la sua condizione di jettatore; l'atteggiamento della Compagnia del Gas (un ente che egli considerava pari, se non superiore, allo Stato) gli aveva aperto gli occhi: e quando, nelle giornate di Caporetto, il giornalaio rifiutò di vendergli la solita copia del *Roma*, don Nicola disse amaramente:

«D'accordo. Nemmeno a me piacerebbe vedere gli austriaci a Napoli».

In casa afferrò uno specchio e per ore vi si fissò con odio sincero. "Se non è un suicidio questo..." pensava, ma nulla accadde. D'improvviso gli parve che tentassero la maniglia dell'uscio e si precipitò ad aprire. Aveva i capelli irti, un velo di lacrime su tutta la faccia: ansimava dell'inconcepibile speranza che il demone a cui egli senza volerlo obbediva fin da quando non era che un desiderio di forma e di vita nel grembo della madre, finalmente gli si mostrasse. «Voglio amore e non paura... sono stanco, invecchio... eccellenza, congedatemi» gli avrebbe detto inginocchiandosi; oppure gli si sarebbe avvinghiato come sott'acqua, precipitando con lui nella tromba delle scale. Ma sul pianerottolo non c'era che la solita tartaruga, immobile in una tempesta di pulviscolo solare; la voce di una ragazzina che al di là del muro scandiva giocando a palla la filastrocca «Ce ne andiamo per la marina – a trovare la zia Caterina – se è morta o se è viva – se è morta la sotterriamo – se è viva la maritiamo» si interruppe bruscamente, con uno strano rumore di fuscelli spezzati.

Immagino che nessun'altra città abbia avuto, come Napoli ebbe don Nicola Angarella, un jettatore di larga fama che fosse il primo a credere nel suo malefico potere, e che non meno di quanti potevano esserne colpiti lo temesse e lo deprecasse. Vedeva in se stesso un'arma carica: e la maneggiava con estrema cautela, nell'interesse di tutti. Si abituò ad uscire il meno possibile; nelle grandi ricorrenze, come Piedigrotta o il pellegrinaggio a Montevergine, che comportano folla movimento e passioni, rimaneva a letto tutto il giorno, leggendo *La cieca di Sorrento* o *Le due orfanelle*, e sforzandosi di non distogliere il pensiero dai personaggi del libro, presumibilmente immortali, o almeno al riparo da ogni disgrazia non inclusa nella narrazione; l'indomani apprendeva con sollievo che gli inevitabili incidenti di Piedigrotti o di Montevergine erano stati di poco conto e senza vittime.

Don Nicola giustificava l'improvviso pallore dei conoscenti che per caso si trovavano faccia a faccia con lui nelle gremitissime vie del centro; distingueva chi fingendo cordialità si frugava ansiosamente in tasca alla ricerca di un amuleto, da chi brutalmente effettuava su se stesso qualche massiccio irriferibile gesto di scongiuro: ma invece di aversene a male imitava scrupolosamente l'uno e l'altro, con la ingenua presunzione di rendere più efficaci quelle misure. La sua naturale bontà lo costrinse a tener nota, in un quadernetto, dei morti e degli infortunati che il giudizio popolare gli attribuiva: in suffragio dei primi facevi ogni tanto celebrare una messa; ai secondi inviava lettere anonime contenenti piccole somme di denaro. Don Nicola oppose deboli dinieghi a chi lo accusava di aver prodotto, dopo la guerra, la memorabile epidemia di "spagnola" che decimò la popolazione napoletana e che per la verità venne attribuita, negli altri rioni, a jettatori diversi. Forse fu sovrattutto la considerazione che nel suo quadernetto non avrebbero potuto trovar posto tanti morti, a suggerirgli di mantenersi sulla negativa: ma i nomi di jettatori dei rioni Stella, Pendino, Porto, Chiaia e San Giuseppe che venivano considerati a loro volta responsabili della "spagnola" gli ispirarono un singolare e ambizioso proposito. In poche parole: misurarsi con loro, influsso contro influsso; sopprimerli o esserne soppresso; liberare almeno in parte Napoli, le pietre e la gente che amava, dalla jettatura. Ma proprio mentre studiava un complicatissimo piano d'azione, don Nicola Angarella compì cinquant'anni, si innamorò e morì.

L'amore fu per don Nicola fulmineo e tragico come si dice che sia per certi insetti. Nella Chiesa del Carmine c'è una prodigiosa Madonna che ogni anno viene festeggiata con cerimonie religiose, archi di lumini nei vicoli, concerti di strumenti a corda su appositi ornatissimi palchi, e solenni indigestioni di stoccafisso in umido. A tarda sera si effettua «l'incendio del campanile», ossia lo scoppio delle girandole che rivestono per l'occasione la sacra torre. Alle lusinghe di questo spettacolo, che riempie di tumultuosa folla la piazza, don Nicola non aveva mai saputo sottrarsi. Fu un istante, fu come se una mano gli fosse discesa sulla spalla. La donna si sporgeva da un balconcino pieno di volti ridenti: era sulla trentina, rossa di capelli, compatta e bianca. Si chiamava Elvira Cuocolo, lo so perché l'indomani i giornali ne parlarono. Don Nicola si illuse che questa Elvira lo guardasse. L'eccitante odore dell'acetilene nell'aria notturna, densa per la vicinanza del mare, convalidava qualsiasi pazzia. Il campanile incominciò a bruciare. I riverberi multicolori simulavano, sulla pomposa bellezza di Elvira Cuocolo, ora cilizi di seta, ora chiome di fiabelli, ora frange di scialli; l'arco del gomito nudo, la perentoria curva del seno assumevano, in quelle luci scattanti, un insostenibile rilievo. "Madonna del Carmine, che creatura" pensò innamorandosi don Nicola Angarella; e in quello stesso attimo dal campanile in fiamme si staccò il sibilante e vivido frammento di girandola che contro ogni regola pirotecnica raggiunse il balconcino di Elvira Cuocolo, irrorò di fosforo la bella donna e le appiccò il fuoco. I tentativi di spegnimento non ebbero successo. Destino. Don Nicola perdette i sensi. Fu riconosciuto. «Non toccatelo» gridò qualcuno; un vuoto enorme gli si fece intorno ed egli giacque a lungo, riaprì gli occhi mentre l'ultimo arco di cerchio luminoso si spegneva sul campanile, le ruote ormai nude delle girandole erano ferme e inique come strumenti di supplizio.

Subito dopo don Nicola Angarella si ammalò di corpo e di mente. Soleva affacciarsi sulla piazza Salvator Rosa e gridare ostentandosi: «Applauditemi o vi penso uno per uno come cani»; ma venne pure la sua ora di andarsene. Un prete cattolico, ma turco, di passaggio a Napoli, non rifiutò di porgergli i conforti religiosi. Don Nicola gli riferì quanto sapeva di se stesso, ringraziò la Compagnia del Gas, dichiarò che non serbava rancore alla gente del rione, concluse:

«A chi sognasse che gli porto i numeri del lotto diteglielo nel suo interesse che non li giochi».

In questi termini visse, amò e morì il peggiore e il migliore jettatore napoletano di cui io abbia notizia; ogni volta che tento di spiegarmi perché a Napoli la sventura sia così attiva e al tempo, stesso così affettuosa, mi ricordo di don Nicola Angarella e sospiro.

SOMMARIO

5   *Introduzione*
13 *Bibliografia*
15 *Prefazione*

L'ORO DI NAPOLI

21   L'oro di Napoli
29   I parenti ricchi
47   Cara mamma
53   Cara sorella
59   Pane, con sale e olio
65   Ci parlerà in dialetto
71   Il primo amore
77   Vent'anni da allora
85   Le cartoline
91   Le canzonette
97   Gente nel vicolo
105 «Trent'anni, diconsi trenta»
113 Ninna nanna a una signora
119 Scoglio a Mergellina
125 Personaggi in busta chiusa
131 I giocatori
137 Il "professore"
143 L'amore a Napoli
149 La morte a Napoli

153 I "Quartieri"
159 San Gennaro dei Poveri
165 Giugno
171 Il "guappo"
177 Don Vito
181 Porta Capuana
187 Il numero vincente
195 Il documento
203 Il miracolo
209 C'è mestiere e mestiere
217 A Montevergine
223 Lo sberleffo
229 La mostra
235 Il cappone
241 Il ragù
247 Gli spaghetti
253 Chi lo vide una volta

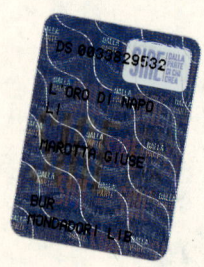

Finito di stampare nel novembre 2018 presso
Rotomail Italia S.p.A. – Vignate (MI)
Printed in Italy